新世纪高等职业教育创新型精品规划丛书

税务会计实务

主　编　富凤英　李抡文

副主编　林卫芝　荣　滨

武艳君　胡杰林

天津大学出版社
TIANJIN UNIVERSITY PRESS

内 容 简 介

本书以最新颁布的税收法律、法规为准绳,以 2006 年颁布的企业会计准则为依据,深入浅出,化繁为简,通过大量实例,分别介绍了企业生产经营过程中可能涉及的增值税、消费税、营业税、关税、资源税、企业所得税等 16 个税种的计算与核算,使读者能够基本掌握企业的全部涉税业务的处理。

本书既适合会计学、财务管理、税务学专业的高职高专学生作为教材或参考书使用,也适合企业会计人员、办税人员、注册税务师等作为在职培训教材或自学参考读物使用。

图书在版编目(CIP)数据

税务会计实务/富凤英,李抡文主编. —天津:天津大学出版社,2010.8

(新世纪高等职业教育创新型精品规划丛书)

ISBN 978-7-5618-3653-8

Ⅰ.①税⋯ Ⅱ.①富⋯②李⋯ Ⅲ.①税收会计－高等学校:技术学校－教材 Ⅳ.①F810.42

中国版本图书馆 CIP 数据核字(2010)第 156652 号

出版发行	天津大学出版社
出 版 人	杨欢
地 址	天津市卫津路 92 号天津大学内(邮编:300072)
电 话	发行部:022-27403647 邮购部:022-27402742
网 址	www.tjup.com
印 刷	天津泰宇印务有限公司
经 销	全国各地新华书店
开 本	185 mm×260 mm
印 张	11.5
字 数	288 千
版 次	2010 年 8 月第 1 版
印 次	2010 年 8 月第 1 次
印 数	1－3 000
定 价	24.00 元

前　言

税务会计是融税收法律、法规和会计核算为一体，以纳税企业、单位和个人为核算主体，对税金的形成、计算、缴纳全过程进行反映与监督的一门专业性会计。在西方，税务会计已经与财务会计、管理会计并驾齐驱，成为现代西方会计的三大支柱之一。

本书以最新的财税法规和企业会计准则等为准绳，全面反映作为纳税主体的企业在不同环节的应纳税种类、应纳税金的计算与核算，以及申报纳税的方法；以案例分析为手段，对每一税种的计算、核算进行详细的讲解，操作性强，易于理解。

由于税务会计实务课程融合了财税法规与会计法规，兼顾会计核算与纳税处理，本书穿插了大量的案例、图表，以方便读者联系实际、加深理解。本书既可作为高职高专会计专业、财税专业和工商管理类专业教材，也可作为财会工作者、税务工作者的参考用书。

本书由富凤英、李抡文担任主编，林卫芝、荣滨、武艳君和胡杰林担任副主编。具体章节编写分工如下：第1章由李抡文编写；第2章由荣滨编写；第3章由富凤英编写；第4章由薛胜英编写；第5章和第6章由林卫芝编写；第7章由胡杰林编写；第8章由武艳君编写；第9章由顾芸慈、劳泳仪编写。最后，由主编修改、总撰和定稿。在这里，还要特别感谢戴秀清和林贞惜两位老师为本书初稿部分章节整理所做出的工作。另外，在编写过程中，还参考了大量国内外相关专著与资料，在此对其作者一并表示衷心的谢意！

尽管编写过程中已经充分考虑和吸收了最新规定和要求，但由于税收法规的变化而难免发生偏差，我们会及时了解相关情况并据以适时在本书重印或修订时调整。由于作者水平有限，书中疏漏之处在所难免，敬请广大读者批评指正，以便在更新过程中不断完善。

编者

2010 年 5 月

目　录

第1章

税务会计概述

📖 学习目标

1. 熟悉税务会计的概念。
2. 了解税务会计的产生和发展。
3. 理解税务会计与财务会计的区别与联系。
4. 掌握税务会计的工作程序。
5. 掌握税款缴纳的几种具体方式。

📖 导入案例

A 县一个体户于某,主要从事摩托车零售业务。2009 年与银行签订代扣税款协议,采取银行扣款的方式缴纳税款。2009 年 5 月,A 县国税局发现于某还经营摩托车维修业务,遂按规定对其核定税款,并发给"核定定额通知书"(一式一份,企业留存,且无送达回证),核定每月税款为 200 元。2010 年 6 月,发现该个体户的银行存款不足扣缴税款,A 县国税局对其发出"催缴税款通知书",责令限期缴纳。在限期内仍未缴纳税款的情况下,对其采取强制执行措施,扣押了该业户一辆价值 5 000 余元的摩托车,并告知业户不服该措施可在税务机关采取强制措施之日起 15 日内向法院起诉。

讨论题:A 县国税局的上述执法行为有哪些不当之处?

1.1 税务会计的概念

税务会计(Tax Accounting)是近代新兴的一门学科,我国是在 20 世纪 90 年代初才开始引进"税务会计"这个概念,并对其进行研究。许多人还不十分熟悉"税务会计"这种新提法,实际工作中也没有完全采用。有人担心"税务会计"会被误解为"税收会计",因而不用"税务会计"这个名称,改称为"纳税会计"。为了与国际惯例一致,我们仍用"税务会计"这个名称。对于什么是税务会计,税务会计的内涵是什么,人们有着不同的认识。

日本的富岗幸雄认为:"税务会计是根据会计的预测方法来掌握并计算出确定的上税标准,从而起到转达和测定财务信息的租税目的与作用的会计"。这个定义把税务会计概括为会计的一种,指出了税务会计与会计(一般应理解为"财务会计")的关系,即"根据会计的预测方法",但是没有说明税务会计与财务会计的差别。

日本的武田昌辅认为:"税务会计是为计算法人税法中课税所得而设立的会计,它不是制度会计,是以企业会计为依据,按税法的要求对既定的盈利进行加工、修正的会计"。这个定义认为税务会计的工作内容仅是计算法人税法中的课税所得,但企业的税收事务明显不只是这些,因而,这样的定义过于狭隘。

在国内,对税务会计的定义也有不同的表述。有人认为"税务会计是国家的有关行政机关依据税收原理和税收法规,运用会计的方法,对纳税人应纳税款的计算、缴纳过程进行反映和监督的一种税收管理活动"(吴旭东,《税收管理学》,东北财经大学出版社)。这个定义认为税务会计是一种税收管理活动,其实施的主体是国家有关行政机关,其客体是纳税人应纳税款的计算、缴纳过程。试问:国家有关行政机关是谁? 这些行政机关又是如何实施这一管理活动的? 首先,这个定义没有明确指出税务会计的主体。其次,从法律角度来看,国家有关行政机关是一个法律主体,纳税人或者说企事业单位是另一个法律主体,应纳税款的计算、缴纳是纳税人的事,国家有关机关只起监督作用。按上述定义的意思,国家有关机关就应越俎代庖,去做纳税人的事。这与现实明显不符。

有人认为税务会计是企事业单位等经济组织会计的重要组成部分,它是以国家税法为依据,运用会计的一套专门方法,核算和监督企事业等单位的纳税事务,参与企事业等单位的预测、决策,检查纳税活动的合法性,从而达到税负合理、保证税收收入的目的。(徐泓,《纳税会计》,西南财经大学出版社)这个定义对税务会计进行了描述,但没有找出税务会计的基本属性。

有人认为税务会计是依据会计准则和税务法规,运用会计方法,以货币计量与纳税有关的经济事项,向国家税务机关、企业管理当局、企业投资人、债权人以及其他方面,提供关于纳税信息的信息系统。(吴振扬,《中国税务会计》,中国气象出版社)

有人认为税务会计是以国家税收法规为准绳,以会计方法为工具,对税基的形成,税金的计算,税款的申报、缴纳、征解和入库进行连续、系统的核算和监督的一种专业会计。(贺永生,《企业纳税会计》,红旗出版社)

有人认为税务会计是近代新兴的一门边缘学科,是融税收法令和会计核算为一体的一种特种专业会计。它是以税收法令为准绳,以货币计量为基本形式,运用会计学的理论和方法,连续、系统、全面地对税款的形成、计算和缴纳活动进行核算的一门专业会计。(盖地,《税务会计》,立信会计出版社)

中国台湾的卓敏枝认为:"税务会计者,乃是一门以法令为准绳,会计技术为工具,平时负责汇集企业各项交易之合法凭证并加以整理、记录、分类、汇总,进而年度终了加以结算、编表、申报、完纳有关捐税的社会人文科学"。这个定义对税务会计所做的工作进行了描述,但其所描述的这些与财务会计的工作并无差别,不能把税务会计与其他会计分别出来。

以上这些概念都对税务会计进行了描述,但都没有反映出税务会计的本质。那么到底什么是税务会计呢?

税务会计属于会计的范畴。分析什么是税务会计需首先分析什么是会计。会计理论界对会计的认识有两种:一种认为会计是一种管理活动,这是我国传统的认识;另一种认为会计是一个经济信息系统。笔者认为后者更准确些,因为管理包括计划、决策、组织、控制、协调等基本职能,但在实践中经济主体的这些管理职能是由其各级领导机构实施的,会计只是为领导机构提供管理的依据,是领导的参谋。因而只能说会计在管理中起到了重要作用,但会计并没有直接实施管理的职能。作为一个信息系统,会计包括对信息的收集、整理、处理、利用等工作。

税务会计也是一个信息系统,与其他经济信息系统的区别在于其目标是提供纳税信息,按纳税的要求来处理信息。

基于以上认识,我们可以这样概括税务会计:税务会计是按税法要求提供纳税信息的信息系统。具体地说:税务会计就是纳税人在遵循国家税法和企业会计准则的基础上,运用会计理论与方法,核算和监督纳税人的纳税事务,保证依法纳税,实现合理税负的一种专门会计。

1.2　税务会计的产生和发展

税收是一个历史范畴,是随着国家的产生而产生的,是国家财政收入的支柱。历代统治者都非常重视税收。为了计算和记录国家赋税实物和货币的收入和支出情况,在奴隶制社会就产生了"官厅会计"。早期的官厅会计主要指税收会计。随着政府职能的扩大,收支数额和事项的增大、增多,官厅会计逐步发展形成政府会计和税收会计。税收会计是税务机关核算和监督税款征收和解缴的会计,其主体是国家税务机关,核算的对象是应收、已收、已缴的税款,不涉及税款的形成过程,因而也不能全面反映税收分配过程。

在古代,会计的发展非常缓慢,虽然会计作为一项独立的职能从生产职能中分离出来,但是会计独有的专门方法还没有形成,会计也没有形成一门独立的学科。税费在纳税人的管理活动中,只是记录而已。复式簿记方法,使会计与统计相区别,并带动了其他会计方法的发展,使会计成为一门独立的学科。19 世纪在英国产生的新的企业组织形式——股份公司,进一步促进了会计的发展。到 20 世纪二三十年代,会计方法已经比较完善,会计科学也已经比较成熟。

在很长的一段历史时期里,作为两个独立的经济领域,税收与会计是各自为政的。政府制定、修改税法并不考虑或很少考虑纳税人在会计上是如何计算、反映税款的,也不对纳税人的会计核算提出要求。这就使税法的执行缺乏可靠的基础。随着社会生产力的发展,税制越来越健全,越来越复杂。为了加强税款征收管理,国家对税款形成和缴纳的监控越来越强,要求纳税人设立账簿和凭证,按税法的要求反映税款的形成和缴纳,并以纳税申报形式接受税务机关的监督。对作为主要纳税人的企业来说,纳税已成为其进行经营决策的一个越来越重要的因素。美国著名的会计学家 E. S. 亨德里克森在《会计理论的历史与发展》一书中写道:"很多小企业的会计目的主要是编制所得税申报表,甚至不少企业若不是为了纳税根本不会记账,即使对于大公司来说,纳税亦是会计师们的一个主要问题。"这说明提供纳税信息是企业会计的重要目的。

另一方面,随着会计理论和技术的逐步发展和完善,会计方法也被税法借鉴。1916 年,美国税收法第一次规定,企业应税所得额的确定必须以会计记录为基础。同年,联邦岁入法允许采用权责发生制记账的纳税人采用同样的方法编制纳税申报单,税务与会计密切地联系在一起。税务会计正是在这种环境下产生的,只是税务会计内含于财务会计之中,还没有发展成为一门独立学科。

税收与会计(财务会计)走过了一段相互承认、相互修改、共同发展、会计所得与税收所得彼此一致的发展时期。但由于各自的目标、对象等存在较大差异,两者最终停止了相互仿效的做法,朝着完善各自的学科方向发展。两者最主要的差别表现在以下四个方面。

1.服务的对象不同

税收是国家取得财政收入的重要方式,它为国家实现其职能提供了经济基础和财力保障,国家的职能是通过一个国家的政府机关去实现的,因而可以说税收是为一个国家的政府服务的。会计作为一个以提供财务信息为主的经济信息系统,它主要向企业的投资者及潜在的投资者反映企业的获利能力、偿债能力,它是为企业的投资者服务的。

政府与企业的投资者在取得收益的行为上存在着以下明显的差异。

①政府征税是无偿的,而出资人取得投资回报是有偿的。政府征税的无偿性,决定了政府无资本补偿的后顾之忧,进一步引申,就是无成本补偿之忧。一方面,政府更关心企业收入,包括流转收入和利润。这种关心表现在收入能否提前实现和实现多少上。另一方面,政府对成本往往采取相反的态度,即限制成本,包括流转成本和各种费用。这表现在政府不仅限制成本的范围和标准,而且限制实现的时间。与此不同,出资人取得投资回报是有偿的,这决定了其必然存在资本补偿及投资回收之忧,进一步引申,就是出资人必须通过成本方式实现资本保全。所以,出资人首先关心的是成本补偿。这种关心表现在出资人往往从谨慎的原则出发多估或预估成本。相反,出资人对收入则采取与成本相反的态度,即少估或推迟确认收入。出资人这种做法,不仅充分保全了资本,也有助于防范潜在风险,减少或推迟赋税。

②政府征税是强制的,而出资人取得投资回报是市场运营的客观结果,他们不能对市场进行强制。政府征税的强制性意味着这样的事实:当政府需要更多的收入以支持其支出时,可以通过修改税法的办法,强制地提前或多取得收入,反之亦然。出资人取得投资回报是通过经营者或自身的市场运作完成的,他们从市场竞争中实际得到的收入份额是客观的,不论会计制度采取何种收入的确认和计量方式,也不会改变这一份额。既然如此,出资人只能趋于客观,使会计真实反映收入,并清晰地界定收入中用于成本补偿的部分;否则,可能导致资本不全,存在潜亏。

③政府收入需要稳定,而出资人取得的投资回报因市场变动而不稳定。政府税收需要稳定的基础是税源稳定、确认和计量的方法稳定、税率稳定、征税时间稳定。显然,税源是由企业经营的收入决定的,它取决于市场状况。由于市场的自由竞争和周期波动性,任何企业的收入不可能一成不变,相应的成本也不可能一成不变,结果是政府征税的税源不稳定。面对不稳定的税源,政府要使之稳定化,可靠之道是尽可能早地实现收入。早取得收入的办法即不能让企业无端虚列收入和成本,只能把那些尚不能完全确认的收入和成本按收入预计和成本不预计的方式进行会计确认和计量。出资人与政府不同,他不可能通过会计确认和计量的方法使其投资回报稳定,他的收入最终取决于市场状况和经营水平。正如前述,由于市场的自由竞争和周期波动性,出资人面临投资风险,不仅投资回报不稳定或可能得不到投资回报,甚至可能亏损或丧失全部投资。正是由于这种不稳定性和风险存在,出资人要求在会计上采取谨慎原则,即可以提前预计损失,但不预计收入,这从根本上是利用会计确认和计量方法以防备风险,可能使企业存量资产中保有潜在收入而不是潜在损失。

④政府征税是统一的,出资人投资及其运营是个别的、独立的。政府以国家代表的角色行事。在税收政策上也必然全国统一或基本统一,并以税法的形式统一规定。事实上,政府不可能针对每一个企业的具体情况制定税收制度。而由于出资人投资及运营是个别的,不同企业的经营环境、经营对象、经营方式和管理组织均不相同,为了客观地揭示其经营业绩,企业的会计要素的确认和计量方法也必须不同,这种不同并不意味着不可以制定统一的会计准则。但

会计准则只能揭示各企业会计要素确认和计量的共同特征,各企业的会计要素确认和计量的个性特征则必须通过公司章程中的企业会计制度加以说明。

⑤政府征税具有宏观性,出资人取得投资回报只是微观行为。从宏观管理角度出发,政府制定税收制度具有主观倾向,如为鼓励或抑制某些企业或行业的发展。而出资人无论何时都将恪守客观反映的原则,特别是存在现实投资人与潜在投资人利益对立时,更是如此。

2.目标不同

税法的目标是维护国家利益,满足国家需要,公平税负,方便征管,因而在税法中较多地体现国家的主观意志。会计则是按照资产所有者的要求,着重反映企业的获利能力和偿债能力,反映某一时期的利润总额,这种反映必须是客观的。

3.计量标准不同

这种不同表现在收入、收益和费用的确认范围和时间不同。税收制度是收付实现制和权责发生制的混合物,因为计算应税收益是要确定纳税人立即支付现金的能力、管理上的方便性以及征收当期税款的必要性,这些自然与会计上的持续经营假设是相互矛盾的。这使税务年度自身存在独立的倾向。关于收益的税收制度的中心问题是会计期间,而不是配比,从而使利润逐渐与获利有关的支出相分离。

4.内含的概念不同

税法中包括了修正一般收益分配原则的社会福利、公共政策和权益条款。税务管理必须公正地对待不同支付能力的人。除此之外,税法还应制定实施细则,以便征管人员正确执行。这种发展趋势取决于法律上的先例,而不是寻求数据资料在经济业务中的含义。而会计数据追求客观的经济意义。

税法逐渐脱离会计原则和理论框架,对税款的形成、缴纳的核算监督,财务会计再就无能为力了。因为财务会计核算的原则与税收核算的原则经常冲突,税务会计作为一门独立的学科在这时凸现出来,不再隐藏于财务会计之中。

从以上的分析中可以看出,作为一种客观存在,税务会计是历史悠久的,但作为一门独立的学科,税务会计是年轻的。

1.3 税务会计与财务会计

1.3.1 联系

理论上税务会计与财务会计的目标不同,是两个不同的学科。但税务会计作为一项实质性的工作并不是独立存在的,而是企业会计的一个专门领域,与财务会计相伴而存。它不要求企业在财务会计的凭证、账簿、报表之外,再设一套会计凭证、账簿,而从会计机构的设置来看,中小企业也可以不设置专门税务会计机构和专职人员。因为,对现代会计的要求是应具备多重功能,诸如财务功能、税务功能、管理功能、成本分析功能、经济效益分析功能等,这些功能形成不同的衡量尺度。企业只需一套完整的会计账表,平时只依一种尺度(财务会计尺度)进行会计处理,等需要时,再依其他尺度作调整,以发挥其多种功能,满足不同需要。税务会计资料来源于财务会计,它对财务会计与现行税法不符的事项,或出于税务筹划目的需要调整的事项,按税务会计方法计算、调整,并作调整会计分录,再融于财务会计账簿或报告之中。

世界各国的税法都不同程度地吸收会计的概念和方法,计算税金的程序也大多模拟会计方法,计算依据一般都必须以会计记录为基础,可以说,税法借用了会计技术才得以实施,税法因采用了会计方法才日趋成熟。另一方面,税法对会计的影响也是普遍的,它使会计实务的处理更加规范化;它影响会计对某些会计方法的选择,促使会计的重心由计算资产的盘存转向计算收入、由重视资产负债表转向重视损益表,也使会计人员的业务范围不断扩大。税收与会计相互影响、相互制约、相互促进,税务会计与财务会计也是如此。

1.3.2 区别

税务会计与财务会计的区别主要表现在以下方面。

1. 目标不同

财务会计所提供的信息,除了为综合部门及外界有关经济利益者服务外,也为企业本身的生产经营者服务;税务会计则要按现行税法和缴纳办法计算应纳税款,使企业正确履行纳税义务,充分享受纳税人的权利。

2. 对象不同

企业财务会计核算和监督的对象是企业以货币计量的全部经济事项,包括资金的投入、循环、周转、退出等过程,而税务会计核算和监督的对象只与计税有关的经济事项,即与计税有关的资金运动。这就是说,原来在财务会计中的有关税款的核算、申报、解缴的内容,划归税务会计,并由税务会计作为核心内容分门别类地阐述,企业财务会计只对这部分内容作必要的提示即可。

3. 核算基础、处理依据不同

财务会计根据公认的会计准则和企业自己制订的核算办法对经济事项进行核算和反映,它力求客观公允地反映经济业务和资金运动。税务会计不仅要遵循一般会计原则,更要严格按现行税法的要求进行会计处理,具有强制性和统一性。

1.4 税务会计与税收会计

税务会计与税收会计几乎同时产生,只要有税收,就有计算应纳税款的税务会计和征收税款的税收会计,而且二者都是以货币为主要计量单位,以税法为准绳,利用会计的基本理论和方法对税款进行核算和监督的专业会计,但二者存在着以下差别。

1. 主体不同

税务会计的主体是纳税人,即承担纳税义务的经济组织。税务会计是从纳税人的角度出发,依据税法的规定,运用财务会计的方法计算应缴纳税款。税收会计的主体是国家税收的征收机关,包括从国家税务总局到基层税务所等税务机关以及征收关税的海关和征收农业税的财政机关。税收会计是从国家角度出发,依据税法规定,核算和监督税款的征收、上解、入库、提退等情况。

2. 对象不同

税务会计的对象是从应税商品、应税所得、应税行为开始,到纳税人按税法的规定缴纳税款为止的整个纳税活动,包括事前的税务筹划、事中税款的计算、申报缴纳的核算、事后税款计算缴纳的检查分析等项内容。税收会计的对象是从纳税人缴纳税款开始到税款缴入国库的整个过程,包括税款的应征、征收、解缴、入库等内容。

3. 核算的依据不同

税务会计核算的依据是税法和企业会计准则,平时税务会计按会计准则的规定对计税依据进行核算,纳税期结束时再按税法规定进行调整。税收会计核算的依据是总预算会计制度和税收会计核算办法以及税法。总预算会计制度与税收核算办法以及税法,都是国家制定的,都是维护国家利益的工具,因而它们比较一致,不存在调整的问题。

4. 记账基础不同

税务会计的主体是企业、事业等经济组织,这些组织在会计核算时,通常以权责发生制为记账基础。税务会计作为这些组织中会计的一个重要组成部分,也以权责发生制为记账基础。税收会计的主体是税务机关,它们属于非营利组织,一般不执行权责发生制,而是采用权责发生制与收付实现制相结合的记账基础。

1.5 税务会计的税务事项与目标

1.5.1 税务会计的税务事项

税务会计的税务事项主要包括税务会计基础工作、税务会计核算内容、纳税申报与税款缴纳、税务筹划等。

1. 税务会计基础工作

税务会计基础工作主要有税务登记,发票的领购、开具、保管与检查,会计账簿的建立。

1)税务登记

为了维护税收法规,组织税收收入,加强税收监督管理,我国税收征管法规定,凡从事生产、经营的纳税人,都必须向主管税务机关申报办理税务登记。未按规定进行登记的,均应依法对其进行处罚。

只缴纳个人所得税和车船使用税的纳税人和临时发生纳税行为的纳税人,可不办理税务登记证。

(1)开业税务登记程序

①申报。纳税人应以书面形式向主管税务机关申报办理开业税务登记。申报时需提供以下资料、证件:

a)营业执照;

b)有关合同、章程、协议书;

c)银行账号证明;

d)居民身份证、护照或其他合法证件;

e)税务机关要求提供的其他有关证件。

②填表。纳税人应自领取营业执照之日起30天内,持有关证件向税务机关领用并填写税务登记表格,办理税务登记。

③领证。纳税人报送税务登记表及各项附列资料,经主管税务机关审核后,领取税务登记证件。

(2)变更税务登记程序

如果税务登记内容发生变化,应向主管税务机关申报办理变更税务登记。需向工商行政管理部门办理变更登记的,应当自办理变更之日起30天内,持有关证件向主管税务机关申报办理变更税务登记。不需向工商行政管理部门办理变更登记的,应当自有关机关批准或宣布变更之日起30天内,持有关证明向主管税务机关申报办理变更税务登记。

办理税务登记时,应当向主管税务机关提交变更证明,如实填写"变更税务登记表"一式三份。其办理程序比照开业登记办理。

(3)注销税务登记程序

纳税人由于歇业、撤销、解散、破产或被工商行政管理部门吊销营业执照等而要终止履行纳税义务时,应当在向工商行政管理部门办理注销登记前,持有关证件向原办理税务登记的税务部门申报办理注销税务登记;若按规定不需要在工商行政管理部门办理注销税务登记的,应当自有关机关批准或宣告终止之日起15日内,持有关证件向原税务机关申报办理注销税务登记。其办理程序如下。

①清理。办理注销手续前应与税务机关结算应纳税款、滞纳金、罚款。

②填表。持有关证明向主管税务机关领取"注销税务登记表",如实填写,一式三份,交主管税务机关。

(4)税务登记有关事项

纳税人领取税务登记证后,应将正本挂在其经营场所显著位置,亮证经营。其副本可用来办理下列事项:

①申请减税、免税、退税;

②领购发票;

③申请办理外出经营活动税收管理证明;

④其他有关税务事项。

税务机关对税务登记证实行定期验证和换证制度,一般每年验证一次,三年换证一次。纳税人应在规定期限内,持有关证件到主管税务机关办理验证和换证手续。

纳税人未按规定办理、变更、注销税务登记,未按规定使用登记证,或转借、涂改、损毁、买卖、伪造税务登记证件,经责令限期改正而逾期不改的,处以2 000元以下罚款;情节严重者,处以2 000元以上、1万元以下罚款。

2)发票的领购、开具、保管与检查

(1)发票的领购

发票是指购销商品、提供或者接受服务以及从事其他经营活动中,开具、收取的收付款凭证。每个纳税人在依法领取税务登记证后,应向主管税务机关申请领取发票。具体程序是:

①纳税人提出购票申请;

②纳税人提交经办人身份证件,税务登记证件,或其他相关证明,财务印章或发票专用章的印模;

③主管税务机关审核后,发给发票领购簿;

④纳税人凭发票领购簿核准的种类、数量以及购票方式,向主管税务机关领购发票。

增值税专用发票只准增值税一般纳税人领购使用,增值税小规模纳税人和非增值税纳税人不得领购使用。

(2)发票的开具与保管

从事经营活动时,收款方应向付款方开具发票,特殊情况下可由付款方开具发票。付款方应向收款方索取发票,取得增值税专用发票,取得时不得要求对方变更品名和金额。不符合规定的发票,不得作为财务报销凭证,付款方有权拒收。

(3)发票的检查

税务机关有权对纳税人的发票以及与发票有关的凭证、资料进行查阅和复制。税务机关

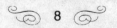

税务会计实务

进行检查时,应出示税务检查证。纳税人必须接受检查,如实反映情况,提供有关资料,不得拒绝或隐瞒。

3)会计账簿的建立

企业应当按照国家财政与税务部门的规定建立全面的会计账簿,并根据合法有效的原始凭证编制记账凭证,登记账簿,以全面反映税务资金运动的全过程。

2.税务会计核算的内容

1)生产经营企业应缴纳的主要税款

在企业生产经营过程中,企业要缴纳各种不同的税款。

①筹备环节应缴纳的税款:印花税。

②购销生产环节应缴纳的税款:增值税、消费税、城市维护建设税、关税、资源税。

③费用结算环节应缴纳的税款:房产税、土地使用税、车船使用税、印花税。

④利润结算环节应缴纳的税款:企业所得税、个人所得税。

2)税务会计核算的基本内容

(1)确定计税依据

税务会计对企业在生产经营中发生的税务事项应按税法规定如实核算,确定计税依据,为正确计算应纳税额提供准确的数据。

(2)计算应纳税额

税务会计在正确确定计税依据的基础上,按税法规定的相应税率计算应纳税额。

(3)进行会计处理

税务会计应对税款的计提和缴纳如实进行会计账务处理,以正确反映税务资金运动的全过程。

3.纳税申报与税款缴纳

1)纳税申报

(1)纳税申报的内容

纳税人应在规定的申报期限内办理纳税申报。报送的内容主要有纳税申报表、财务会计报表、税务机关要求报送的其他纳税资料。

扣缴义务人应在规定的申报期限内报送如下资料:代扣代缴人、代收代缴人税款报告表;代扣代缴、代收代缴税款的合法凭证;税务机关要求扣缴义务人报送的其他有关资料。

(2)纳税申报方法

申报纳税的方法有三种:自行申报、邮寄申报和数据电文申报。

2)税款缴纳

(1)税款缴纳方式

①自核自缴,即由纳税人对企业当期实现的营业收入或利润总额进行核实后,按税法规定的税率计算应纳税额,自行填写税收缴款书,自行到指定银行交款纳税,主管税务机关定期或不定期进行检查的一种税款缴纳方式。

②查账征收,即纳税人在规定的期限内,向主管税务机关报送会计报表和其他有关资料,经税务机关核实后,先开税收缴款书,由纳税人在规定期限内到指定银行交款纳税,然后,税务机关派员查账,并根据查账结果进行多退少补的一种税款缴纳方式。

③查定征收,即由税务机关根据纳税人的生产经营情况核定产量或销售额,并依此计算税额,纳税人按核定的税额缴纳税款的一种税款缴纳方式。

④查验征收,即税务机关对纳税人的申报资料进行审核并实地察看后,确定应纳税额,纳税人按此核定税额缴纳税款的一种税款征收方式。

⑤定期定额征收,即一定时期由税务机关等根据纳税人经营情况及同行的平均水平核定各期的应纳税额,纳税人按核定税额纳税的一种税款缴纳方式。

除此之外,还有代收代缴、代扣代缴、代征、邮寄申报等方式。

4. 税务筹划

社会主义市场经济的建立和发展,使企业逐步成为经济实体,它要独立核算,自负盈亏。为了取得最大的经济效益,企业在千方百计增加收入的同时,也千方百计地减少各种费用。税收作为企业支出费用的一部分,与其他费用一样,也必然是企业考虑的范围。在不违反国家税收政策的前提下,企业希望在比较多种纳税方案后,选择对纳税人最为有利的方案来处理企业的经营业务和进行财务决策,这就是税务筹划。这种行为,从古到今,是十分普遍的经济现象。

1.5.2 税务会计的目标

会计目标指的是会计活动要达到的境地或标准。它回答谁是信息使用者,会计信息使用者需要哪些信息。会计目标在会计理论和实践中起着导向地位,它直接决定着会计的任务、职能和作用,从而在很大程度上影响着会计的基本准则、程序和方法。

税务会计的目标,即企业通过税务会计工作所要求达到的境地。它是会计目标在税务会计这一特殊领域内的具体体现。税务会计有以下具体目标。

1. 依法纳税,认真履行纳税义务

税务会计要以国家现行的税法为依据,在财务会计有关资料的基础上,正确进行与税款形成、计算、申报、缴纳有关的会计处理和调整计算,正确及时地填报有关纳税申报表,及时足额缴纳各种税款,为税务机关及时提供真实完整的纳税会计信息。

2. 正确进行税务会计处理,认真协调与财务会计的关系

税务会计既要以国家现行税法为准绳,又要按会计规范作会计分录,还要在财务报告中正确披露有关税务会计信息。它与财务会计是相互补充、相互服务、相互依存的关系。财务会计要完全符合会计准则、会计制度,要保持其稳定性、规范性,税务会计要保持其依法性,两者作为企业会计的重要组成部分,只有认真配合、相互协调才能完成各自的具体目标,才能为企业共同的目标服务。

3. 合理选择纳税方案,科学进行税务筹划

财务会计要为投资人、债权人、经营者服务,税务会计同样也要为投资人、债权人、经营者服务。但税务会计涉及的是与企业纳税有关的特定领域。在这个领域,服务、服从于企业会计的总目标,就是如何减轻企业税负,在其他各项收入、成本、费用不变的前提下,企业税负与企业盈利成反比。因此,如何选择税负较轻的纳税方案,在企业经营的各个环节中如何事先进行税负的测算并作出税负最轻的决策,事后如何进行税负分析等,应是税务会计的主要目标。

📖 思考练习

一、单项选择题

1. 税务会计核算的最主要依据是( )。

A. 税法和税务法规   B. 会计准则

C. 会计制度   D. 企业制度

2. 税务会计的核算内容不包括( )。

税务会计实务

A. 企业应纳税款的形成　　　　　　　　B. 应纳税款的计算

C. 税款的缴纳　　　　　　　　　　　　D. 应付账款的核算

3. 税务会计在年末应处理的工作中不包括(　　　)。

A. 汇算清缴　　　　　　　　　　　　　B. 编制并上报各种税务年报

C. 协助税务机关做好税务年检工作　　　D. 编制涉税凭证

4. 衡量纳税人负担能力的尺度除了支出和财产外,最有代表性的应是(　　　)。

A. 消费　　　　B. 收入　　　　C. 行为　　　　D. 凭证

5. 受纳税人、扣缴义务人委托,代其办理有关纳税事宜的专门人员及其工作机构,我们称之为(　　　)。

A. 代征人　　　　B. 负税人　　　　C. 纳税单位　　　　D. 税务代理人

二、多项选择题

1. 税务会计具有(　　　)特点。

A. 法定性　　　　B. 广泛性　　　　C. 统一性　　　　D. 独立性

2. 税务会计核算的对象包括(　　　)。

A. 经营收入　　　　B. 材料费用　　　　C. 税款的申报缴纳　　　　D. 固定资产核算

3. 税务会计与财务会计的区别是(　　　)。

A. 核算目的不同　　B. 核算范围不同　　C. 核算依据不同　　D. 会计计量属性不同

4. "应交税费"科目核算包括(　　　)。

A. 教育费附加　　　B. 矿产资源补偿费　　C. 印花税　　　D. 耕地占用税

5. 以税收与价格的关系为标准,可将税收分为(　　　)。

A. 从价税　　　　B. 价外税　　　　C. 从量税　　　　D. 价内税

6. 税收管理体制的核心是税收权限的划分,税收权限主要有(　　　)。

A. 税收立法权　　　　　　　　　　　B. 税法解释权

C. 税收开征停征权　　　　　　　　　D. 税收调整权、行政处罚权、司法监督权

三、判断题

1. 纳税人一定是负税人。(　　　)

2. 增值税是多环节多层次征收的,而消费税是单一环节征收的。(　　　)

3. 税收经济效率原则使税收的超额负担最少。(　　　)

4. 纳税申报期是指纳税人在发生纳税义务后,应当缴纳税款的期限。(　　　)

5. 税收转嫁的实质是国民收入的再分配。(　　　)

四、简答题

1. 什么是税务会计?

2. 税务会计应如何设置会计科目?

3. 税务会计在月末应做好哪些工作?

第2章

增值税的会计核算

📖 学习目标

1. 熟悉增值税的概念、特点。
2. 理解增值税出口货物退（免）税的政策规定及计算。
3. 掌握增值税的征税范围、纳税人和税率的规定。
4. 掌握增值税销项税额和进项税额的确定及应纳税额的计算。
5. 掌握增值税专用发票的使用和管理。
6. 掌握增值税的一般纳税人及小规模纳税人的账务处理。

📖 导入案例

某电力公司属于一般纳税人，主营电力生产、销售业务，兼营电表、仪表校对和电表、变压器修理修配等服务。修理修配业务收入是由下属校表室实现的，校表室属于公司内设部门，其收支均由公司实行统一核算。校表室的收入由仪器校对收入及修理修配耗用材料和工时费收入组成，其支出主要是购进修理修配机电所耗用的材料。

从2009年1—12月，校表室累计发生耗用材料收入567 358元，校表收入84 652元，修理修配劳务，即工时费收入411 212元。

讨论题：该电力公司下属的校表室耗用材料取得的收入、校表收入及修理修配工时费收入应当如何进行税务处理？

2.1 增值税概述

增值税是流转税的主要税种之一，最初于1917年由耶鲁大学的亚当斯教授提出，称为营业毛利税，1921年被法国的西蒙斯正式冠名为增值税。1954年法国政府率先采用增值税，目前已有100多个国家和地区相继开征了增值税，它是各国财政收入的主要税种之一。

我国于1978年开始在部分领域实行增值税，1993年底国务院颁布了《中华人民共和国增值税暂行条例》（以下简称《增值税暂行条例》），从1994年1月1日起在全国范围内统一施行。

2.1.1 增值税的概念、类型及特点

1. 增值税的概念

增值税是对在我国境内销售货物或者提供加工、修理修配劳务以及从事进口货物的单位

和个人,就其货物销售或提供劳务的增值额和货物进口金额为课税对象征收的一种流转税。从增值税的计税原理而言,增值税是对商品在生产和流通中各个环节的新增价值或商品附加价值进行征收,所以称之为"增值税"。

2. 增值税的类型

增值税按对外购固定资产处理方式的不同可划分为生产型增值税、收入型增值税和消费型增值税。

（1）生产型增值税

生产型增值税是指计算增值税时,不允许扣除任何外购固定资产的价款,作为课税基数的法定增值额除包括纳税人新创造价值外,还包括当期计入成本的外购固定资产价款部分,即法定增值额相当于当期工资、利息、租金、利润等理论增值额和折旧额之和。从整个国民经济来看,这一课税基数大体相当于国民生产总值的统计口径,故称为生产型增值税。此种类型的增值税对固定资产存在重复征税,而且越是资本有机构成高的行业,重复征税就越严重。这种类型的增值税虽然不利于鼓励投资,但可以保证财政收入。

（2）收入型增值税

收入型增值税是指计算增值税时,对外购固定资产价款只允许扣除当期计入产品价值的折旧费部分,作为课税基数的法定增值额相当于当期工资、利息、租金和利润等各增值项目之和。从整个国民经济来看,这一课税基数相当于国民收入部分,故称为收入型增值税。此种类型的增值税从理论上讲是一种标准的增值税,但由于外购固定资产价款是以计提折旧的方式分期转入产品价值的,且转入部分没有逐笔对应的外购凭证,故给凭发票扣税的计算方法带来困难,从而影响了这种方法的广泛采用。

（3）消费型增值税

消费型增值税是指计算增值税时,允许将当期购入的固定资产价款一次全部扣除,作为课税基数的法定增值额相当于纳税人当期的全部销售额扣除外购的全部生产资料价款后的余额。从整个国民经济来看,这一课税基数仅限于消费资料价值的部分,故称为消费型增值税。此种类型的增值税在购进固定资产的当期因扣除额大大增加,会减少财政收入。但这种方法最宜规范凭发票扣税的计算方法,因为凭固定资产的外购发票可以一次将其已纳税款全部扣除,既便于操作,也便于管理,所以是三种类型中最简便、最能体现增值税优越性的一种类型。

我国从2009年开始全面实施"消费型增值税"。

3. 增值税的特点

增值税具有以下四个特点。

①不重复征税,具有中性税收的特征。增值税以增值额作为计税依据,只对销售额中本企业新创造的、未征过税的价值征税。这样就避免了重复征税。

②逐环节征税,逐环节扣税,最终消费者是全部税款的承担者。从纳税环节看,增值税实行多环节纳税,即每一种货物或劳务从生产到最终进入消费,每经过一道生产经营环节就征收一道税,同时购进货物或接受应税劳务支付的款项,在计算本环节销售货物或提供应税劳务应纳税款时予以抵扣。

③征税范围广,具有征收的普遍性和连续性。征税对象广泛,涉及生产、批发、零售和各种服务业,只要有增值收入就要纳税。

④价外计税。即应纳税额不包含在应税货物和应税劳务销售价格之内,增值税是在销售

价格之外向货物的购买者或劳务的接受者额外收取的,销售商品时,增值税专用发票上分别注明增值税税款和不含增值税的销售额。

2.1.2　增值税的纳税人

增值税的纳税人是在我国境内销售货物或者提供加工、修理修配劳务以及进口货物的单位和个人。

我国增值税的纳税人主要包括以下单位和个人:

①在我国境内销售应税货物的单位和个人;

②在我国境内提供应税劳务的单位和个人;

③报关进口货物的单位和个人;

④承包、承租企业经营应税货物或者提供应税劳务的单位和个人;

⑤境外单位和个人在我国境内提供应税劳务,而且在我国境内未设专门机构的,以其在我国境内的代理人为扣缴义务人,未设代理人的,以扣缴者为扣缴义务人。

我国增值税对纳税人实行分类管理,将纳税人按其年计税销售额和会计核算状况分为一般纳税人和小规模纳税人。

1. 一般纳税人

一般纳税人是指年应征增值税销售额,超过《增值税暂行条例》规定的小规模纳税人标准且会计核算健全的企业和企业性单位,经税务机关批准认定的增值税一般纳税人。确认为一般纳税人,可以按规定领购和使用增值税专用发票,按增值税的基本原理计算缴纳增值税。

2. 小规模纳税人

小规模纳税人是指年销售额在规定标准以下,会计核算不健全(指不能正确核算销项税额、进项税额和应纳税额),不能按规定报送有关纳税资料的增值税纳税人。根据现行增值税规定,小规模纳税人的认定标准如下。

①从事货物生产或提供应税劳务的纳税人,以及以从事货物生产或提供应税劳务为主,并兼营货物批发或零售的纳税人,年应税销售额在 50 万元(含)以下的。

②其他纳税人,年应税销售额在 80 万元(含)以下的。

③年应税销售额超过上述标准的个人、非企业性单位、不经常发生应税行为的企业,视同小规模纳税人。小规模纳税人按简易办法征税,一般不使用增值税专用发票。

2.1.3　增值税的征税范围

增值税征税范围包括货物的生产、批发、零售和进口四个环节。此外,加工和修理修配也属于增值税的征税范围,加工和修理修配以外的劳务服务暂不实行增值税。凡在上述四个环节中销售货物、提供加工和修理修配劳务的,都要按规定缴纳增值税。增值税征税范围的具体内容如下。

1. 销售货物

"货物"是指除土地、房屋和其他建筑物等一切不动产之外的有形动产,包括电力、热力和气体在内。销售货物是指有偿转让货物的所有权。

2. 提供加工和修理修配劳务

"加工"是指受托加工货物,由委托方提供原料及主要材料,受托方按照委托方的要求制造货物并收取加工费的业务。"修理修配"是指受托对损伤和丧失功能的货物进行修复,使其恢复原状和功能的业务。

3. 进口货物

进口货物指申报进入我国海关境内的货物,即纳税人从我国境外、关外进口国外、境外所生产、制造的应税货物。

4. 视同销售货物行为

单位或个体经营者的下列行为,视同销售货物,征收增值税:

①将货物交付他人代销;

②销售代销货物;

③设有两个以上机构并实行统一核算的纳税人,将货物从一个机构移送到其他机构用于销售,但相关机构设在同一县(市)的除外;

④将自产或委托加工的货物用于非应税项目;

⑤将自产、委托加工或购买的货物作为投资,提供给其他单位或个体经营者;

⑥将自产、委托加工或购买的货物分配给股东或投资者;

⑦将自产、委托加工的货物用于集体福利或个人消费;

⑧将自产、委托加工或购买的货物无偿赠送给他人。

5. 混合销售

混合销售行为是指纳税人的一项销售同时涉及货物和非增值税应税劳务(指属于营业税征税范围的劳务活动),即在同一项销售行为中既包括销售货物又包括提供非应税劳务。对增值税纳税人的混合销售行为,应视为销售货物,一并征收增值税。其他单位和个人的混合销售行为,视为提供增值税的非应税劳务,不征收增值税。

6. 兼营非应税劳务

所谓兼营非应税劳务,是指增值税纳税人的经营范围既包括销售货物和应税劳务,又包括提供非应税劳务。但是,销售货物或应税劳务与提供非应税劳务不同时发生在同一购买者身上,即不发生在同一项销售行为中。纳税人兼营非应税劳务的,应分别核算货物或应税劳务和非应税劳务的销售额。不分别核算或不能准确核算的,其非应税劳务应与货物或应税劳务一并征收增值税。对于纳税人兼营的非应税劳务,是否应当一并征收增值税,由国家税务总局所属征收机关确定。

7. 特殊征税项目

特殊征税项目是指不属于缴纳增值税行业的特殊业务,在《增值税暂行条例》及其实施细则中规定要缴纳增值税的业务,主要包括以下几种。

①货物期货(包括商品期货和贵金属期货),在期货的实物交割环节纳税;

②银行销售金银的业务;

③典当业的死当物品销售业务和寄售业代委托人销售寄售物品的业务;

④集邮商品(包括邮票、明信片、首日封、邮折、小型张及其他集邮商品)的生产、调拨以及邮政部门以外的其他单位与个人销售集邮商品。

2.1.4 增值税的税率及征收率

1. 一般纳税人的税率

根据确定增值税税率的基本原则,我国增值税设置了一档基本税率和一档低税率,此外还有对出口货物实施的零税率。

（1）基本税率

基本税率为17%，适用于一般纳税人销售除低税率和零税率以外的所有应税货物以及进口货物和提供加工、修理修配劳务。

（2）低税率

低税率为13%，纳税人销售或者进口下列货物的，按低税率计征增值税。

①粮食、食用植物油。

②自来水、暖气、冷气、热水、煤气、石油液化气、天然气、沼气、居民用煤炭制品。

③图书、报纸、杂志。

④饲料、化肥、农药、农机、农膜。

⑤农业产品。

⑥金属矿采选产品。

⑦非金属矿采选产品。

⑧音像制品和电子出版物（自2007年1月1日起）。

⑨二甲醚（自2008年7月1日起）、盐（自2007年9月1日起）。

⑩国务院规定的其他货物。

（3）零税率

纳税人出口货物，税率为零，但是国务院另有规定的除外。

2. 小规模纳税人的征收率

生产型企业和商品流通企业分别执行6%和4%的征收率。

自2009年1月1日起，小规模纳税人的增值税征收率为3%，不再设置工业和商业两档征收率。

2.1.5　增值税的税收优惠

1. 起征点的规定

对个人销售额未达到财政部规定起征点的免征增值税。其具体起征点由省级国家税务局在规定幅度内确定。

销售货物的起征点为月销售额2 000～5 000元，销售应税劳务的起征点为月销售额1 500～3 000元，按次纳税的起征点为每次（日）150～200元。2004年1月1日起，对于销售水产品、畜牧产品、蔬菜、果品、粮食等农产品的个体工商户以及以销售上述农产品为主的个体工商户，其起征点一律确定为月销售额5 000元，按次纳税的，起征点一律确定为每次（日）销售额200元。

2. 减免税的规定

①农业生产者销售的自产农业产品。

②避孕药品和用具。

③古旧图书。

④直接用于科学研究、科学实验和教学的进口仪器设备。

⑤外国政府和国际组织无偿援助的进口物资和设备。

⑥对符合国家产业政策要求的国内投资项目，在投资总额内进口的物资设备。

⑦由残疾人组织直接进口供残疾人专用的物品。

⑧个人(不包括个体经营者)销售自己使用过的物品(游艇、摩托车、汽车除外)。

纳税人(含旧机动车经营单位)销售自己使用过的属于应征消费税的机动车、游艇、摩托车,不论销售者是否属于一般纳税人,售价超过原值的,按照4%的征收率减半征收,售价未超过原值的,免纳增值税。销售自己使用过的其他固定资产,不论销售者是否属于一般纳税人,均暂免征收增值税。但使用过的其他固定资产应具备下列条件:

a)属于企业固定资产所列货物;

b)企业按固定资产管理,并确定已使用过的货物;

c)销售价格不得超过其原值的货物。

⑨从2005年7月1日起,对国内企业生产销售的尿素产品增值税由先征后返5%,调整为暂免征收增值税。

2.2　增值税的计算

2.2.1　一般纳税人增值税应纳税额计算

增值税一般纳税人当期应纳增值税税额的大小主要取决于当期销项税额和当期进项税额两个因素。应纳税额的计算公式为

应纳税额 = 当期销项税额 − 当期进项税额

1.销项税额的计算

销项税额是指一般纳税人销售货物或提供应税劳务的销售额与增值税率的乘积,其计算公式为

销项税额 = 销售额 × 增值税率

或　　　销项税额 = 组成计税价格 × 增值税率

由于"销项税额 = 销售额 × 增值税税率",在增值税税率一定的情况下计算销项税额的关键在于正确、合理地确定销售额。

1)销售额的一般规定

《增值税暂行条例》第六条规定:销售额为纳税人销售货物或提供应税劳务向购买方收取的全部价款和价外费用。具体地说,应税销售额包括以下内容。

①销售货物或提供应税劳务取自购买方的全部价款。

②向购买方收取的各种价外费用。具体包括手续费、补贴、基金、集资费、返还利润、奖励费、违约金(延期付款利息)、包装费、包装物租金、储备费、优质费、运输装卸费、代收款项、代垫款项及其他各种性质的价外收费。上述价外费用无论其会计制度如何核算,都应并入销售额计税。但上述价外费用不包括以下三项费用。

a)向购买方收取的销项税额。

b)受托加工应征消费税的货物,而由受托方向委托方代收代缴的消费税。

c)同时符合以下两个条件的代垫运费:即承运部门的运费发票开具给购货方,并且由纳税人将该项发票转交给购货方的。在这种情况下纳税人仅仅是为购货人代办运输业务,而未从中收取额外费用。

③消费税税金。由于消费税属于价内税,因此,凡征收消费税的货物在计征增值税额时,

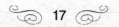

其应税销售额应包括消费税税金。这里再强调一点，计征增值税的销售额是不含增值税的销售额，因而在确定增值税销售额时，应注意将价外费用合并销售额后也是不含税的，如果其价外费用是价税合并收取的应换算成不含税销售额。例如某增值税一般纳税人销售钢材一批，开出增值税专用发票，销售额为 10 万元，税额 17 000 元，另开一张普通发票收取包装费 117 元，则该笔业务的计税销售额 = 100 000 + 117 ÷ (1 + 17%) = 100 100 元。

2）混合销售的销售额

根据《增值税暂行条例实施细则》的规定，混合销售行为如果属于应当征收增值税的，其计税销售额为货物销售额与非应税劳务的营业额的合计。销售货物（包括增值税应税劳务）的销售额根据实际情况来判断含税与否；而非应税劳务的营业额应视为含税销售收入，应换算为不含税销售额后征税。

3）兼营非应税劳务的销售额

对纳税人兼营非应税劳务不分别核算或不能准确核算的，应一并征收增值税，其增值税计税销售额为货物或者应税劳务销售额与非应税劳务的营业额的合计。非应税劳务的营业额应视为含税收入，在并入销售额征税时，应将其换算为不含税收入再并入销售额征税。

4）价款和税款合并收取情况下的销售额

现行增值税实行价外税即纳税人向购买方销售货物或应税劳务所收取的价款中不应包含增值税税款，价款和税款在增值税专用发票上分别注明。但是，根据税法规定，有些一般纳税人，如商品零售企业或其他企业将货物或应税劳务出售给消费者、使用单位或小规模纳税人，只能开具普通发票，而不开具增值税专用发票。这样，一部分纳税人（包括一般纳税人和小规模纳税人）在销售货物或提供应税劳务时，就会将价款和税款合并定价，发生销售额和增值税额合并收取的情况。

在这种情况下，就必须将开具在普通发票上的含税销售额换算成不含税销售额，作为增值税的税基。其换算公式为

不含税销售额 = 含税销售额 ÷ (1 + 税率)

5）视同销售行为销售额的确定

视同销售行为是增值税税法规定的特殊销售行为，在本章的第一节已经列明了 8 种视同销售行为。由于视同销售行为一般不以资金形式反映出来，因而会出现视同销售而无销售额的情况。另外，有时纳税人销售货物或提供应税劳务的价格明显偏低，而且无正当理由。在上述情况下，主管税务机关有权按照下列顺序核定其计税销售额。

①按纳税人当月同类货物的平均销售价格确定。

②按纳税人最近时期同类货物的平均销售价格确定。

③在用以上两种方法均不能确定其销售额的情况下，可按组成计税价格确定销售额。

组成计税价格计算公式为

组成计税价格 = 成本 × (1 + 成本利润率)

属于应征消费税的货物，其组成计税价格应加计消费税税额。计算公式为

组成计税价格 = 成本 × (1 + 成本利润率) + 消费税税额

或　　　　组成计税价格 = 成本 × (1 + 成本利润率) ÷ (1 - 消费税税率)

上式中，"成本"分为两种情况：属于销售自产货物的为实际生产成本；属于销售外购货物的为实际采购成本。其中"成本利润率"为 10%。

例如,某针织厂(一般纳税人)在1996年某月,将自产的针织内衣作为福利发给本厂职工,共发放A型内衣100件,销售价每件15元(不含税);发放B型内衣200件,无销售价,已知制作B型内衣的总成本为36 000元,则

A型、B型内衣计税销售额 = $100 \times 15 + 36\,000 \times (1 + 10\%) = 41\,100$(元)

6)特殊销售方式的销售额

在市场竞争过程中,纳税人会采取某些特殊、灵活的销售方式销售货物,以求扩大销售、占领市场。这些特殊销售方式及销售额的确定方法如下。

(1)以折扣方式销售货物

折扣销售是指销售方在销售货物或提供应税劳务时,因购买方需求量大等原因而给予的价格方面的优惠。按照现行税法规定:纳税人采取折扣方式销售货物,如果销售额和折扣额在同一张发票上分别注明,可以按折扣后的销售额征收增值税;如果将折扣额另开发票,不论其在财务上如何处理,均不得从销售额中减除折扣额。在这里应该注意以下几点。

①税法中所指的折扣销售有别于销售折扣,销售折扣通常是为了鼓励购货方及时偿还货款而给予的折扣优待,会计上称为现金折扣,是企业的一种融资策略,销售折扣发生在销货之后,而折扣销售则是与实现销售同时发生的,销售折扣不得从销售额中减除。

②销售折扣与销售折让是不同的,销售折让通常是指由于货物的品种或质量等原因引起销售额的减少,即销货方给予购货方未予退货状况下的价格折让。销售折让可以从销售额中减除。

③折扣销售仅限于货物价格的折扣,如果销货方将自产、委托加工和购买的货物用于实物折扣,则该实物款额不得从货物销售额中减除,应按"视同销售货物"计征增值税。

(2)以旧换新方式销售货物

以旧换新销售,是纳税人在销售过程中,折价收回同类旧货物,并以折价款部分冲减货物价款的一种销售方式。税法规定:纳税人采取以旧换新方式销售货物(金银首饰除外)的,应按新货物的同期销售价格确定销售额,不得扣减旧货物的收购价格。

例如,某商场(小规模纳税人)1999年2月采取"以旧换新"方式销售无氟电冰箱,开出普通发票25张,收到货款5万元,并注明已扣除旧货折价2万元,则

本月计税销售额 = $(50\,000 + 20\,000) \div (1 + 4\%) = 67\,307.70$(元)

(3)还本销售方式销售货物

所谓还本销售,指销货方将货物出售之后,按约定的时间,一次或分次将购货款部分或全部退还给购货方,退还的货款即为还本支出。纳税人采取还本销售货物的,不得从销售额中减除还本支出。

(4)采取以物易物方式销售

以物易物方式销售,是指购销双方不是以货币结算,而是以同等价款的货物相互结算,实现货物购销的一种方式。在这种方式下,双方应各自开具合法的票据作购销处理,即以各自发出的货物核算销售额并计算销项税额,以各自收到的货物核算购货额及进项税额,如果收到货物不能取得相应的增值税专用发票或者其他合法票据,不得抵扣进项税额。

(5)销售自己使用过的固定资产的征免规定

自2002年1月1日起,纳税人销售旧货(包括旧货经营单位销售旧货和纳税人销售自己使用过的应税固定资产),无论其是增值税一般纳税人或小规模纳税人,也无论其是否为批准

认定的旧货调剂试点单位，一律按4%的征收率减半征收增值税，不得抵扣进项税额。应税固定资产是指不同时具备三个条件的应征增值税的固定资产，即属于企业固定资产目录所列货物；企业按固定资产管理，并确已使用过的货物；销售价格不超过其原值的货物。纳税人销售自己使用过的属于应征消费税的机动车、摩托车、游艇，售价超过原值的，按照4%的征收率减半征收增值税；售价未超过原值的，免征增值税。旧机动车经营单位销售旧机动车、摩托车、游艇，按照4%的征收率减半征收增值税。自2009年1月1日起，国务院财政、税务主管部门规定的纳税人自用消费品，其进项税额不得从销项税额中抵扣。

7）包装物押金计税问题

包装物是指纳税人包装本单位货物的各种物品。根据税法规定，纳税人为销售货物而出租出借包装物收取的押金，单独记账的，时间在1年内，又未过期的，不并入销售额征税；但对逾期1年以上未收回不再退还的包装物押金，应按所包装货物的适用税率计算纳税。另外，包装物押金与包装物租金不能混淆，包装物租金属于价外费用，在收取时便并入销售额征税。

从1995年6月1日起，对销售除啤酒、黄酒以外的其他酒类产品收取的包装物押金，无论是否返还以及会计上如何核算均应并入销售额征税。

2. 进项税额的计算

纳税人购进货物或者接受应税劳务，所支付或者负担的增值税为进项税额。它与销项税额相对应。在购销业务中，每一个增值税一般纳税人都会有收取的销项税额和支付的进项税额；销货方收取的销项税额就是购货方支付的进项税额。增值税一般纳税人当期应纳增值税额采用购进抵扣法计算，即以当期的销项税额扣除当期进项税额，其余额为应纳增值税额。因此，进项税额对纳税人当期增值税税负的多少具有举足轻重的作用。需要注意的是，并不是购进货物或者接受应税劳务所支付或者负担的增值税都可以在销项税额抵扣，税法对哪些进项税额可以抵扣、哪些进项税额不能抵扣作了严格的规定。

一般而言，准予抵扣的进项税额可以根据以下两个方法来确定：一是进项税额体现支付或者负担的增值税，直接在销货方开具的增值税专用发票和海关完税凭证上注明的税额，不需要计算；二是购进某些货物或者接受应税劳务时，其进项税额是根据支付金额和法定的扣除率计算出来的。

1）准予从销项税额中抵扣的进项税额

①从销售方取得的增值税专用发票上注明的增值税额。

②从海关取得的完税凭证上注明的增值税额。

③购进免税农产品进项税额的确定与抵扣。

自2002年1月1日起，增值税一般纳税人购进农业生产者销售的免税农产品，或者从小规模纳税人处购进的农产品，按买价乘以13%的扣除率计算抵扣进项税额。"买价"是指经主管税务机关批准使用的收购凭证上注明的价款。其计算公式为

　　　　准予抵扣的进项税额 = 买价 × 扣除率

④购进废旧物资进项税额的确定与抵扣。

生产企业增值税一般纳税人购入废旧物资回收经营单位销售的废旧物资，可按照废旧物资回收经营单位开具的由税务机关监制的普通发票上注明的金额，按10%计算抵扣进项税额。

从2009年1月1日起，取消"废旧物资回收经营单位销售其收购的废旧物资免征增值税"

和"生产企业增值税一般纳税人购入废旧物资回收经营单位销售的废旧物资,可按废旧物资回收经营单位开具的由税务机关监制的普通发票上注明的金额,按10%计算抵扣进项税额"的政策。

⑤运输费用进项税额的确定与抵扣。

增值税一般纳税人外购或销售货物所支付的运输费用(代垫运费除外),根据运费结算单据(普通发票)所列运费金额,依7%的扣除率计算进项税额准予扣除。这里所称的准予抵扣的货物运费金额是指在运输单位开具的货票上注明的运费、建设基金,但不包括随同运费支付的装卸费、保险费等其他杂费;准予抵扣的运费结算单据(普通发票),是指国有铁路、民用航空、公路和水上运输单位开具的货票,以及从事货物运输的非国有运输单位开具的套印全国统一发票监制章的货票。购买或销售免税货物(免税农业产品除外)所发生的运输费用不得计算进项税额。自2007年1月1日起,纳税人取得的货运发票必须是通过货运发票税控系统开具的新版货运发票。

⑥企业购置增值税防伪税控系统专用设备和通用设备,可凭购货所取得的专用发票所注明的税额从增值税销项税额中抵扣。

自2004年12月1日起,增值税一般纳税人购进税控收款机所支付的增值税额(以购进税控收款机取得的增值税专用发票上注明的增值税额为准),准予在企业当期销项税额中抵扣。

⑦外贸企业出口视同内销货物征税时的进项税额抵扣问题。外贸企业购进货物后,无论是内销还是出口,须将所取得的增值税专用发票在规定的认证期限内到税务机关办理认证手续。凡未在规定的认证期限内办理认证手续的增值税专用发票,不予抵扣或退税。

2)不得从销项税额中抵扣的进项税额

①纳税人购进货物或者应税劳务,未按照规定取得并保存增值税扣税凭证,或者增值税扣税凭证上未按照规定注明增值税额及其他有关事项的,其进项税额不得从销项税额中抵扣。

②一般纳税人有下列情形之一者,应按销售额依照增值税税率计算应纳税额,不得抵扣进项税额,也不得使用增值税专用发票:会计核算不健全,或者不能够提供准确税务资料的;符合一般纳税人条件,但不申请办理一般纳税人认定手续的。上述所称的"不得抵扣进项税额"是指纳税人在停止抵扣进项税额期间发生的全部进项税额,包括在停止抵扣期间取得的进项税额、上期留抵税额以及经批准允许抵扣的期初存货已征税款。纳税人经税务机关核准恢复抵扣进项税额资格后,其在停止抵扣进项税额期间发生的全部进项税额不得抵扣。

③购进固定资产。自2009年1月1日起,本规定取消。

④用于非应税项目的购进货物或者应税劳务。

⑤用于免税项目的购进货物或者应税劳务。

⑥用于集体福利或者个人消费的购进货物或者应税劳务。

⑦非正常损失的购进货物。

⑧非正常损失的在产品、产成品所耗用的购进货物或者应税劳务。

3.应纳税额的计算

在确定了销项税额和进项税额后,就可以得出实际应纳税额,基本计算公式为

应纳税额 = 当期销项税额 - 当期进项税额

为了正确使用该公式,还需要掌握以下几个问题。

1) 销项税额的时间界定

关于销项税额的确定时间,总的原则是销项税额的确定不得滞后。税法对此作了严格的规定,具体确定销项税额的时间根据第 2.5 节关于纳税义务发生时间的有关规定执行。

2) 进项税额抵扣时限的界定

关于进项税额的抵扣时间,总的原则是进项税额的抵扣不得提前。税法对不同扣税凭证的抵扣时间作了详细的规定。

(1) 防伪税控系统开具的增值税专用发票进项税额的抵扣时限

增值税一般纳税人申请抵扣的防伪税控系统开具的增值税专用发票,必须自该发票开具之日起 90 天内到税务机关认证,否则不予抵扣进项税额。

增值税纳税人认证通过的防伪税控系统开具的增值税专用发票应在认证通过的当月按照增值税有关规定核算当期进项税额并申报抵扣,否则不予抵扣进项税额。

(2) 海关完税凭证进项税额的抵扣时限

增值税一般纳税人取得的 2004 年 2 月 1 日以后开具的海关完税凭证,应当在开具之日起 90 天后的第一个纳税申报期结束以前向主管税务机关申报抵扣,逾期不予抵扣进项税额。

(3) 运费发票进项税额的抵扣时限

增值税一般纳税人取得的 2003 年 10 月 31 日以后开具的运费发票,应当在开票之日起 90 天内向主管税务机关申报抵扣,超过 90 天的不予抵扣。在办理运费进项税额抵扣时,应附抵扣发票清单。

(4) 购进废旧物资取得的普通发票进项税额的抵扣时限

增值税一般纳税人取得的 2004 年 3 月 1 日以后开具的废旧物资发票,应当在开具之日起 90 天后的第一个纳税申报期结束以前向主管税务机关申报抵扣,逾期不得抵扣进项税额。采用增值税防伪税控系统开具的废旧物资增值税专用发票,按增值税专用发票的申报抵扣时限处理。

3) 扣减当期销项税额的规定

纳税人在销售货物时,因货物质量、规格等原因而发生销货退回或销售折让,销货方应对当期销项税额进行调整。税法规定,一般纳税人因销货退回和折让而退还给购买方的增值税额,应从发生销货退回或折让当期的销项税额中扣减。

4) 扣减当期进项税额的规定

(1) 进货退回或折让的税务处理

一般纳税人因进货退回或折让而从销货方收回的增值税额,应从发生进货退回或折让当期的进项税额中扣减。

(2) 向供货方收取的返还收入的税务处理

自 2004 年 7 月 1 日起,对商业企业向供货方收取的与商品销售量、销售额挂钩(如以一定比例、金额、数量计算)的各种返还收入,均应按平销返利行为的有关规定冲减当期增值税进项税额。冲减进项税额的计算公式为

$$当期应冲减的进项税额 = 当期取得的返还资金 \div (1 + 所购进货物适用增值税税率) \times$$
$$所购进货物适用增值税税率$$

商业企业向供货方收取的各种返还收入,一律不得开具增值税专用发票。

（3）已经抵扣进项税额的购进货物发生用途改变的税务处理

已经抵扣进项税额的购进货物或应税劳务如果事后改变用途，如用于非应税项目、免税项目、职工福利或个人消费，购进货物发生非正常损失，在产品或产成品发生非正常损失，根据税法规定，应将购进货物或应税劳务的进项税额从当期的进项税额中扣减。无法准确确定该项进项税额的，按当期实际成本计算应扣减的进项税额。

（4）进项税额不足抵扣的税务处理

纳税人在计算应纳税额时，如果当期销项税额小于当期进项税额不足抵扣的部分，可以结转下期继续抵扣。

（5）一般纳税人注销时存货及留抵税额处理问题

一般纳税人注销或被取消辅导期一般纳税人资格，转为小规模纳税人时，其存货不作进项税额转出处理，其留抵税额也不予退税。

例 2-1　宏宇公司为一般纳税人，适用增值税税率17%，2008 年 8 月有关生产经营业务如下。

①销售 A 商品给黄河公司，开具增值税专用发票，取得不含税销售额 100 万元；另开具普通发票取得运送 A 商品的运输费收入 5.85 万元。

②销售 B 商品给长江公司，开具普通发票，取得含税收入 35.1 万元。

③将自产一批应税新产品用于本企业职工福利，成本价 30 万元，成本利润率 10%，无同类商品市场销售价格。

④销售使用过的进口摩托车 5 辆，开具普通发票，每辆取得含税收入 1.04 万元，原价进口每辆 0.9 万元。

⑤销售 C 商品给黄河公司，开具增值税专用发票，取得不含税销售额 50 万元，付款信用期 30 天，同时给予现金折扣条件"2/10"、"N/30"，黄河公司在 10 天内付款。

⑥没收黄河公司的包装物押金 1 万元。

⑦购进货物并取得增值税专用发票，注明支付的货款 50 万元，增值税 8.5 万元；另支付运输费用 5 万元，取得运输部门开具的普通发票。

⑧向农业生产者购进免税农业产品一批，支付收购价 40 万元，支付运输单位运费 10 万元，取得合法票据，同时支付市内搬运费 1 万元，福利部门购进农产品的 50% 用于职工福利。

根据以上资料计算宏宇公司 8 月份应缴纳的增值税。

①销售 A 商品的销项税额：

$$100 \times 17\% + 5.85 \div (1 + 17\%) \times 17\% = 17.85（万元）$$

②销售 B 商品的销项税额：

$$35.1 \div (1 + 17\%) \times 17\% = 5.1（万元）$$

③福利领用新产品的销项税额：

$$30 \times (1 + 10\%) \times 17\% = 5.61（万元）$$

④销售使用过的摩托车应纳税额：

$$1.04 \div (1 + 4\%) \times 4\% \times 50\% \times 5 = 0.1（万元）$$

⑤销售 C 产品的销项税额：

$$50 \times 17\% = 8.5（万元）$$

⑥没收押金的应纳税额：

$$1 \div (1 + 17\%) \times 17\% = 0.145\ 3(万元)$$

⑦外购货物可抵扣的进项税额：

$$8.5 + 5 \times 7\% = 8.85(万元)$$

⑧外购免税农业产品可抵扣的进项税额：

$$(40 \times 13\% + 10 \times 7\%) \times (1 - 50\%) = 2.95(万元)$$

⑨本月应纳增值税额：

$$17.85 + 5.1 + 5.61 + 0.1 + 8.5 + 0.145\ 3 - 8.85 - 2.95 = 25.505\ 3(万元)$$

2.2.2 小规模纳税人增值税应纳税额的计算

小规模纳税人销售货物或者提供应税劳务，直接按照销售额和征收率计算应纳税，不得抵扣进项税额。其计算公式是

$$应纳增值税税额 = 销售额 \times 征收率$$

其中，销售额为对外销售应税货物或提供应税劳务时，向对方收取的全部价款和价外费用，但不包括向对方收取的增值税税额和代垫运费，具体的确定标准与一般纳税人的销售额相同。

因为小规模纳税人的销售额一般是含税的，应予以转换，其公式如下：

$$不含税销售额 = 含税销售额 \div (1 + 征收率)$$

例2-2 欣荣便民店为小规模纳税人，2007年5月取得含税商品销售收入36 400元。计算本月应纳增值税额。

$$销售额 = 36\ 400 \div (1 + 4\%) = 35\ 000(元)$$
$$应纳税额 = 35\ 000 \times 4\% = 1\ 400(元)$$

2.2.3 进口货物增值税应纳税额的计算

纳税人进口货物，按照组成计税价格和适用的税率计算应纳税额，不得抵扣任何税额，即在计算进口环节的应纳增值税税额时，不得抵扣发生在我国境外的各种税金。组成计税价格的计算公式是

$$组成计税价格 = 关税完税价格 + 关税 + 消费税$$

或　　　　$$组成计税价格 = (关税完税价格 + 关税) \div (1 - 消费税税率)$$

$$应纳税额 = 组成计税价格 \times 税率$$

进口货物在海关缴纳的增值税，符合抵扣范围的，凭借海关完税凭证可以从当期销项税额中抵扣。

例2-3 某市日化厂为增值税一般纳税人，2008年8月进口一批香精，买价85万元，境外运费及保险费共计5万元。海关于8月15日开具了完税凭证。日化厂缴纳进口环节税金后海关放行。计算该日化厂进口环节应纳增值税（关税税率为50%，消费税税率为30%）。

$$关税完税价格 = 85 + 5 = 90(万元)$$
$$组成计税价格 = 90 \times (1 + 50\%)/(1 - 30\%) = 192.86(万元)$$
$$进口环节缴纳增值税 = 192.86 \times 17\% = 32.79(万元)$$

2.3 增值税的会计核算

2.3.1 增值税核算应设置的账户

1. 一般纳税人增值税核算应设置的账户

增值税一般纳税人，为了准确核算增值税的计提缴纳情况，首先在会计核算上要专门设置"应交税费——应交增值税"和"应交税费——未交增值税"两个二级账户。

（1）"应交税费——应交增值税"账户

"应交税费——应交增值税"账户用来专门核算纳税人当期发生的增值税的计提缴纳情况，下设"进项税额"、"已交税金"、"减免税款"、"出口抵减内销产品应纳税款"、"转出未交增值税"、"销项税额"、"进项税额转出"、"出口退税"、"转出多交增值税"九个三级账户。

①"进项税额"项目。记录企业购进货物、接受应税劳务而支付的并准予从销项税额中抵扣的增值税税额。纳税人取得货物或接受应税劳务支付进项税额时，用蓝字登记在借方；退回所取得货物或取得销售折扣、折让的进项税额用红字登记在借方。

②"已交税金"项目。记录企业本期应交而实际已交的增值税额。企业已交纳的增值税额用蓝字登记，退回多交的增值税额用红字登记。

③"减免税款"项目。记录企业按规定直接减免的、准予从销项税额中抵扣的增值税额。按规定，直接减免的增值税用蓝字登记，应冲销增值税直接减免的用红字登记。

④"出口抵减内销产品应纳税款"项目。记录内资企业及1993年12月31日以后批准设立的外商投资企业直接出口或者委托外贸企业代理出口的货物，按规定的退税率计算的出口货物进项税额抵减内销产品的应纳税额。

⑤"转出未交增值税"项目。记录企业月终将当月发生的应交未交增值税的转账额。作此转账后，"应交税费——应交增值税"的期末余额不再包括当期应交未交增值税额。

⑥"销项税额"项目。记录企业销售货物或应税劳务应收取的增值税额，发生时用蓝字登记在贷方，销货退回或销售折让时用红字登记在贷方。

⑦"出口退税"项目。记录企业出口适用零税率的货物，向海关办理报关出口手续后，凭出口报关单等有关单据，根据国家的出口退税政策，向主管出口退税的税务机关申请办理出口退税而收到的退回的税款。若办理退税后，又发生退货或者退关而补交已退税款，则用红字登记。

⑧"进项税额转出"项目。记录企业已抵扣进项税额的货物，在发生损失或改变用途时，不得从销项税额中抵扣而按规定转出的进项税额，发生时用蓝字登记在贷方。

⑨"转出多交增值税"项目。记录企业月末将多交增值税的转出额。作此转账后，"应交税费——应交增值税"期末余额不会包含多交增值税因素。

（2）"应交税费——未交增值税"账户

"应交税费——未交增值税"账户的借方发生额，反映企业上交以前月份未交增值税额和月末自"应交税费——应交增值税"账户转入的当月多交的增值税额。

"应交税费——未交增值税"账户的贷方发生额，反映企业月末自"应交税费——应交增值税"账户转入的当月未交的增值税额。

"应交税费——未交增值税"账户的期末余额，对于借方表示企业多交的增值税，对于贷

方表示企业未交的增值税。

2. 小规模纳税人增值税核算应设置的账户

小规模纳税人只需在"应交税费"账户下设置"应交增值税"二级账户。"应交税费——应交增值税"贷方反映应交的增值税,借方反映实际上交的增值税;贷方余额反映尚未上交或欠交的增值税,借方余额反映多交的增值税。

2.3.2　增值税一般纳税人进项税额的会计处理

一般纳税人进项税额的会计核算,通过"应交税费——应交增值税"二级账户下的"进项税额"、"进项税额转出"和"转出多交增值税"三个三级账户进行。

1. 购进项目进项税额的会计处理

(1)国内购进货物进项税额的会计处理

企业国内采购的货物,应按照专用发票上注明的增值税额,借记"应交税费——应交增值税(进项税额)"科目,按照专用发票上记载的应计入采购成本的金额,借记"材料采购"(按计划成本计价)、"原材料"(按实际成本计价)、"商品采购"、"制造费用"、"管理费用"、"销售费用"、"其他业务成本"等账户,按照应付或实际支付的金额,贷记"应付账款"、"应付票据"、"银行存款"等账户。购入货物发生的退货或取得进货折扣、折让时,作相反的会计分录,但进项税额只能用红字登记在借方。

例2-4　工业企业采购材料进项税额会计核算。

A企业为增值税一般纳税人,日常核算采用实际成本。2007年5月8日,购进甲种材料一批,取得的增值税专用发票上注明材料价款为100 000元,税额为17 000元,供方代垫运费10 000元,取得专业运输公司发票。材料已验收入库,货款未付。

其会计处理如下:

可抵扣进项税额 = 17 000 + 10 000 × 7% = 17 000 + 700 = 17 700(元)

采购成本 = 100 000 + 10 000 × (1 – 7%) = 100 000 + 9 300 = 109 300(元)

借:原材料——甲　　　　　　　　　　　　　　　　　　　109 300

应交税费——应交增值税(进项税额)　　　　　　　　　17 700

贷:应付账款　　　　　　　　　　　　　　　　　　　　　127 000

例2-5　商品流通企业采购商品进项税额的会计核算。

某家电商场2007年5月从厂家购入电视一批,取得供货方开具的增值税专用发票,内列电视数量50台,每台单价4 600元,价款合计230 000元,增值税额39 100元,电视已验收入库,货款未付。

其会计处理如下:

借:库存商品——电视　　　　　　　　　　　　　　　　　230 000

应交税费——应交增值税(进项税额)　　　　　　　　　39 100

贷:应付账款　　　　　　　　　　　　　　　　　　　　　269 100

例2-6　上题中某家电商场5月份购入的电视由于质量问题发生退货,并收到对方开具的退货发票。

其会计处理如下:

借:库存商品——电视　　　　　　　　　　　　　　　　　230 000

 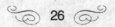

应交税费——应交增值税（进项税额） $\boxed{39\ 100}$

  贷：应付账款 $\boxed{269\ 100}$

（2）外购免税农业产品进项税额的会计核算

  企业购进免税农业产品，按购入农业产品的买价和规定的扣除率计算的进项税额，借记"应交税费——应交增值税（进项税额）"账户，按买价扣除按规定计算的进项税额后的差额，借记"材料采购"、"商品采购"等账户，按应付或实际支付的价款，贷记"应付账款"、"银行存款"等账户。

  例 2-7 2007 年 2 月红星公司购进免税农产品一批，法定收购凭证内列买价 200 000 元，该批农产品运费 4 000 元，取得专业运输公司开具的运费发票，货款和运费均通过银行转账支付。对该业务作出相应的会计处理。

  其会计处理如下：

    应抵扣的进项税额 = 200 000 × 13% + 4 000 × 7% = 26 280（元）

    采购成本 = 200 000 × (1 - 13%) + 4 000 × (1 - 7%) = 177 720（元）

  借：在途物资   177 720

    应交税费——应交增值税（进项税额）   26 280

    贷：银行存款   204 000

（3）接受应税劳务进项税额的会计核算

  企业接受应税劳务，按照专用发票上注明的增值税额，借记"应交税费——应交增值税（进项税额）"科目，按专用发票上记载的应计入加工、修理修配等货物成本的金额，借记"其他业务支出"、"制造费用"、"委托加工材料"、"加工商品"、"销售费用"、"管理费用"等账户，按应付或实际支付的金额，贷记"应付账款"、"银行存款"等账户。

  例 2-8 接受修理修配劳务进项税额的会计处理。

  利民制造公司修理本单位机床，取得增值税专用发票一张，注明修理费 2 500 元，税额 425 元，款项已用银行存款支付。

  其会计处理如下：

  借：管理费用   2 500

    应交税费——应交增值税（进项税额）   425

    贷：银行存款   2 925

  例 2-9 委托加工物资进项税额的会计处理。

  利民制造公司 2009 年 10 月份委托黄河厂加工配套零部件，10 月 10 日发出原材料 78 000 元，10 月 24 日加工完成，并验收入库，取得黄河厂开具的增值税专用发票，内列加工费 26 000 元、增值税税额 4 420 元，以转账支票支付加工费，同时结算运杂费共计 400 元，以现金支付。根据以上资料，作出相应的会计处理。

  其会计处理如下。

  ①发出材料时：

  借：委托加工物资   78 000

    贷：原材料   78 000

  ②结算加工费，凭增值税专用发票作会计分录：

借:委托加工物资 26 000

  应交税费——应交增值税(进项税额) 4 420

 贷:银行存款 30 420

③支付运杂费:

 借:委托加工物资 400

  贷:库存现金 400

④加工完毕,验收入库:

  委托加工物资的成本 = 78 000 + 26 000 + 400 = 104 400(元)

借:原材料 78 000

 贷:委托加工物资 78 000

(4)进口货物进项税额的会计处理

企业进口货物,按照海关提供的完税凭证上注明的增值税额,借记"应交税费——应交增值税(进项税额)"科目,按照进口货物应计入采购成本的金额,借记"材料采购"、"商品采购"、"原材料"等账户,按照应付或实际支付的金额,贷记"应付账款"、"银行存款"等账户。其具体会计处理方法与国内购进货物的处理方法相同,只是扣税依据不同。

例 2-10 2008 年 8 月新科公司进口材料一批,关税完税价格 100 000 元,关税额 10 000元,收到材料并验收入库,上述款项已通过银行转账。根据上述资料作出会计处理。

其会计处理如下:

  进项税额 = (100 000 + 10 000) × 17% = 18 700(元)

  采购成本 = 100 000 + 10 000 = 110 000(元)

借:原材料 110 000

 应交税费——应交增值税(进项税额) 18 700

  贷:银行存款 128 700

2. 转入扣除项目的会计处理

(1)接受投资货物进项税额的会计处理

企业接受投资转入的货物,按照专用发票上注明的增值税额,借记"应交税费——应交增值税(进项税额)"科目,按照确认的投资货物价值(已扣增值税,下同),加上其他税额,借记"原材料"、"库存产品"等账户,按照增值税额与投资货物价值的合计数,贷记"实收资本"、"股本"、"资本公积"等账户,按支付或应付的其他税额,贷记"银行存款"、"应付账款"等账户。

例 2-11 光明公司 2008 年 8 月 8 日接受联营的某企业用原材料作投资,增值税专用发票上注明货款 800 000 元,增值税 136 000 元。公司以转账方式支付该批原材料运费 6 000 元,取得专业运输公司开具的运费发票。根据上述资料,作出相应的会计处理。

其会计处理如下:

  进项税额 = 136 000 + 6 000 × 7% = 136 420(元)

  材料成本 = 800 000 + 6 000 × (1 - 7%) = 805 580(元)

借:原材料 805 580

 应交税费——应交增值税(进项税额) 136 420

  贷:实收资本 936 000

银行存款　　　　　　　　　　　　　　　　　　　　　　　　　　6 000

（2）接受捐赠货物进项税额的会计处理

　　企业接受捐赠转入的货物,按照专用发票上注明的增值税额,借记"应交税费——应交增值税（进项税额）"科目,按照确认的捐赠货物的价值（已扣增值税,下同）,借记"原材料"等账户,按支付的相关税款,贷记"银行存款"、"其他货币资金"等科目,按照增值税额与货物价值的合计数,贷记"实收资本"账户。

　　例2-12　永明公司2007年2月份接受某外商投资企业捐赠的材料一批,增值税专用发票上注明价款50 000元,增值税额8 500元。

　　其会计处理如下:

　　借:原材料　　　　　　　　　　　　　　　　　　　　　　　50 000

　　　应交税费——应交增值税（进项税额）　　　　　　　　　　8 500

　　　贷:营业外收入　　　　　　　　　　　　　　　　　　　　　58 500

（3）通过债务重组方式取得货物进项税额的处理

　　企业会计准则规定,债权人接受债务人以存货资产抵偿债务方式进行债务重组的,按受让存货资产公允价值,借记"原材料"、"库存商品"等科目,按增值税专用发票上注明的进项税额,借记"应交税费——应交增值税（进项税额）"科目,按该项债权已提的坏账准备,借记"坏账准备"账户,按重组债权的账面价值与受让存货资产公允价值和可抵扣增值税进项税额之和的差额,借记"营业外支出——债务重组损失"。按应收债权的账面余额,贷记"应收账款"等账户。

　　例2-13　2005年5月1日,大华公司销售一批材料给红星公司,含税价为117 000元。2006年5月1日,红星公司发生财务困难,无法按合同规定偿还债务,经双方协议,大华公司同意红星公司用产品抵偿该项应收账款。该产品市价为80 000元,增值税率为17%,产品成本为70 000元。大华公司为该项债权计提了坏账准备5 000元。假定不考虑其他税费,则大华公司在2006年5月会计处理为:

　　借:原材料　　　　　　　　　　　　　　　　　　　　　　　80 000

　　　应交税费——应交增值税（进项税额）　　　　　　　　　　13 600

　　　坏账准备　　　　　　　　　　　　　　　　　　　　　　　5 000

　　　营业外支出——债务重组损失　　　　　　　　　　　　　　18 400

　　　贷:应收账款　　　　　　　　　　　　　　　　　　　　　117 000

3.进项税额转出的会计处理

（1）一般纳税人取得的应税货物改变用途时的进项税额会计处理

　　企业购入的应税货物的进项税额已登记入账,如果将购进货物改变用途,用于基本建设、免税项目、非应税项目、集体福利、个人消费等,其已登记入账的该部分的进项税额,应相应转入有关账户,借记"在建工程"、"工程物资"、"生产成本"、"制造费用"、"应付职工薪酬"、"盈余公积"等账户,贷记"应交税费——应交增值税（进项税额转出）"账户。

　　例2-14　红日公司将外购的一批买价为100 000元的库存商品作为福利分发给生产部门使用,该批商品的进项税额为17 000元。根据以上资料,作出相应的会计处理。

　　会计处理如下:

　　借:应付职工薪酬　　　　　　　　　　　　　　　　　　　117 000

贷:库存商品	100 000
应交税费——应交增值税(进项税额转出)	17 000
借:生产成本	117 000
贷:应付职工薪酬	117 000

(2)一般纳税人取得的应税货物发生非正常损失时进项税额的会计处理

企业购入的应税货物发生非正常损失,其进项税额不得从销项税额中扣除,应将这部分进项税额从已登记入账的进项税额中转出,借记"生产成本"、"制造费用"、"管理费用"、"营业外转出"、"其他应收款"、"待处理财产损益"等账户,贷记"应交税费——应交增值税(进项税额转出)"账户。

例2-15　由于水灾,红星公司大批外购电子元件报废,损失实际成本为380 000元,经与保险公司协商,由保险公司赔偿货物损失的80%,根据以上资料,作出相应的会计处理。

会计处理如下:

应转出的进项税额 = 380 000 × 17% = 64 600(元)

借:其他应收款——保险公司	355 680
营业外支出——非常损失	88 920
贷:原材料	380 000
应交税费——应交增值税(进项税额转出)	64 600

4.几种特殊情况的进项税额的会计处理

(1)一般纳税人购入固定资产时进项税额的会计处理

例2-16　甲企业从国内乙企业采购机器设备一台给生产部门使用,增值税专用发票上注明的价款为50万元,增值税为8.5万元,购进固定资产所支付的运输费用为0.5万元,取得合法发票,均用银行存款支付。根据以上资料,作出相应的会计处理。

会计处理如下:

应抵扣固定资产增值税 = 85 000 + 5 000 × 7% = 85 350(元)

借:固定资产	504 650
应交税费——应抵扣固定资产增值税(固定资产进项税额)	85 350
贷:银行存款	590 000

(2)一般纳税人购入直接用于非应税项目、免税项目、集体福利、个人消费的应税货物或劳务税进项税额的会计处理

企业购入货物及接受应税劳务直接用于非应税项目,或直接用于免税项目以及直接用于集体福利和个人消费的,其进项税额不得抵扣,其专用发票上注明的增值税额,计入购入货物及接受劳务的成本。借记"原材料"、"材料采购"、"在途物资"、"制造费用"、"生产成本"、"应付职工薪酬"等账户,贷记"银行存款"、"应付账款"、"应付票据"等账户。

例2-17　购进免税项目所用原材料时进项税额的会计处理。

某制药公司购进专用药品生产用原材料一批,取得对方开具的增值税专用发票,发票上注明:货款200 000元,增值税额34 000元,货已验收入库,款项未付。根据以上资料,作出相应的会计处理。

会计处理如下:

借:原材料	234 000

贷:应付账款　　　　　　　　　　　　　　　　　234 000

　　(3)一般纳税人购入货物取得的普通发票的会计处理

　　一般纳税人在购入货物时(不包括购进免税农业产品),只取得普通发票的,应按发票所列全部价款入账,不得将增值税额分离出来进行抵扣处理。在编制会计分录时,借记"材料采购"、"在途物资"、"库存商品"、"原材料"、"制造费用"、"管理费用"、"其他业务成本"等账户,贷记"银行存款"、"应付票据"、"应付账款"等账户。

　　例2-18　红星公司外购材料一批,买价 20 000 元,未取得增值税专用发票,以现金支付市内装卸搬运费 800 元,材料已验收入库,货款未付。根据以上资料,作出相应的会计处理。

　　会计处理如下:

　　借:原材料　　　　　　　　　　　　　　　　　　20 800

　　　　贷:应付账款　　　　　　　　　　　　　　　　20 000

　　　　　　库存现金　　　　　　　　　　　　　　　　　800

2.3.3　增值税一般纳税人销项税额的会计处理

　　一般纳税人销项税额的会计核算,主要是通过"应交税费——应交增值税"二级账户下的"销项税额"和"转出未交增值税"两个三级账户进行。

　　1.一般销售行为销项税额的会计核算

　　(1)销售货物时销项税额的会计处理

　　纳税人在采取直接收款方式销售货物时,不管对方是否提货都应在收讫价款、开出发票账单,并将提货单交给对方时确认销项税额;在采取委托收款销售时,应在开出发票账单,并向银行办妥收款手续时确认销项税额。在会计核算上按已确认的销项税额,贷记"应交税费——应交增值税(销项税额)"账户;按已确认的收入额,贷记"主营业务收入"、"其他业务收入"等账户;按已确认的销项税额和收入的合计,借记"银行存款"、"库存现金"、"应收账款"等账户。

　　例2-19　正阳公司 2007 年 8 月 4 日向黄河厂销售 A 商品一批,成本 200 000 元,开出增值税专用发票,发票内列售价 300 000 元,增值税 51 000 元,发出商品并已办妥手续。假定该销售商品收入符合收入确认条件,作出正阳公司的会计处理。

　　会计处理如下:

　　借:应收账款　　　　　　　　　　　　　　　　　351 000

　　　　贷:主营业务收入　　　　　　　　　　　　　　300 000

　　　　　　应交税费——应交增值税(销项税额)　　　　51 000

　　结转销售成本:

　　借:主营业务成本　　　　　　　　　　　　　　　200 000

　　　　贷:库存商品　　　　　　　　　　　　　　　　200 000

　　(2)销货退回及折让时销项税额的会计处理

　　纳税人销售应税货物,如果发生销货退回,一般有三种情况:其一,购销双方均未入账,销售方收到购货方退回的增值税专用发票联和抵扣联,销售方只需在退回的发票联、抵扣联及本企业保存的存根联和记账联上均注明"作废"字样即可;其二,购买方未入账,退回增值税专用发票的发票联和抵扣联,而销售方已入账,应开具红字发票,并根据红字记账联编制红字冲销凭证,冲销当期的主营业务收入和销项税额,同时将退回的增值税专用发票的发票联和抵扣联

第2章　增值税的会计核算

附在红字存根背面;其三,购销双方均已入账,由购买方到主管税务机关开具销售退回证明单,作为冲销销项税额的证明。如果部分退回,只需重新开具为退回货物的发票即可。

因销售产品质量等原因,购销双方协商后不需退货,按折让一定比例后的价款和增值税额收取,税务处理可参照销售退回。

例 2-20 正阳公司 2007 年 8 月 14 日收到黄河厂因质量问题退回的本年 8 月 4 日销售给黄河厂的 A 商品增值税专用发票,发票内列售价 300 000 元,增值税 51 000 元。作出正阳公司的会计处理。

由于正阳公司已确认收入,应开具红字增值税专用发票,并根据红字发票的记账联编制红字冲销凭证,冲销当期的主营业务收入和销售额,同时将退回的增值税专用发票的发票联和抵扣联附在红字存根背面。

会计处理如下。

先作红字分录冲销原入账收入和销项税额:

借:应收账款   351 000

  贷:主营业务收入   300 000

    应交税费——应交增值税(销项税额)   51 000

商品入库时:

借:库存商品   200 000

  贷:主营业务成本   200 000

如果发生销售折扣,不能将折扣额与正常销售额开在一张发票上,销售折扣额只能全部作为销货方的融资费用,在发生当期,借记"财务费用"账户,不能冲减销项税额。

例 2-21 正阳公司 2007 年 8 月 4 日销售给黄河厂的 A 商品由于质量原因,双方协商将货款折让 50%。8 月 14 日收到黄河厂转来的增值税专用发票的发票联和抵扣联,发票内列售价 300 000 元,增值税 51 000 元。8 月 15 日正阳公司重新按折让的销售额开具增值税专用发票。作出正阳公司相应的会计处理。

会计处理如下。

先开具红字发票,并编制红字冲销凭证:

借:应收账款   351 000

  贷:主营业务收入   300 000

    应交税费——应交增值税(销项税额)   51 000

重新开具增值税专用发票时:

借:应收账款   175 500

  贷:主营业务收入   150 000

    应交税费——应交增值税(销项税额)   25 500

(3)包装物销售及包装物押金销项税额的会计处理

随同产品出售但单独计价的包装物,按规定应交纳的增值税,编制会计分录时,按价税合计金额,借记"银行存款"、"应收账款"等账户,按包装物单独计价所得价款,贷记"其他业务收入"账户,按增值税额贷记"应交税费——应交增值税(销项税额)"账户。

企业对逾期未退还包装物而没收的押金,按规定应交纳的增值税,在编制会计分录时,按

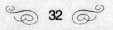

税务会计实务

收取的押金(此时为含增值税的销售额),借记"其他应付款"账户;按规定的税率,将含增值税的押金收入换算为不含增值税的销售额,贷记"其他业务收入"等账户,将按换算为不含增值税的销售额和规定的税率计算的增值税,贷记"应交税费——应交增值税(销项税额)"账户。

例 2-22 五星电缆公司本期对外销售电缆一批,同时随货销售包装物木轴 5 个,开具的增值税专用发票上注明电缆货款 60 000 元、增值税税额 10 200 元,木轴款 5 000 元、增值税税额 850 元。款项尚未收到。根据以上资料,作出相应的会计处理。

会计处理如下:

借:应收账款   76 050

  贷:主营业务收入   60 000

    其他业务收入   5 000

    应交税费——应交增值税(销项税额)   11 050

例 2-23 红星公司没收黄河厂的包装物押金 1 170 元,据此作出相应扣缴处理。

会计处理如下:

  应交增值税 = 1 170 ÷ (1 + 17%) × 17% = 170(元)

借:其他应付款   1 170

  贷:其他业务收入   1 000

    应交税费——应交增值税(销项税额)   170

(4)混合销售行为销项税额的会计处理

纳税人在生产经营活动中,如果销售应税货物或应税劳务的同时涉及非应税劳务时,应将非应税劳务收入额作为混合收入,一并缴纳增值税。在会计处理上,借记"银行存款"、"库存现金"、"应收账款"等账户,贷记"主营业务收入"、"其他业务收入"、"应交税费——应交增值税(销项税额)"账户。

例 2-24 正阳公司 2007 年 8 月 4 日向黄河厂销售 A 商品一批,成本 200 000 元,开出增值税专用发票,发票内列售价 300 000 元,增值税 51 000 元,同时取得运费收入 3 510 元,发出商品并收到上述款项。根据以上资料,作出正阳公司的会计处理。

会计处理如下:

  销项税额 = 51 000 + 3 510 ÷ (1 + 17%) × 17% = 51 510(元)

借:银行存款   354 510

  贷:主营业务收入   300 000

    其他业务收入   3 000

    应交税费——应交增值税(销项税额)   51 510

结转销售成本:

借:主营业务成本   200 000

  贷:库存商品   200 000

2. 视同销售行为销项税额的会计处理

1)委托代销和受托代销的销项税额的会计处理

(1)将货物交付他人代销的会计处理

企业发出代销委托货物时,按货物的实际成本借记"库存商品——委托代销商品"账户,贷记"库存商品"、"原材料"等账户。

受托方作为自购自销处理的,不涉及手续费的问题,企业应在受托方销售货物并交回代销清单时,为受托方开具专用发票,按"价税合计"栏的金额,借记"银行存款"、"应收账款"等账户;按"金额"栏的金额,贷记"主营业务收入"、"其他业务收入"等账户;按"税额"栏的金额,贷记"应交税费——应交增值税(销项税额)"账户。

受托方不作为自购自销处理只收取代销手续费的,企业应在受托方交回代销清单时,为受托方开具专门发票,按"价税合计"栏的金额扣除手续费后的余额,借记"银行存款"、"应收账款"等账户;按手续费金额,借记"销售费用"等账户;按"金额"栏的金额,贷记"主营业务收入"、"其他业务收入"等账户;按"税额"栏的金额,贷记"应交税费——应交增值税(销项税额)"账户。

(2)销售代销货物的会计处理

受托方收到委托销售的货物时,按接受价或含税售价借记"库存商品——受托代销商品"账户,按接受价贷记"应付账款"账户;若受托方为零售代理企业,还应按受托代销商品的进销差价,贷记"商品进销差价"账户。

企业将销售代销货物作为自购自销处理的,不涉及手续费问题,应在销售货物时,为购货方开具专用发票。编制会计分录时,按"金额"栏的金额,借记"应付账款"等账户;按"税额"栏的金额,贷记"应交税费——应交增值税(销项税额)"账户,按"价税合计"栏的金额,贷记"主营业务收入"等账户,同时还要反映销售成本。

企业销售代销货物不作为自购自销处理,货物出售后,扣除手续费,余款如数归还委托方,应在销售货物时,为购货方开具专用发票。编制会计分录时,按"价税合计"栏金额,借记"银行存款"等账户,按"金额"栏的金额,贷记"应付账款"账户,按"税额"栏的金额,贷记"应交税费——应交增值税(销项税额)"账户,同时与销售收入等额反映销售成本,将手续费作为其他业务收入入账。

例2-25 永辉公司委托甲代理商代理销售 A 产品一批,A 产品成本为 90 000 元,税率17%,按合同约定该批产品市场售价只能按永辉公司统一要求的 140 400 元出售,永辉公司按含税售价的 6% 向甲代理商支付代销手续费。甲代理商已将产品售出并向委托方开出代销清单,同时与委托方的相应款项已结清,取得委托方开具的增值税专用发票。根据以上资料,作出相应的会计处理。

委托方永辉公司的会计处理如下。

①发出产品时:

借:库存商品——委托代销商品	90 000
贷:库存商品	90 000

②收到代销清单时:

借:银行存款	131 976
销售费用	8 424
贷:主营业务收入	120 000
应交税费——应交增值税(销项税额)	20 400

同时,结转成本:

借:主营业务成本	90 000
贷:库存商品——委托代销商品	90 000

受托方甲代理商的会计处理如下。

①收到代理货物时：

借：库存商品——委托代销商品	140 400
贷：应付账款——永辉公司	140 400

②代销货物销售后：

借：银行存款	140 400
贷：主营业务收入	120 000
应交税费——应交增值税（销项税额）	20 400

同时，结转成本：

借：主营业务成本	140 400
贷：库存商品——委托代销商品	140 400

③计提代销手续费：

借：应付账款——永辉公司	8 424
贷：其他业务收入——代购代销收入	8 424

④向委托方开出代销清单并收到委托方开具的增值税专用发票时：

借：应付账款——永辉公司	131 976
贷：银行存款	131 976

同时：

借：应交税费——应交增值税（进项税额）	20 400
贷：主营业务成本	20 400

2）将应税货物用于非应税项目、免税项目、集体福利和个人消费时销项税额的会计处理

企业将自产或委托加工的货物用于非应税项目、免税项目、集体福利和个人消费时，除了用于发放职工实物工资外，按会计制度规定，一律不反映应税货物的销售收入和销售成本，但应视同销售货物计算应交增值税。按同类货物的正常市场销售的公允价值作为计税销售额，计提增值税销项税额，贷记"应交税费——应交增值税（销项税额）"账户；按应税货物的账面价值加上相关税费后的数额，借记"生产成本"、"制造费用""应付职工薪酬"、"其他应付款"、"销售费用"、"在建工程"等账户；按应税货物的账面余额，贷记"原材料"、"产成品"、"库存商品"等账户。

例 2-26　某电器商场将一批含税售价为 175 500 元的家用电器作为实物工资向职工发放。

会计处理如下：

销项税额 = 175 500 ÷ (1 + 17%) × 17% = 25 500(元)

借：应付职工薪酬	175 500
贷：主营业务收入	150 000
应交税费——应交增值税（销项税额）	25 500

同时：

借：主营业务成本	175 500
贷：库存商品	175 500

3)将应税货物用于基本建设时销项税额的会计处理

企业如果将应税货物用于基本建设,按会计制度规定,一律不反映应税货物的销售收入和销售成本。按增值税规定应于移送使用时,以应税货物的正常对外销售市场公允价值作为计税销售额,计提增值税销项税额,并贷记"应交税费——应交增值税(销项税额)"账户;按用于基本建设的应税货物的账面成本余额,贷记"库存商品"等账户;按账面成本余额和销项税额的合计,借记"在建工程"账户。

例 2-27 红星公司将自产 A 产品 100 件用于本企业生产车间改建,A 产品单位成本 160 元/件,售价为 200 元/件。根据上述资料,作出相应会计处理。

会计处理如下:

销项税额 = 100 × 200 × 17% = 3 400(元)

借:在建工程	19 400	
贷:库存商品		16 000
应交税费——应交增值税(销项税额)		3 400

4)将应税货物用于对外投资时销项税额的会计处理

企业将应税货物用于对外投资时,按增值税规定应于货物移送时,以正常对外销售的市场公允价值作为计税销售额,计提增值税销项税额,贷记"应交税费——应交增值税(销项税额)"账户;按应税货物的账面余额,贷记"库存商品"、"原材料"等账户;按支付的相关费用贷记"银行存款"等账户;按应税货物已计提资产损失准备,借记"存货跌价准备"账户;按应税货物的账面价值加上相关税费的合计,借记"长期股权投资"、"交易性金融资产"、"持有至到期投资"等账户。但如果以应税货物取得的股权投资包含了已宣告尚未领取的现金股利,则已宣告的应收股利应从投资成本中扣除,单独作为应收股利入账,借记"应收股利"账户。

例 2-28 红星公司将本企业生产的一批 A 产品对外投资,该批产品账面成本为 180 000 元,正常对外不含税售价为 200 000 元,并已计提存货跌价准备 10 000 元。根据上述资料,作出相应会计处理。

会计处理如下:

销项税额 = 200 000 × 17% = 34 000(元)

借:长期股权投资	204 000	
存货跌价准备	10 000	
贷:库存商品		180 000
应交税费——应交增值税(销项税额)		34 000

5)将应税货物用于分配股利时销项税额的会计处理

企业将应税货物用于向投资者分配股利、利润、红利时,按增值税规定,在应税货物移送环节按视同销售处理,计提增值税销项税额,而且还应反映应税货物的销售收入和销售成本,借记"应付股利"账户,贷记"主营业务收入"、"其他业务收入"和"应交税费——应交增值税(销项税额)"账户;同时,借记"主营业务成本"、"其他业务成本"等账户,贷记"库存商品"、"周转材料"、"原材料"等账户。

例 2-29 金杯汽车公司 2009 年末已宣告发放股东现金股利 2 340 000 元,因资金相对紧张,拟用公司自产的中华高档轿车 10 辆发放实物股利。该种轿车每辆制造成本为 120 000 元,每辆正常对外销售不含税售价为 200 000 元。根据上述资料,作出相应会计处理。

会计处理如下：

借：应付股利　　　　　　　　　　　　　　　　　　　2 340 000
　　贷：主营业务收入　　　　　　　　　　　　　　　　　　2 000 000
　　　　应交税费——应交增值税（销项税额）　　　　　　　340 000

同时：

借：主营业务成本　　　　　　　　　　　　　　　　　1 200 000
　　贷：库存商品　　　　　　　　　　　　　　　　　　　　1 200 000

6）将应税货物用于对外捐赠时销项税额的会计处理

按增值税规定，企业将应税货物用于对外捐赠，无论是公益性捐赠还是非公益性捐赠，均应于货物移送时按视同销售处理，按其正常对外销售的市场公允价值计提增值税销项税额，贷记"应交税费——应交增值税（销项税额）"账户；按对外捐赠货物的账面余额，贷记"库存商品"等账户；按对外捐赠货物的账面成本与相关税费之和，借记"营业外支出"账户。

例2-30　红星公司将本企业生产的 A 产品一批捐赠给黄河厂，该批产品账面成本为140 000元，正常对外不含税售价为 180 000 元，适用税率17%。根据上述资料，作出相应会计处理。

会计处理如下：

借：营业外支出　　　　　　　　　　　　　　　　　　　170 600
　　贷：库存商品　　　　　　　　　　　　　　　　　　　　140 000
　　　　应交税费——应交增值税（销项税额）　　　　　　　30 600

2.3.4　小规模纳税人增值税的会计处理

小规模纳税人按简易办法征收增值税，不准抵扣进项税额，直接根据销售额和征收率计算应缴纳的增值税额。

小规模纳税人在购进货物或接受应税劳务时，所支付的增值税税额应直接计入有关货物及劳务的成本之中，即借记"原材料"、"库存商品"、"材料采购"、"固定资产"、"在建工程"、"在建物资"等账户，贷记"银行存款"、"应付票据"、"应付账款"等账户。

例2-31　黄河厂为增值税小规模纳税人，本期购进生产所需原材料一批，取得增值税专用发票，内列货款 26 000 元，增值税税额 4 420 元，材料验收入库，款项以转账支票付讫。根据上述资料，作出相应会计处理。

会计处理如下：

借：原材料　　　　　　　　　　　　　　　　　　　　　30 420
　　贷：银行存款　　　　　　　　　　　　　　　　　　　　30 420

小规模纳税人对外销售货物和提供应税劳务时，按计算出的应交增值税税额，借记"应收账款"、"应收票据"、"预收账款"、"银行存款"、"库存现金"等账户，贷记"应交税费——应交增值税"和"主营业务收入"、"其他业务收入"等账户。

例2-32　欣荣公司为增值税小规模纳税人，2007 年 7 月 15 日销售一批商品，含税价10 400 元，该批商品成本为 8 000 元，款项已收到。根据上述资料，作出相应会计处理。

会计处理如下：

　　应交增值税 = 10 400 ÷（1 + 4%）× 4% = 400（元）

借：银行存款　　　　　　　　　　　　　　　　　　　　10 400

贷:主营业务收入　　　　　　　　　　　　　　　　　　　　　　　10 000

　　　　　　应交税费——应交增值税　　　　　　　　　　　　　　　　　　400

　　同时结转成本:

　　　　借:主营业务成本　　　　　　　　　　　　　　　　　　　　　　　8 000

　　　　　贷:库存商品　　　　　　　　　　　　　　　　　　　　　　　　8 000

2.3.5　增值税缴纳和结转的会计处理

　　一般纳税人上缴增值税多采用按月缴纳的方式,因此,企业需设置"应交税费——应交增值税"明细账核算增值税相关业务,月末,结算出借方、贷方发生额合计和余额。若"应交税费——应交增值税"账户为借方余额,表示本月有尚未抵扣完的进项税额,应将该余额转到未交增值税明细账户的借方,即借记"应交税费——未交增值税"账户,贷记"应交税费——应交增值税(转出多交增值税)"账户;若为贷方余额,表示本月的应交而未交增值税税额,应将该余额转到未交增值税明细账的贷方,即借记"应交税费——应交增值税(转出未交增值税)"账户,贷记"应交税费——未交增值税"账户。其目的是避免发生企业以前各期欠缴的增值税用以后各期的进项税额来抵扣。所以,企业实际上缴以前月份应交的增值税时,会计处理如下:

　　　　借:应交税费——应交增值税(转出未交增值税)

　　　　　贷:银行存款

　　　　　　库存现金

　　但是,如果企业当月缴纳当月应交的增值税,则仍然通过"应交税费——应交增值税(已交税金)"账户核算,即借记"应交税费——应交增值税(已交税金)"账户,贷记"银行存款"、"库存现金"账户。

　　例2-33　华辉公司2007年9月份销项税额600 000元,进项税额500 000元,应交增值税100 000元,通过银行转账缴纳增值税。根据上述资料,作出相应会计处理。

　　会计处理如下:

　　　　借:应交税费——应交增值税(已交税金)　　　　　　　　　　100 000

　　　　　贷:银行存款　　　　　　　　　　　　　　　　　　　　　　100 000

　　例2-34　华辉公司2007年9月份销项税额600 000元,进项税额500 000元,应交增值税100 000元,但由于资金困难,申请缓交。根据上述资料,作出相应会计处理。

　　会计处理如下:

　　　　借:应交税费——应交增值税(转出未交增值税)　　　　　　　100 000

　　　　　贷:应交税费——未交增值税　　　　　　　　　　　　　　　100 000

　　例2-35　华辉公司2007年9月份销项税额600 000元,进项税额500 000元,应交增值税100 000元,已通过银行转账缴纳。但上月一批已销商品本月退回,销项税额50 000元。根据上述资料,作出相应会计处理。

　　会计处理如下:

　　　　借:应交税费——未交增值税　　　　　　　　　　　　　　　　50 000

　　　　　贷:应交税费——应交增值税(转出多交增值税)　　　　　　50 000

2.3.6　出口退(免)税及会计处理

　　1. 出口退税概述

　　出口货物退(免)税是国际贸易中通常采用的并为世界各国普遍接受的一种税收措施。

出口货物退税是指货物报关出口销售后,将其在国内已缴纳或应缴纳的税款退还给货物出口企业或给予免税的一种制度,旨在世界范围内维护商品的公平竞争。根据出口企业的不同形式和出口产品的不同种类,我国的出口退税政策可以分为以下三种形式。

(1)出口不免税也不退税

出口不免税是指对国家限制或禁止出口的某些货物的出口环节视同内销环节,照常征收增值税(消费税);出口不退税是指对这些货物的出口不退还其出口前所负担的税款。适用于税法列举的限制或禁止出口的货物,如天然牛黄、麝香、铜及铜基合金、白银等。

这类货物在出口环节视同内销进行会计处理。

(2)出口免税不退税

出口免税是指对货物在出口环节不征增值税(消费税)。出口不退税是指适用这个政策的出口货物因在前一道生产、销售环节或进口环节是免税的,因此,出口时该货物本身就不含税,也无需退税。出口不退税适用于来料加工复出口的货物、列入免税项目的避孕药品和工具、古旧图书、免税农产品、国家计划内出口的卷烟及军用品等。

这类货物免征出口环节增值税,其耗用的购进货物所负担的进项税额不予退税,因此,在购进该货物时,应将相应的进项税额直接计入购进货物的成本。

(3)出口免税并退税

目前我国企业出口主要有三种形式:(a)生产企业自营出口自产货物;(b)生产企业没有进出口经营权,委托外贸代理出口的自产货物;(c)流通企业以收购方式出口的货物。上述三种出口方式从2002年1月1日起,分别采用先征后退和"免、抵、退"两种出口退税的方式。

2. 先征后退方式

(1)"先征后退"的计税办法

外贸企业以及实行外贸企业财务制度的工贸企业收购货物出口的,其销售出口环节的增值税免征;其收购成本部分,因外贸企业在支付收购货款的同时也支付了生产经营该类商品的企业已纳的增值税款,因此,在货物出口后按收购成本与退税率计算退税额,退还给外贸企业,征、退税之差计入企业成本。

外贸企业出口货物应退增值税税额的计算公式为

应退税额 = 外贸收购不含增值税的购进金额 × 退税率

外贸企业从小规模纳税人购进持普通发票的应予出口退税的货物,应退增值税税额的计算公式为

应退税额 = 普通发票所列销售额 ÷ (1 + 征收率) × 退税率

根据2003年颁布的《财政部、国家税务总局关于调整出口货物退税率的通知》和《财政部、国家税务总局关于调整出口货物退税率的补充通知》规定,现行出口货物的增值税退税率有17%、13%、11%、8%、6%和5%六档。

(2)"先征后退"的账务处理

实行"先征后退"增值税办法的企业,物资出口销售时,按当期出口物资应收的款项,借记"应收账款"、"银行存款"等科目;按当期出口物资实现的营业收入,贷记"主营业务收入"科目,按规定计算的增值税;贷记"应交税费——应交增值税(销项税额)"科目。收到退回的税款,借记"银行存款"科目,贷记"营业外收入"科目。

例2-36 某外贸公司,当期收购钢材2 000吨,增值税专用发票上注明:价款为6 400 000

元,增值税额为 1 088 000 元。本季度共出口钢材 1 200 吨,出口离岸价折合人民币 3 800 000 元。出口报关后一个月办妥退税事宜,并收到退税款,退税率为 13%。根据以上资料,作出相应的会计处理。

会计处理如下。

①购入存货时:

借:材料采购	6 400 000
应交税费——应交增值税(进项税额)	1 088 000
贷:银行存款	7 488 000

②购进钢材入库时:

借:库存商品	6 400 000
贷:材料采购	6 400 000

③出口钢材 1 200 吨时:

借:应收账款	3 800 000
贷:主营业务收入	3 800 000

④结转销售成本时:

主营业务成本 = 6 400 000 ÷ 2 000 × 1 200 = 3 840 000(元)

借:主营业务成本	3 840 000
贷:库存商品	3 840 000

⑤计算不予退税的税额时:

当期不得免征和抵扣税额 = 6 400 000 ÷ 2 000 × 1 200 × (17% − 13%)
= 153 600(元)

借:主营业务成本	153 600
贷:应交税费——应交增值税(进项税额转出)	153 600

⑥计算应退增值税额时:

应退增值税额 = 6 400 000 ÷ 2 000 × 1 200 × 13% = 499 200(元)

借:其他应收款	499 200
贷:应交税费——应交增值税(出口退税)	499 200

⑦收到退税款时:

借:银行存款	499 200
贷:其他应收款	499 200

3. 免、抵、退方式

对生产企业自营或委托外贸企业代理出口的自产货物,除另有规定外,增值税一律实行免、抵、退税的管理办法。该办法适用于独立核算、经主管国税机关认定为具有增值税一般纳税人资格并且具有实际生产能力的企业和企业集团。"免"指对上述两种出口企业,免征本企业生产、销售环节的增值税;"抵"指对上述两种出口企业自营或委托代理出口的产品中所耗用的原材料、零配件、燃料、动力等所含应予退还的进项税额,抵顶内销货物的应纳税额;"退"指上述两种出口企业出口的产品在当月内应抵顶的进项税大于应纳税额时,对未抵顶完的部分予以退税。

1）免、抵、退税的计算

（1）当期应纳税额的计算

当期应纳税额＝当期内销货物的销项税额－（当期进项税额－当期出口货物不予免征抵扣和退税的税额）－上期未抵扣完的进项税额

当期出口货物不予免征抵扣和退税的税额＝当期出口货物的离岸价×外汇人民币牌价×（出口货物征税税率－出口货物退税率）－当期免抵退税不得免征和抵扣税额抵减额

当期免抵退税不得免征和抵扣税额抵减额＝免税进口料件组成计税价格×（出口货物征税税率－出口货物退税率）

（2）免、抵、退税额的计算

若上述当期应纳税额计算结果为正数,说明企业从内销货物销项税额中抵扣后还有余额,即为应纳增值税税额,无退税额;若计算结果为负数,则应给予退税,实际退税额按下列公式确定:

免、抵、退税额＝出口货物离岸价×外汇人民币牌价×退税率－免、抵、退税额抵减额

免、抵、退税额抵减额＝免税购进原材料价格×出口货物退税率

（3）当期应退税额和免、抵税额的计算

①若当期期末留抵税额≤当期免、抵、退税额,则

当期应退税额＝当期期末留抵税额

当期免、抵税额＝当期免、抵、退税额－当期应退税额

②若当期期末留抵税额＞当期免、抵、退税额,则

当期应退税额＝当期免、抵、退税额

当期免、抵税额＝0

2）"免、抵、退"税的账务处理

实行"免、抵、退"增值税办法的企业,其会计处理也按"免、抵、退"程序进行。

（1）免税

①购进。按销货方提供增值税专用发票上注明的税额,或按其他结算凭证计算的进项税额,或按海关核销免税进口料件组成计税价格和征税税率计算的进项税额,借记"应交税费——应交增值税（进项税额）"账户;按增值税专用发票上注明的价款,或其他计算凭证的合计金额扣除进项税额后的余额,借记"材料采购"、"原材料"、"生产成本"等账户;按已付或应付的全部价款,贷记"应付账款"、"银行存款"等账户。

②出口销售。按销售金额（销售金额＝出口货物离岸价×人民币外汇牌价）,借记"应收账款"、"银行存款"等账户,贷记"主营业务收入"等账户。出口货物同时有内销的,按内销货物计算销项税额和销售收入,借记"银行存款"等账户,贷记"主营业务收入"、"应交税费——应交增值税（销项税额）"账户。

③转出不得免征和抵扣的税额。货物出口后,应将不得免征和抵扣的进项税额转入当期主要业务成本。转出当期不得免征和抵扣的税额时,借记"主营业务成本"等账户,贷记"应交税费——应交增值税（进项税额转出）"账户。

（2）抵税

①计算应纳税额。应纳税额如为正数，即为当期实际应缴纳的税款。实际缴税时，借记"应交税费——应交增值税（已交税金）"账户，贷记"银行存款"账户。

②出口抵顶内销产品销项税额。"应纳税额"为正数时，按销售金额乘以退税率的积抵减；"应纳税额"为负数时，按当期全部销项税额抵减。按抵减额，借记"应交税费——应交增值税（出口抵减内销产品应纳税额）"账户，贷记"应交税费——应交增值税（出口退税）"账户。

（3）退税

对确因出口比重过大，在规定期限内不足抵减的，不足部分可按有关规定给予退税，借记"其他应收款"账户，贷记"应交税费——应交增值税（出口退税）"账户。

企业收到实际退款时，借记"银行存款"账户，贷记"其他应收款"账户。

例 2-37 某具有进出口经营权的生产企业，对自产货物经营出口销售及国内销售。该企业 2006 年 1 月份购进所需原材料等货物，允许抵扣的进项税额 85 万元，内销产品取得销售额 300 万元，增值税 51 万元，出口货物离岸价折合人民币 2 400 万元。假设上期留抵税款 5 万元，增值税税率 17%，退税率 15%，则相关账务处理如下：

当期免、抵、退税不得免征和抵扣税额 = 2 400 × (17% − 15%) = 48（万元）

当期应纳税额 = 51 − (85 + 5 − 48) = 9（万元）

期末留抵税额 = 0

当期应退税额 = 0

当期免、抵税额 = 当期免、抵、退税额 = 2 400 × 15% = 360（万元）

①结转当月出口货物不予抵扣和退税的税额：

借：主营业务成本　　　　　　　　　　　　　　　　480 000

　　贷：应交税费——应交增值税（进项税额转出）　　　　　480 000

②出口产品抵减内销产品的销项税额：

借：应交税费——应交增值税（出口抵减内销产品应纳税额）　3 600 000

　　贷：应交税费——应交增值税（出口退税）　　　　　　3 600 000

③上缴应交增值税额：

借：应交税费——应交增值税（已交税金）　　　　　　90 000

　　贷：银行存款　　　　　　　　　　　　　　　　　90 000

如果本期外购货物的进项税额为 140 万元，其他资料不变，则分录①同上，其余账务处理如下：

当期免、抵、退不得免征和抵扣税额 = 2 400 × (17% − 15%) = 48（万元）

当期应纳税额 = 51 − (140 + 5 − 48) = −46（万元）

即　　当期应纳税额 = 0

当期期末留抵税额 = 46（万元）

当期免、抵、退税额 = 2 400 × 15% = 360（万元）

当期期末留抵税额 46 万元 ≤ 当期免、抵、退税额 360 万元

当期应退税额 = 当期期末留抵税额 = 46（万元）

当期免、抵税额 = 当期免、抵、退税额 − 当期应退税额 = 360 − 46 = 314（万元）

②申报出口免抵退税时：

借：其他应收款——增值税 460 000

　应交税费——应交增值税(出口抵减内销产品应纳税额) 3 140 000

　贷：应交税费——应交增值税(出口退税) 3 600 000

③收到退税款时：

借：银行存款 460 000

　贷：其他应收款——增值税 460 000

如果本期外购货物的进项税额为500万元，其他资料不变，则分录①同上，其余账务处理如下：

　　当期免、抵、退不得免征和抵扣税额 = 2 400 × (17% − 15%) = 48(万元)

　　当期应纳税额 = 51 − (500 + 5 − 48) = −406(万元)

即　　当期应纳税额 = 0

　　当期期末留抵税额 = 406(万元)

　　当期免、抵、退税额 = 2 400 × 15% = 360(万元)

　　当期期末留抵税额 406 万元 > 当期免、抵、退税额 360 万元

　　当期应退税额 = 当期免、抵、退税额 = 360(万元)

　　当期免、抵税额 = 0

②申报出口免、抵、退税时：

借：其他应收款——增值税 3 600 000

　贷：应交税费——应交增值税(出口退税) 3 600 000

③收到退税款时：

借：银行存款 3 600 000

　贷：其他应收款——增值税 3 600 000

2.4　增值税专用发票的使用与管理

增值税专用发票(以下简称专用发票)是增值税一般纳税人销售货物或者提供应税劳务开具的发票，是购买方支付增值税额并可按照增值税有关规定据以抵扣增值税进项税额的凭证。由于其作用特殊，应将其视同为企业的货币资金予以严格管理。

目前使用的专用发票分为四联专用发票和七联专用发票。其中四联专用发票第一联为存根联，由销售方留存备查；第二联为发票联，购货方作为购进货物的记账凭证；第三联为抵扣联，购货方作为扣税凭证；第四联为记账联，作为销售方核算销售收入和增值税销项税额的记账凭证。七联专用发票前四联与四联专用发票用途相同，第五联、第六联和第七联分别为出库联、出门联和统计联。

专用发票的基本内容包括：

①购销双方的纳税人名称、购销双方地址；

②购销双方的增值税纳税人税务登记号；

③发票字轨号码；

④销售货物或提供应税劳务的名称、计量单位、数量；

⑤不包括增值税在内的单价及货物总金额；

⑥增值税税率、增值税税额、填开的日期。

2.4.1 专用发票的领购使用、开具范围

增值税专用发票只限增值税纳税人领购使用，增值税小规模纳税人及非增值税纳税人不得领购使用。一般纳税人有下列情形之一的，不得领购开具专用发票。

①会计核算不健全，不能向税务机关准确提供增值税销项税额、进项税额、应纳税额数据及其他有关增值税税务资料的。

②有下列行为之一，经税务机关责令限期改正而仍未改正的：

a）虚开增值税专用发票；

b）私自印制专用发票；

c）向税务机关以外的单位和个人买取专用发票；

d）借用他人专用发票；

e）未按规定开具专用发票；

f）未按规定保管专用发票和专用设备；

g）未按规定申请办理防伪税控系统变更发行；

h）未按规定接受税务机关检查。

③向消费者销售应税项目。

④销售免税项目。

⑤销售报关出口的货物。

⑥在境外销售应税劳务。

⑦将货物用于非应税项目。

⑧将货物用于集体福利或个人消费。

⑨将货物无偿赠送他人。

⑩提供非应税劳务、转让无形资产或销售不动产。

2.4.2 专用发票的开具要求

专用发票的开具要求如下：

①项目齐全，与实际交易相符；

②字迹清楚，不得压线、错格；

③发票联和抵扣联加盖财务专用章或者发票专用章；

④按照增值税纳税义务的发生时间开具。

对不符合上述要求的专用发票，购买方有权拒收。

一般纳税人销售货物或者提供应税劳务可汇总开具专用发票。汇总开具专用发票的，同时使用防伪税控系统开具"销售货物或者提供应税劳务清单"，并加盖财务专用章或者发票专用章。

2.4.3 专用发票的作废处理

一般纳税人在开具专用发票当月发生销货退回、开票有误等情形，收到退回的发票联、抵扣联符合作废条件的，按作废处理；开具时发现有误的，可即时作废。作废专用发票须在防伪税控系统中将相应的数据电文按"作废"处理，在纸质专用发票（含未打印的专用发票）各联

税务会计实务

次上注明"作废"字样，全联次留存。一般纳税人取得专用发票后，发生销货退回、开票有误等情形但不符合作废条件的，或者因销货部分退回及发生销售折让的，购买方应向主管税务机关填报"开具红字增值税专用发票申请单"经税务机关认证。

购买方必须依"通知单"所列增值税税额从当期进项税额中转出，销售方凭购买方提供的"通知单"开具红字专用发票，在防伪税控系统中以销项负数开具。

作废条件是指同时具有下列情形：

①收到退回的发票联、抵扣联时间未超过销售方开票当月；

②销售方未抄税（抄税，是报税前用 IC 卡或者 IC 卡和软盘抄取开票数据电文）并且未记账；

③购买方未认证或者认证结果为"纳税人识别号认证不符"、"专用发票代码、号码认证不符"。

2.4.4 专用发票的认证管理

一般纳税人开具专用发票应在增值税纳税申报期内向主管税务机关报税，在申报所属月份内可分次向主管税务机关报税。报税，是纳税人持 IC 卡或者 IC 卡和软盘向税务机关报送开票数据电文。

1. 认证结果的处理

用于抵扣增值税进项税额的专用发票应经税务机关认证相符（国家税务总局另有规定的除外）。认证相符的专用发票应作为购买方的记账凭证，不得退还销售方。

无法认证，纳税人识别号认证不符，专用发票代码、号码认证不符的专用发票，不得作为增值税进项税额的抵扣凭证，税务机关退还原件，购买方可要求销售方重新开具专用发票。

重复认证、密文有误、认证不符、列为失控专用发票的，暂不得作为增值税进项税额的抵扣凭证，税务机关扣留原件，查明原因，分别情况进行处理。

专用发票抵扣联无法认证的，可使用专用发票发票联到主管税务机关认证。专用发票发票联复印件留存备查。

2. 丢失已开具专用发票的处理

一般纳税人丢失已开具专用发票的发票联和抵扣联，如果丢失前已认证相符，购买方凭销售方提供的相应专用发票记账联复印件及销售方所在地主管税务机关出具的"丢失增值税专用发票已报税证明单"，经购买方主管税务机关审核同意后，可作为增值税进项税额的抵扣凭证；如果丢失前未认证的，购买方凭销售方提供的相应专用发票记账联复印件到主管税务机关进行认证，认证相符的凭该专用发票记账联复印件及销售方所在地主管税务机关出具的"丢失增值税专用发票已报税证明单"，经购买方主管税务机关审核同意后，可作为增值税进项税额的抵扣凭证。

一般纳税人丢失已开具专用发票的抵扣联，如果丢失前已认证相符，可使用专用发票发票联复印件留存备查；如果丢失前未认证，可使用专用发票发票联到主管税务机关认证，专用发票发票联复印件留存备查。

一般纳税人丢失已开具专用发票的发票联，可将专用发票抵扣联作为记账凭证，专用发票抵扣联复印件留存备查。

2.4.5 税务机关代开增值税专用发票管理的规定

对于能够认真履行纳税义务的小规模纳税人，经县（市）税务局批准，其销售货物或提供

应税劳务可由税务机关代开增值税专用发票。税务机关需将代开增值税专用发票的情况造册,详细登记备查。小规模纳税人在税务机关代开增值税专用发票前,需先到税务机关临时申报应纳税额,持税务机关开具的税收缴款书,到其开户银行办理税款入库手续后,凭盖有银行转讫章的纳税凭证,税务机关才能代开增值税专用发票。

2.4.6　销货退回或销售折让增值税专用发票的管理

采购方在未付款并且未作会计处理的情况下,须将原发票联和抵扣联退还销售方。销售方收到后,应在该发票联和抵扣联及有关的存根联上注明"作废",属于销售折让的,销售方应按扣减折让后的净额重开增值税专用发票。

在采购方已付货款,或者货款未付但已作会计处理,发票联和抵扣联无法退还的情况下,采购方须取得当地主管税务机关开具的企业进货退出或索取折让证明单送交销售方,作为销售方开具红字增值税专用发票的合法依据。销售方收到"证明单"后,根据退回货物的数量、价款或折让金额向采购方开具红字增值税专用发票。红字增值税专用发票的存根联、记账联作为销售方扣减当期销项税额的凭证,其发票联、抵扣联作为采购方扣减进项税额的凭证。

2.4.7　增值税专用发票管理中若干问题的处理规定

1. 关于对代开、虚开增值税专用发票的处理

代开发票是指为与自己没有发生直接购销关系的他人开具发票的行为。虚开发票是指在没有任何购销事实的前提下为他人、为自己或让他人为自己或介绍他人开具发票的行为。代开、虚开发票的行为都是严重的违法行为。对代开、虚开增值税专用发票的,一律按票面所列货物的适用税率全额征补税款,并按《税收征管法》的规定按偷税给予处罚。对纳税人取得的代开、虚开的增值税专用发票不得作为增值税合法抵扣凭证抵扣进项税额。代开、虚开发票构成犯罪的,按全国人大常委会发布的《关于惩治虚开、伪造和非法出售增值税专用发票犯罪的决定》处以刑罚。

2. 纳税人善意取得虚开的增值税专用发票的处理

依据国税发〔1997〕134号文件规定,纳税人取得虚开的增值税专用发票的处理如下。

①受票方利用他人虚开的增值税专用发票,向税务机关申报抵扣税款进行偷税的,应当依照《税收征管法》及有关规定追缴税款,处以偷税数额5倍以下的罚款;进项税额大于销项税额的,还应当调减其留抵的进项税额。利用虚开的增值税专用发票进行骗取出口退税的,应当依法追缴税款,处以骗税数额5倍以下的罚款。

②在货物交易中,购货方从销售方取得第三方开具的增值税专用发票,或者从销货地以外的地区取得增值税专用发票,向税务机关申报抵扣税款或者申请出口退税的,应当按偷税、骗取出口退税处理,依照《税收征管法》及有关规定追缴税款,处以偷税、骗税数额5倍以下的罚款。

③纳税人以上述①、②所列的方式取得增值税专用发票未申报抵扣税款,或者未申请出口退税的,应当依照《发票管理办法》及有关规定,按所取得增值税专用发票的份数,分别处以1万元以下的罚款;但知道或者应当知道取得的是虚开的专用发票,或者让他人为自己提供虚开的专用发票的,应当从重处罚。

④利用虚开的增值税专用发票进行偷税、骗税,构成犯罪的,税务机关依法进行追缴税款等行政处理,并移送司法机关追究刑事责任。

依据国税发〔2000〕182号文件,有下列情形之一的,无论购货方(受票方)与销售方是否

进行了实际的交易,无论增值税专用发票所注明的数量、金额与实际交易是否相符,购货方向税务机关申请抵扣进项税额或者出口退税的,对其均应按偷税或者骗取出口退税处理。

①购货方取得的增值税专用发票所注明的销售方名称、印章与其进行实际交易的销售方不符的,即国税发[1997]134号文件第二条规定的"购货方从销售方取得第三方开具的专用发票"的情况。

②购货方取得的增值税专用发票为销售方所在省(自治区、直辖市和计划单列市)以外地区的,即国税发[1997]134号文件第二条规定的"从销货地以外的地区获得增值税专用发票"的情况。

③其他有证据表明购货方明知取得的增值税专用发票系销售方以非法手段获得的,即国税发[1997]134号文件第一条规定的"受票方利用他人虚开的增值税专用发票,向税务机关申报抵扣税款进行偷税"的情况。

2.5 增值税的纳税申报

2.5.1 增值税的纳税期限和纳税地点

1. 增值税纳税义务发生时间的确定

增值税纳税义务发生的时间是,销售货物或者提供应税劳务,为收讫销售款或者取得索取销售款凭据的当天;自2009年1月1日起,先开具发票的,为开具发票的当天。进口货物,为报关进口的当天。按销售结算方式的不同,具体如下。

①采取直接收款方式销售货物的,不论货物是否发出,均为收到销售额或取得索取销售额的凭据,并将提货单交给买方的当天。

②采取托收承付和委托银行收款结算方式销售货物的,为发出货物并办妥托收手续的当天。

③采取赊销和分期收款结算方式销售货物的,为按合同约定的收款日期的当天。

④采取预收货款方式销售货物的,为货物发出的当天。

⑤委托其他纳税人代销货物的,为收到代销单位销售的代销清单的当天。纳税人以代销方式销售货物,在收到代销清单前已收到全部或部分货款的,其纳税义务发生时间为收到全部或部分货款的当天;对于发出代销商品超过180天仍未收到代销清单及货款的,视同销售实现,一律征收增值税,其纳税义务发生时间为发出代销商品满180天的当天。

⑥销售应税劳务的,为提供劳务同时收讫销售额或取得索取销售额的凭据的当天。

⑦纳税人发生视同销售货物行为的,为货物移送的当天。

2. 增值税纳税期限的规定

①纳税人以1个月(或者1个季度,自2009年1月1日起)为一期纳税的,自期满之日起10日(自2009年1月1日起,改为15日)内申报纳税;以1日、3日、5日、10日或者15日为一期纳税的,自期满之日起5日内预缴税款,于次月1日起10日(自2009年1月1日起,改为15日)内申报纳税并结清上月应纳税款。

②纳税人进口货物,应当自海关填发税款缴纳证的次日起15日内缴纳税款。

3. 纳税地点

增值税的纳税地点按固定业户和非固定业户分别对待。

（1）固定业户增值税纳税地点

固定业户应当向其机构所在地主管税务机关申报纳税。总机构和分支机构不在同一县（市）的，应当分别向各自所在地主管税务机关申报纳税；经国家税务总局或其授权的税务机关批准，可以由总机构汇总向总机构所在地主管税务机关申报纳税。固定业户到外县（市）销售货物的，应当向其机构所在地主管税务机关申请开具"外出经营活动税收管理证明"，向其机构所在地主管税务机关申报纳税。未持有其机构所在地主管税务机关核发的"外出经营活动税收管理证明"，销售地主管税务机关一律按6%的征收率征税；未向销售地主管税务机关申报纳税的，由其机构所在地主管税务机关补征税款。

（2）非固定业户增值税纳税地点

非固定业户销售货物或者提供应税劳务，应当向销售地主管税务机关申报纳税。非固定业户到外县（市）销售货物或者提供应税劳务未向销售地主管税务机关申报纳税的，由其机构所在地或居住地主管税务机关补征税款。

（3）进口货物增值税纳税地点

进口货物，应当由进口人或其代理人向报关地海关申报纳税。

2.5.2　增值税纳税申报

凡增值税一般纳税人（以下简称纳税人）不论当期是否发生纳税行为，均应按规定进行纳税申报。纳税人进行纳税申报必须实行电子信息采集。使用防伪税控系统开具增值税专用发票的纳税人必须在抄报税成功后，方可进行纳税申报。

📖 思考练习

一、单项选择题

1. 下列行为必须视同销售货物，应征收增值税的是（　　）。

A. 某商店为厂家代销服装　　　　　　　B. 某公司将外购饮料用于个人消费

C. 某企业将外购钢材用于在建工程　　　D. 某企业将外购食品用于职工福利

2. 下列经营行为，属增值税征收范围的是（　　）。

A. 某社会团体下属企业销售货物　　　　B. 个人向受雇企业提供修理修配劳务

C. 某工业企业附属饭店对外提供饮食服务　D. 某工业企业将一台设备对外出租

3. 下列行为属于视同销售行为的是（　　）。

A. 将自产、委托加工或购买的货物用于对外赞助

B. 将自产、委托加工或购买的货物用于职工福利

C. 将自产、委托加工或购买的货物用于在建工程

D. 将自产、委托加工或购买的货物用于非应税项目

4. 某增值税一般纳税人为尽快收回货款，采用折扣方式销售货物，其发生的现金折扣金额处理正确的是（　　）。

A. 冲减销售收入，但不减少当期销项税额

B. 冲减销售收入，同时减少当期销项税额

C. 增加销售费用，减少当期销项税额

D. 全部计入财务费用，不能减少当期销项税额

5. 纳税人为销售而出租、出借包装物收取的押金，增值税正确的计税方法是（　　）。

A. 单独记账核算的,一律不并入销售额征收增值税,对逾期包装物押金,均并入销售额征税

B. 酒类产品包装物押金,一律并入销售额计税;其他货物押金,单独记账核算的,不并入销售额征税

C. 对销售除啤酒、黄酒之外的其他酒类产品收取的包装物押金均应并入当期销售额征税;其他货物押金,单独记账而且退还期限未超过一年者,不计算缴纳增值税

D. 无论会计上如何核算,均应并入销售额计算缴纳增值税

6.某汽车制造商将一辆新开发的小汽车赠送给某高校使用,其应纳增值税的销售额应等于( )。

A. 制造成本 ×(1 + 成本利润率)

B. 制造成本 ×(1 + 成本利润率)+ 消费税

C. 制造成本 ×(1 + 成本利润率)÷(1 + 消费税税率)

D. 制造成本 ×(1 + 成本利润率)÷(1 + 增值税税率)

7.增值税一般纳税人外购下列货物,允许抵扣进项税额的是( )。

A. 外购工程物资   B. 外购厂房

C. 外购用于福利的货物   D. 外购设备修理用备件

8.某增值税一般纳税人某月外购材料10 000 千克,每千克支付价款和税款分别为 2 元和 0.34 元。在运输途中因管理不善被盗 1 000 千克。运回后,以每 3 千克材料生产成 1 盒成品的工艺,生产 3 000 盒产品,其中 2 200 盒用于直接销售,300 盒用于发放企业职工福利,500 盒因管理不善被盗。那么,该纳税人当月允许抵扣的进项税额应为( )。

A. 3 400 元   B. 3 060 元   C. 2 550 元   D. 2 244 元

9.下列不属于免税项目的是( )。

A. 药厂生产销售的避孕药具   B. 药店零售的避孕药具

C. 个体户进口供残疾人专用的物品   D. 新华书店代销的古旧图书

10.增值税一般纳税人进口应税消费品,下列组成计税价格公式不正确的是( )。

A. 组成计税价格 = 关税完税价格 ×(1 + 关税税率)÷(1 - 消费税税率)

B. 组成计税价格 = 关税完税价格 + 关税 + 消费税

C. 组成计税价格 = 关税完税价格 ×(1 + 关税税率)÷(1 - 消费税税率)

D. 组成计税价格 = 关税完税价格 + 关税 ÷(1 - 消费税税率)

11.根据现行增值税法,下列关于增值税纳税义务发生时间的规定,错误的是( )。

A. 采取直接收款方式销售货物的,不论货物是否发出,均为收到销售额或取得销售额的凭据,并将提货单交给买主的当天

B. 采取托收承付和委托银行收款方式销售货物的,为发出货物并办妥托收手续的当天

C. 采取赊销和分期收款方式销售货物的,为按合同约定的收款日期的当天

D. 委托其他纳税人代销货物的,为代销货物交给受托方的当天

二、多项选择题

1.以下单位或者个人发生的行为,属于增值税的征收范围的是( )。

A. 进口固定资产设备   B. 销售商品房   C. 零售杂货   D. 生产销售电力

2.单位和个人提供的下列劳务,应征增值税的有( )。

A. 汽车的修配业务　　B. 房屋的修理　　　C. 受托加工的卷烟　　D. 缝纫加工

3. 下列属于增值税征税范围所指的货物是(　　)。

A. 邮政部门销售的信封　　　　　　　　　B. 房地产公司销售的普通标准住宅

C. 银行销售的金银　　　　　　　　　　　D. 天然气

4. 下列说法正确的是(　　)。

A. 校办工厂生产的教学用品对外销售免征增值税

B. 电子出版物可以享受软件产品的增值税优惠

C. 集邮商品的生产、调拨征收增值税

D. 废旧物资回收单位收购物资,可以按收购凭证上注明的金额抵扣10%的进项税额

5. 对增值税视同销售行为征税,根据不同情况,可按(　　)确定其销售额。

A. 当月或近期同类货物的平均成本价　　　B. 当月或近期同类货物的平均销售价

C. 当月或近期同类货物的最高售价　　　　D. 组成计税价格

6. 增值税一般纳税人发生的下列业务的支出,允许抵扣进项税额的包括(　　)。

A. 销售货物支付的运输费用和建设费　　　B. 外购货物支付的运输费用和建设费

C. 向小规模纳税人购买农业产品的支出　　D. 向农业生产单位购买免税农产品的支出

7. 可以按纳税人支付金额的7%申请抵扣进项税额的运输费用,是指包含(　　)在内的运输费用。

A. 运费　　　　　B. 保险费　　　　　C. 装卸费　　　　　D. 建设基金

8. 下列进项税额不得从销项税额中抵扣的有(　　)。

A. 用于应税项目的应税劳务的进项税额　　B. 用于免税项目的应税劳务的进项税额

C. 用于集体福利的购进货物的进项税额

D. 用于生产非正常损失的在产品的购进货物的进项税额

9. 纳税人销售或者进口(　　)货物的,免征增值税。

A. 农业生产者销售的自产农业产品

B. 符合国家产业政策要求的国内投资项目,在投资总额内进口的自用设备

C. 个人销售的自己使用过的小汽车、摩托车、游艇

D. 直接用于科学研究、科学实验和教学的进口仪器、设备

10. 关于增值税纳税义务发生时间的确定,以下属于正确的有(　　)。

A. 进口货物的纳税义务发生时间为报关进口的当天

B. 采取预收货款方式销售货物的,为货物发出的当天

C. 委托其他纳税人代销货物的,为收到代销单位销售的代销清单的当天

D. 采取赊销和分期收款方式销售货物的,为按合同约定的收款日期的当天

三、判断题

1. 从事融资租赁业务,如果租赁货物的所有权转让给承租方的,征收增值税;如果租赁货物的所有权未转让给承租方的,征收营业税。(　　)

2. 一般纳税人和小规模纳税人销售农机、农膜、化肥,适用13%的低税率。(　　)

3. 3%的税率只适用于小规模纳税人,不适用于一般纳税人。(　　)

4. 纳税人兼营不同税率的货物或应税劳务,应分别核算各自的销售额并分别计算缴纳增值税或营业税。如未分别核算销售额,则一律征收增值税而不征收营业税。(　　)

5. 某增值税纳税人用当月外购原材料的50%加工制造成产品实现销售,则计算其销售产品的应纳增值税时只允许他抵扣外购原材料50%的进项税额,而不能全部抵扣。(　　)

6. 确定为征收增值税的混合销售行为或兼营非应税劳务行为,其混合销售或兼营行为中用于非应税劳务的购进货物或者应税劳务的进项税额,可以在计算增值税时从销项税额中抵扣。(　　)

7. 出口货物增值税退税率是出口货物的实际增值税征税额与退税计税依据的比例。(　　)

8. 实物折扣不能从货物销售额中减除,且该实物应按增值税条例"视同销售货物"中的"赠送他人"计算征收增值税。(　　)

9. 一般纳税人将货物用于集体福利或个人消费,其增值税专用发票开具的时限为货物移送的当天。(　　)

10. 对代开、虚开增值税专用发票的,一律按票面所列货物的适用税率全额征补税款。征补税款后,不再处罚。但对纳税人取得代开、虚开的增值税专用发票,不得作为合法凭证抵扣进项税额。(　　)

四、计算题

1. 某企业某月发生以下业务。销售给A货物1 000件,单价1 500元;销售给B同类货物2 000件,单价1 400元;销售给C同类货物500件,单价500元;将同类货物100件用于换取生活资料。当月生产一种新产品500件,生产成本每件2 000元,全部发放职工福利和赠送客户使用。

要求:确定企业当月的销售额。

2. 某一般纳税人某年8月经营情况如下,试确定其允许抵扣的进项税额。

(1)外购原材料一批,取得的增值税专用发票上注明的货款为100万元,税额为17万元。

(2)进口原材料一批,取得的完税凭证上注明的已纳税额为25万元。

(3)用以物易物的方式换入一批原材料,经核算,价值为50万元。

(4)外购免税农产品,支付价款100万元和农业特产税10万元,另外支付运费5万元、保险费5万元、建设基金2万元。

(5)将货物运往外省销售,支付运输费用50万元。

(6)从废旧物资经营单位购回一批免税废旧物资,支付价款15万元。

(7)上月尚有未抵扣完的进项税余额2万元。

3. 某果酱厂某月外购水果10 000千克,取得的增值税专用发票上注明的外购金额和增值税额分别为10 000元和1 300元(每千克1.0元)。在运输途中因管理不善腐烂1 000千克。水果运回后,用于发放职工福利200千克,用于厂办三产招待所800千克。其余全部加工成果酱400千克(20千克水果加工成1千克果酱)。其中300千克全部销售,单价20元;50千克因管理不善被盗;50千克用于厂办三产招待所。

要求:确定当月该厂允许抵扣的进项税额。

4. 某企业某月进口设备到岸价50万元,进口原材料到岸价40万元,已验收入库,关税税率均为15%。当月销售货物一批,取得销售收入90万元。该企业期初进项税余额为5万元。

要求:计算该企业当月应纳增值税额。

5. 某电视机厂(一般纳税人)主要生产销售新型彩色电视机。2003年3月发生如下业务。

（1）3月2日,采取交款提货结算方式向甲家电商场销售电视机500台,本期同类产品不含税售价3 000元。由于商场购买的数量多,按照协议规定,厂家按售价的5%对商场优惠出售,每台不含税售价为2 850元,货款全部以银行存款收讫;3月5日,向另一家乙家电商场销售彩电200台,为了尽快收回货款,厂家提供的现金折扣条件为4/10、2/20、N/30。本月23日,全部收回货款,厂家按规定给予优惠。

（2）采取以旧换新方式,从消费者个人手中收购旧电视机,销售新型号电视机10台,开出普通发票10张,收到货款31 100元,并注明已扣除旧电视机折价4 000元。

（3）采取还本销售方式销售电视机给消费者20台,协议规定,每台不含税售价4 000元,5年后厂家全部将货款退还给购货方。共开出普通发票20张,合计金额93 600元。

（4）以20台电视机向丙单位等价换取原材料,电视机成本价每台1 800元,不含税售价单价3 000元。双方均按规定开具增值税发票。

（5）3月4日,向丁商场销售电视机300台,不含税销售单价3 000元。商场在对外销售时发现,有5台商品存在严重质量问题,商场提出将5台电视机作退货处理,并将当地主管国税机关开具的企业进货退出或索取折让证明单,送交厂家。该厂将5台电视机收回,并按规定给商场开具了红字增值税专用发票。

（6）本期共发生可抵扣进项税额400 000元(含从丙单位换入原材料应抵扣的进项税额)。

要求:请根据上述资料,计算本月份应纳增值税额。

📖 实训案例

1. 大明公司外购原材料一批,数量为20吨,取得的增值税专用发票上注明价款为100 000元,税金17 000元,款项已付,因自然因素入库前造成非正常损失2吨。作出大明公司的会计处理。

2. 大华食品公司2006年5月购进10吨白糖,取得的由防伪税控系统开具的增值税专用发票上注明材料价款为80 000元,增值税额为13 600元。增值税专用发票已通过认证,6月份将其中的2吨作为福利发给职工。作出6月份将2吨白糖作为福利发给职工时的会计处理。

3. 某自行车厂2006年5月全部进项税额为50 000元,销售总额为400 000元,其中自行车销售额300 000元,供残疾人专用的轮椅销售额100 000元。作出自行车厂的会计处理。

4. 永明公司2006年5月份用托收承付结算方式向异地某公司销售货物一批,货款为30 000元,增值税额为5 100元,另支付运费2 000元,取得普通发票。托收手续已办理完毕。作出永明公司的会计处理。

5. 光华公司2006年5月销售给大明公司一批产品,增值税专用发票上注明销售额为60 000元,增值税额为10 200元,货款已支付,双方均已作账务处理。由于质量原因,双方协商折让30%,6月收到大明公司转来的由当地主管税务机关开具的索取折让证明单。作出光华公司的会计处理。

6. 金城纸业有限责任公司是从事纸张生产的增值税一般纳税人,2006年5月向北京某公司销售胶印书刊纸100吨,每吨售价5 000元(不含税),同时,双方还议定由金城纸业有限责任公司用自己的汽车将100吨纸运至北京某公司,金城纸业有限责任公司除纸款外每吨还收取运费117元,款项尚未支付。作出金城纸业公司的会计处理。

第3章

消费税会计核算

📖 学习目标

1. 了解消费税的概况。
2. 掌握和应用企业应税消费品应纳税额的计算和会计处理。
3. 掌握和应用消费税的纳税申报。
4. 理解应税消费品视同销售和委托加工的会计处理方法。

📖 导入案例

某市甲公司委托外地乙单位加工一批高级化妆品,加工所需的原材料成本为176 000元,受托方代垫辅助材料成本为4 000元,不含税加工费为30 000元,受托方没有同类产品售价,加工完毕,委托方已用银行存款支付全部款项。加工物资收回后,一半用于销售,销售额为200 000元(不含税),一半用于连续生产高档化妆品。

讨论题: 甲公司应纳税额是多少? 如何进行账务处理?

3.1 消费税概述

3.1.1 消费税的概念

消费税是在对货物普遍征收增值税的基础上,选择少数消费品再征收的一个税种,主要是为了调节产品结构,引导消费方向,保证国家财政收入。现行消费税的征收范围主要包括烟、酒及酒精、鞭炮、焰火、化妆品、成品油、贵重首饰及珠宝玉石、高尔夫球及球具、高档手表、游艇、木制一次性筷子、实木地板、汽车轮胎、摩托车、小汽车等税目,有的税目还进一步划分若干子目。

消费税实行价内税,只在应税消费品的生产、委托加工和进口环节缴纳,在以后的批发、零售等环节,因为价款中已包含消费税,因此不用再缴纳消费税,税款最终由消费者承担。

在消费税于1994年1月1日正式开征后,有人认为消费税是额外增加的商品税负,会引起物价的上涨,其实这是一种误解。根据税制设计,征收消费税的产品原来是征收产品税、增值税的,实质上相当于或其中部分相当于消费税性质,现改为全部征收增值税后,这些产品的原税负有较大幅度的下降,为了不因税负下降造成财政收入减收,需要将税负下降的部分通过再征一道消费税予以弥补。

因此,开征消费税属于新老税制收入的转换,对征收消费税的消费品虽然还征收增值税,但基本上维持了改革前的税负水平。对少数消费品征收消费税不应成为物价上涨的因素。

3.1.2 消费税的纳税人

消费税的纳税人是我国境内生产、委托加工、零售和进口《中华人民共和国消费税暂行条例》规定的应税消费品的单位和个人。具体包括在我国境内生产、委托加工、零售和进口应税消费品的国有企业、集体企业、私有企业、股份制企业、其他企业、行政单位、事业单位、军事单位、社会团体和其他单位、个体经营者及其他个人。根据《国务院关于外商投资企业和外国企业适用增值税、消费税、营业税等税收暂行条例有关问题的通知》的规定,在我国境内生产、委托加工、零售和进口应税消费品的外商投资企业和外国企业,也是消费税的纳税人。

3.1.3 消费税的特点

消费税有如下特点。

①消费税以税法规定的特定产品为征税对象,即国家可以根据宏观产业政策和消费政策的要求,有目的、有重点地选择一些消费品征收消费税,以适当地限制某些特殊消费品的消费需求。

②按不同的产品设计不同的税率,同一产品同等纳税。

③消费税是价内税,是价格的组成部分。

④消费税实行从价定率和从量定额以及从价从量复合计征三种方法征税。

⑤消费税征收环节具有单一性。

⑥消费税税收负担最终都转嫁到消费者身上。

3.1.4 消费税征税范围

消费税的征收范围包括以下五种类型的产品。

第一类:一些过度消费会对人类健康、社会秩序、生态环境等方面造成危害的特殊消费品,如烟、酒、鞭炮、焰火等。

第二类:奢侈品、非生活必需品,如贵重首饰、化妆品等。

第三类:高能耗及高档消费品,如小轿车、摩托车等。

第四类:不可再生和替代的石油类消费品,如汽油、柴油等。

第五类:具有一定财政意义的产品,如汽车轮胎、护肤护发品等。

2006 年 3 月 21 日,中国财政部、国家税务总局联合发出通知,对消费税的税目、税率进行调整。这次调整新增了高尔夫球及球具、高档手表、游艇、木制一次性筷子、实木地板等税目,取消了"护肤护发品"税目,并对部分税目的税率进行了调整。

3.1.5 消费税的税目税率

现行的消费税税目共有 14 个,比例税率为 12 档,最高税率为 45%,最低税率为 1%,定额税率为 8 档税额,详见表 3-1。

表 3-1　消费税的税目及税率(2009 年版)

税目	税率
一、烟	
1.卷烟	
(1)甲类卷烟	45%加 0.003 元/支
(2)乙类卷烟	30%加 0.003 元/支
2.雪茄烟	25%
3.烟丝	30%
二、酒及酒精	
1.白酒	20%加 0.5 元/500 克(或者 500 毫升)
2.黄酒	240 元/吨
3.啤酒	
(1)甲类啤酒	250 元/吨
(2)乙类啤酒	220 元/吨
4.其他酒	10%
5.酒精	5%
三、化妆品	30%
四、贵重首饰及珠宝玉石	
1.金银首饰、铂金首饰和钻石及钻石饰品	5%
2.其他贵重首饰和珠宝玉石	10%
五、鞭炮、焰火	15%
六、成品油	
1.汽油	
(1)含铅汽油	0.28 元/升
(2)无铅汽油	0.20 元/升
2.柴油	0.10 元/升
3.航空煤油	0.10 元/升
4.石脑油	0.20 元/升
5.溶剂油	0.20 元/升
6.润滑油	0.20 元/升
7.燃料油	0.10 元/升
七、汽车轮胎	3%
八、摩托车	
1.汽缸容量(排气量,下同)在 250 毫升(含 250 毫升)以下的	3%
2.汽缸容量在 250 毫升以上的	10%
九、小汽车	
1.乘用车	
(1)汽缸容量(排气量,下同)在 1.0 升(含 1.0 升)以下的	1%
(2)汽缸容量在 1.0 升以上至 1.5 升(含 1.5 升)的	3%
(3)汽缸容量在 1.5 升以上至 2.0 升(含 2.0 升)的	5%
(4)汽缸容量在 2.0 升以上至 2.5 升(含 2.5 升)的	9%
(5)汽缸容量在 2.5 升以上至 3.0 升(含 3.0 升)的	12%
(6)汽缸容量在 3.0 升以上至 4.0 升(含 4.0 升)的	25%
(7)汽缸容量在 4.0 升以上的	40%
2.中轻型商用客车	5%

税目	税率
十、高尔夫球及球具	10%
十一、高档手表	20%
十二、游艇	10%
十三、木制一次性筷子	5%
十四、实木地板	5%

3.2 消费税的计算

按照现行消费税法的基本规定,消费税应纳税额的计算分为从价定率、从量定额和复合计税三种计算方法。

1. 从价定率计算方法

对按从价定率计算方法计算的应税消费品,以其销售额为计税依据,按适用的比例税率计算应纳消费税税额。基本计算公式为

应纳税额 = 销售额 × 比例税率

式中的"销售额"是指纳税人有偿转让应税消费品所取得的全部收入,即纳税人销售应税消费品向购买方收取的全部价款和价外费用,全部价款中包含消费税税额,但不包括增值税税额。

含增值税销售额的换算公式为

应税消费品的销售额 = 含增值税的销售额 ÷ (1 + 增值税税率或征收率)

"价外费用"指纳税人在价款之外收取的基金、集资费、返还利润、补贴、违约金(延期付款利息)、手续费、包装费、储备费、优质费、运输装卸费、代收款项、代垫款项以及其他各种性质的价外收费。但下列款项不包括在内:

①承运部门的运费发票开具给购货方的;

②纳税人将该项发票交给购货方的。

除此之外的其他价外费用,无论是否属于纳税人的收入,均应并入销售额计算纳税。

例 3-1 某日化厂生产的化妆品对外零售价格为 117 元(含增值税),那么计征消费税的依据经过换算为 100 元[117 ÷ (1 + 17%)],则消费税税额为 100 × 30% = 30 元,增值税税额为 100 × 17% = 17 元。

2. 从量定额计算方法

对实行从量定额计算方法的应税消费品,以其销售数量为计税依据,按适用的单位税额计算应纳消费税税额。计算公式为

应纳税额 = 销售数量 × 单位税额

式中的"销售数量"是指应纳税消费品的数量,由于纳税人的生产经营方式不同,其含义也有所不同,具体含义是:

①销售应税消费品的,为应税消费品的销售数量;

②自产自用应税消费品的,为应税消费品的移送使用数量;

③委托加工应税消费品的,为纳税人收回的应税消费品的数量;

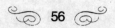

④进口的应税消费品,为海关核定的应税消费品的进口征税数量。

在实行从量定额计算方法的应税消费品中,对黄酒和啤酒是以吨为计税单位,规定单位税额;对成品油是以升为计税单位,规定单位税额。在实际生产经营过程中,纳税人所采用的计算单位可能会与规定的计税单位不一致,这就需要在计算应纳税额时将其先换算成规定的计税单位。税法规定的换算标准如下:

啤酒 1 吨 = 988 升	黄酒 1 吨 = 962 升
汽油 1 吨 = 1 388 升	柴油 1 吨 = 1 176 升
石脑油 1 吨 = 1 385 升	溶剂油 1 吨 = 1 282 升
润滑油 1 吨 = 1 126 升	燃料油 1 吨 = 1 015 升
航空煤油 1 吨 = 1 246 升	

3. 从价定率和从量定额混合计算方法(即复合计税)

在现行消费税的征税范围中,只有卷烟、粮食白酒、薯类白酒采用混合计算方法。其基本计算公式为

应纳税额 = 销售额 × 比例税率 + 销售数量 × 单位税额

生产销售卷烟、粮食白酒、薯类白酒从量定额计税依据为实际销售数量。进口、委托加工、自产自用卷烟、粮食白酒、薯类白酒从量定额计税依据分别为海关核定的进口征税数量、委托方收回数量和移送使用数量。

自 2006 年 4 月 1 日起,粮食白酒、薯类白酒的比例税率统一为 20%。定额税率为 0.5 元/斤(500 克)或 0.5 元/500 毫升。从量定额税的计量单位按实际销售商品重量确定,如果实际销售商品是按体积标注计量单位的,应按 500 毫升为 1 斤换算,不得按酒度折算。(财税[2006]33 号)

例 3-2 某酒厂 2009 年 5 月发生以下业务:以外购粮食白酒和自产糠麸白酒勾兑散装白酒 1 吨并销售,取得不含税收入 3.8 万元,货款已收到。计算应纳消费税。

对外购粮食和薯类、糠麸等多种原料混合生产的白酒,按粮食白酒税率征税:

从量计征的消费税 = 1 × 2 000 × 0.5 = 1 000(元) = 0.1(万元)

[注:1 吨 = 1 000 公斤 = 2 000 斤]

从价计征的消费税 = 3.8 × 20% = 0.76(万元)

此外,税法规定,消费税的应纳税额应按人民币计算。纳税人销售的应税消费品如果以外汇结算销售款时,应当折合人民币计算应纳消费税税额。在将外汇折合成人民币时,其折合率可以选择结算销货款当天或者当月 1 日的国家外汇牌价(原则上为中间价)。纳税人应当事先确定采用上述的哪一种折合率,并且在确定后的一年内不得进行变更。

3.3 消费税的会计核算

3.3.1 消费税会计核算的账户设置

增值税与消费税之间存在着税基一致和交叉纳税的关系:应税消费品要缴纳消费税,同时还要缴纳增值税。而且这两种税都是以含消费税但不含增值税的销售额为计税依据。因此,同一会计凭证可以同时作这两种税的计税凭证。一般以销售方开具给购货方的增值税专用发票或者普通发票为计税凭证。

消费税的价内税性质决定了对会计核算账务处理只需对应缴纳以及已缴纳的消费税进行核算。要设置如下账户。

(1)"应交税费"账户

消费税纳税人通过"应交税费"账户下设"应交消费税"的明细账户进行消费税会计核算。其账户性质是负债类。账户结构是贷方登记纳税人计算出的应交消费税金额,借方登记纳税人已交纳消费税金额,如有借方余额表示多交或者待抵扣的消费税金额。

(2)"营业税金及附加"账户

由于消费税是价内税,其应交消费税金额已包含在应税消费品的销售收入中。因此,要通过"营业税金及附加"账户进行核算。该账户属于损益类账户。借方登记已发生的应交消费税余额,贷方在期末转入"本年利润"的借方,表示当期发生并已交纳的税金费用金额,由当期收入弥补,结转无余额。

3.3.2　消费税的会计处理

1. 生产并销售应税消费品的核算

销售应税消费品同时要核算应交消费税:借记"营业税金及附加"等相关账户,贷记"应交税费——应交消费税"账户,如发生销货退回时,作相反会计分录。缴纳消费税时借记"应交税费——应交消费税"账户,贷记"银行存款"账户。期末将"营业税金及附加"账户从贷方转入"本年利润"账户的借方,结转后"营业税金及附加"账户无余额。

企业出口应税消费品如按规定不予免税、退税的,应视同销售,按应税消费品销售核算规定进行会计处理。

请思考:如销售应税消费品的售价金额为含税售价,应如何进行会计处理?

例3-3　2009年3月甲企业对外生产销售应税化妆品,含税售价金额为936 000元,增值税率为17%,销项增值税为136 000元,该化妆品消费税率为10%,销售收入已回款并存入银行。计算应纳消费税并作出其会计分录。

应交消费税计算过程如下:

①不含税销售额=936 000÷(1+17%)=800 000(元);

②应交消费税=800 000×10%=80 000(元)。

其会计分录如下:

借:银行存款　　　　　　　　　　　　　　　　　　　　936 000

　　贷:主营业务收入　　　　　　　　　　　　　　　　　800 000

　　　　应交税费——应交增值税(销项税额)　　　　　136 000

同时:

借:营业税金及附加　　　　　　　　　　　　　　　　　80 000

　　贷:应交税费——应交消费税　　　　　　　　　　　80 000

2. 应税消费品视同销售的核算

依据税法规定,纳税人以自产应税消费品换取生产资料、消费原料,抵偿债务,支付代购手续费等,应视同销售计算应缴消费税。企业以应税消费品换取生产资料和消费资料应按企业同类消费品最高售价金额计算应缴纳消费税。借记"原材料"或"材料采购"账户,贷记"主营业务收入"账户。同时,借记"营业税金及附加"账户,贷记"应交税费——应交消费税"账户。企业以应税消费品抵偿债务,按企业同类消费品最高售价金额计算应缴纳的消费税金。借记

"应付账款"账户,贷记"主营业务收入"账户。同时借记"营业税金及附加"账户,贷记"应交税费——应交消费税"账户。企业以应税消费品支付代购手续费的,按企业同类消费品最高售价金额计算消费税额,借记"材料采购"、"应付账款"。"其他应付账款"等账户,贷记"主营业务收入"账户,同时借记"营业税金及附加"账户,贷记"应交税费——应交消费税"账户。

例3-4 甲企业于2009年1月用自产化妆品15 000盒换取原材料,用5 000盒换取副食品作为福利发放给职工,用10 000盒偿还前欠乙公司债务。该化妆品每盒最高售价为88元,成本50元,增值税率为17%,消费税率为30%,会计账务处理如下。

①换取原材料时:

借:材料采购(原材料)	1 320 000
应交税费——应交增值税(进项税额)	224 400
贷:主营业务收入	1 320 000
应交税费——应交增值税(销项税额)	224 400

②换取副食品时:

借:应付职工薪酬	514 000
贷:主营业务收入	440 000
应交税费——应交增值税(销项税额)	74 000

③抵偿债务时:

借:应付账款——乙公司	1 029 600
贷:主营业务收入	880 000
应交税费——应交增值税(销项税额)	149 600

④同时,计算应缴纳消费税额:

$$应交消费税额 = (15\ 000 + 10\ 000 + 5\ 000) \times 88 \times 30\%$$
$$= 792\ 000(元)$$

借:营业税金及附加	792 000
贷:应交税费——应交消费税	792 000

3. 以应税消费品对外投资的核算

按税法有关规定,纳税人用自产应税消费品进行对外投资应视同销售,计算应纳的增值税和消费税。对外投资时,借记"长期股权投资"等账户,贷记"库存商品"、"应交税费——应交增值税"等账户。投资作价与用于投资的应税消费品账面价值差额,借记或贷记"资本公积"等账户。

例3-5 甲企业6月以面包车50辆向乙出租汽车公司进行三年的股权投资,按双方投资协议每辆面包车作价100 000元,成本70 000元,增值税率17%,消费税率5%。会计账务处理如下。

①对外投资时:

借:长期股权投资	5 850 000
贷:库存商品	3 500 000
应交税费——应交销项增值税	850 000
资本公积	1 500 000

②同时,计算应缴纳消费税金额:

$$应交消费税 = 50 \times 100\,000 \times 5\% = 250\,000(元)$$

借:长期股权投资   250 000

 贷:应交税费——应交消费税   250 000

4. 自产自用应税消费品的核算

按税法有关规定,企业自产自用应税消费品,用于连续生产应税消费品的,不缴纳消费税,用于其他方面的,于移送使用时计算应缴纳消费税金额。用于其他方面主要是指用于生产非应税产品,在建工程、管理部门、非生产机构、提供劳务以及用于馈赠、赞助、集资、广告、样品、职工福利、奖励等方面的应税消费品。上述业务视同销售,均按销售额计算应纳消费税额。

企业自产自用的产品是一种内部结转关系,不存在销售行为,如果作销售处理,企业会凭空增加开销,然而并没有因此增加资金收入,会对企业资金周转产生不可预测的影响,因而,应按成本予以结转。借记"在建工程"、"管理费用"、"营业外支出"等相关账户,贷记"库存商品"、"应交税费——应交消费税"等账户。

例3-6 长春汽车厂于2009年1月将自产面包车两辆转作自用固定资产,又以面包车10辆支援灾区建设,每辆面包车售价为80 000元,成本价为50 000元,增值税率为17%,消费税率为5%,会计账务处理如下。

①计算转作自用固定资产的应税消费品应纳增值税和消费税:

$$应纳增值税 = 80\,000 \times 2 \times 17\% = 27\,200(元)$$

$$应纳消费税 = 80\,000 \times 2 \times 5\% = 8\,000(元)$$

其会计分录为

借:固定资产——面包车   135 200

 贷:库存商品   100 000

  应交税费——应交增值税(销项税额)   27 200

  应交税费——应交消费税   8 000

②计算用于支援灾区建设面包车的应纳增值税和消费税:

$$应纳增值税 = 80\,000 \times 10 \times 17\% = 136\,000(元)$$

$$应纳消费税 = 80\,000 \times 10 \times 5\% = 40\,000(元)$$

其会计分录为

借:营业外支出   676 000

 贷:库存商品   500 000

  应交税费——应交增值税(销项税额)   136 000

  应交税费——应交消费税   40 000

5. 委托加工应税消费品的核算

按税法有关规定,委托加工的应税消费品,于委托方提货时,由受托方代收代缴消费税。委托加工应税消费品直接用于销售的,在销售时,不再征收消费税;用于连续生产加工应税消费品的,已纳税款按规定准予抵扣。在会计账务处理上也要区分上述不同情况,分别处理。

受托方在委托方提货时代收消费税,按应收加工费贷记"主营业务收入"或"其他业务收入"等账户;按应代收的消费税贷记"应交税费——应交消费税"账户;上缴代扣消费税款时,借记"应交税费——应交消费税"账户,贷记"银行存款"账户。

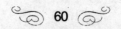

委托方收回加工应税消费品后直接用于销售的,应将受托方代收代缴的消费税和应支付的加工费一并计入委托加工应税消费品的成本。借记"委托加工材料"、"自制半成品"、生产成本等账户,贷记"应付账款"、"银行存款"等账户。待生产成最终应税消费品时,再按最终应纳的消费税款,借记"营业税金及附加"账户,贷记"应交税费——应交消费税"账户。

例3-7 甲企业委托乙企业加工生产汽车轮胎1 000个,发出材料实际成本为400 000元,乙企业该月同类产品单位售价为800元,收取加工费100 000元,甲企业收回加工产品600个投入汽车生产,生产出150辆中型汽车全部售出,售价每辆120 000元,成本80 000元,另400个轮胎收回后直接销售,售价1 000元/个,轮胎消费税率为10%,汽车消费税率为8%,增值税率为17%。

请作出甲、乙两企业相关的账务处理。

①受托方乙企业账务处理。

计算应代收代缴的消费税:

应代收代缴的消费税 = 1 000 × 800 × 10% = 80 000(元)

借:银行存款 　　　　　　　　　　　　　　　　　　　　180 000
　　贷:其他业务收入 　　　　　　　　　　　　　　　　　100 000
　　　　应交税费——应交消费税 　　　　　　　　　　　　80 000

实际缴纳消费税时:

借:应交税费——应交消费税 　　　　　　　　　　　　　　80 000
　　贷:银行存款 　　　　　　　　　　　　　　　　　　　80 000

②委托方甲企业会计账务处理。

发出材料加工委托时:

借:委托加工物资 　　　　　　　　　　　　　　　　　　400 000
　　贷:原材料 　　　　　　　　　　　　　　　　　　　　400 000

支付加工费时:

借:委托加工物资 　　　　　　　　　　　　　　　　　　100 000
　　贷:银行存款 　　　　　　　　　　　　　　　　　　　100 000

③结算乙企业代扣代缴的消费税时:

应交消费税 = 400 × 800 × 10% = 32 000(元)

应交消费税 = 800 × 600 × 10% = 48 000(元)

借:委托加工物资 　　　　　　　　　　　　　　　　　　32 000
　　应交税费——应交消费税 　　　　　　　　　　　　　　48 000
　　贷:银行存款 　　　　　　　　　　　　　　　　　　　80 000

④委托加工产品验收入库时:

入库产品成本:(400 000 + 100 000) ÷ 1 000 × 400 + 32 000 = 232 000(元)

加工生产材料成本:(400 000 + 100 000) ÷ 1 000 × 600 = 300 000(元)

借:库存商品——小汽车 　　　　　　　　　　　　　　　232 000
　　原材料——轮胎 　　　　　　　　　　　　　　　　　300 000

贷:委托加工物资 532 000

⑤400 个轮胎对外销售时收款:

借:银行存款 468 000

  贷:主营业务收入 400 000

    应交税费——应交增值税(销项税额) 68 000

同时,结转销售成本:

借:主营业务成本 232 000

  贷:库存商品 232 000

⑥150 辆小汽车销售时:

借:银行存款 21 060 000

  贷:主营业务收入 18 000 000

    应交税费——应交增值税(销项税额) 3 060 000

同时,结转150 辆小汽车销售成本:

借:主营业务成本 12 000 000

  贷:库存商品——小汽车 12 000 000

⑦计算应纳消费税时:

  应纳消费税额 = 18 000 000 × 8% = 1 440 000(元)

借:营业税金及附加 1 440 000

  贷:应交税费——应交消费税 1 440 000

⑧实际缴纳消费税时:

  实际缴纳消费税 = 1 440 000 – 48 000 = 1 392 000(元)

借:应交税费——应交消费税 1 392 000

  贷:银行存款 1 392 000

6. 销售包装应税消费品的核算

根据税法规定,实行从价定率办法计算应纳税额的应税消费品连同包装销售的,无论包装物是否单独计算,均应算入应税消费品的销售额中计征消费税。如果包装物不是作价随同产品销售而是收取押金,则此项押金不应并入应税消费品的销售额中征税。但对于出租、出借包装物收取押金中因逾期未收回包装物而没收的部分,以及已收取一年以上的押金,也应并入应税消费品的销售额中计征消费税。

包装物已作价随同应税消费品销售,但为了使购货人将包装物退回而另外加收的押金,其逾期未退没收的押金应缴纳的消费税,先冲抵"其他应付款"账户中该项负债,即借记"其他应付账款"账户,贷记"应交税费——应交消费税"账户,冲抵后的净额转作营业外收入。

例 3-8 某企业销售应税消费品 10 万元,随同产品出售单独计价的包装物 200 个,每个售价 20 元,增值税率17%,消费税率10%,款项均已通过银行收讫。请作出该企业相关的账务处理。

①产品销售时:

借:银行存款 121 680

贷:主营业务收入 100 000
　　　其他业务收入 4 000
　　　应交税费——应交增值税(销项税额) 17 680
②计算应缴纳的消费税时:
　　应缴纳的消费税额 = (100 000 + 4 000) × 10% = 10 400(元)
借:营业税金及附加 10 000
　其他业务支出 400
　贷:应交税费——应交消费税 10 400

例 3-9　某企业销售应税消费品 100 000 元,随同产品出售单独计价的包装物 100 只,每只售价 15 元,为使包装物能够收回,每只包装物另加收押金 5 元。按合同规定,包装物应在一个月内退回,但对方逾期仍然未退回包装物,增值税率 17%,消费税率 10%。请作出该企业相关的账务处理。

①销售产品收到贷款及押金时:
借:银行存款 119 255
　贷:主营业务收入 100 000
　　　其他业务收入 1 500
　　　应交税费——应交增值税(销项税额) 17 255
　　　其他应付款 500
②计算应纳的消费税时:
　　应纳消费税额 = (100 000 + 1 500) × 10% = 10 150(元)
借:营业税金及附加 10 000
　其他业务成本 150
　贷:应交税费——应交消费税 10 150
没收预期未退包装物加收的押金时:
　　应纳增值税 = 500/(1 + 17%) × 17% = 72.65(元)
　　应纳消费税 = 500/(1 + 17%) × 10% = 42.74(元)
借:其他应付款 500
　贷:应交税费——应交增值税(销项税额) 72.65
　　　应交税费——应交消费税 42.74
　　　营业外收入 384.61

7. 进口应税消费品的核算

进口应税消费品,除要按规定计征关税、增值税外,还要计征消费税。缴纳的消费税,应计入进口应税消费品的成本里。进口时,按应税的消费品进口成本连同消费税,借记"固定资产"、"材料采购"等账户,贷记"应付账款"、"银行存款"等账户。

例 3-10　某外资企业 2009 年 6 月从国外购进化妆品一批,到岸价为 100 000 美元,海关征收关税税率为 50%,增值税税率为 17%,消费税税率为 30%。该企业以当月 1 日国家外汇牌价为折合率,6 月 1 日国家外汇牌价为 1:8.4。

要求:计算该批化妆品的消费税和增值税,并作出相应的账务处理。

应纳消费税额 = (100 000 + 100 000 × 50%) × 8.4/(1 − 30%) × 30%

= 1 800 000 × 30%

= 540 000(元)

应纳增值税额 = [(100 000 + 100 000 × 50%) × 8.4 + 540 000] × 17%

= 1 800 000 × 17%

= 306 000(元)

借:材料采购   1 800 000

   应交税费——应交增值税(进项税额)   306 000

      贷:银行存款   2 106 000

8. 出口应税消费品的核算

为了鼓励出口,增强国际市场上出口产品的竞争力,按照规定,纳税人出口应税消费品免征消费税。具体应分不同情况进行处理。

1)生产企业出口应税消费品的核算

生产企业出口应税消费品的核算,分如下情况处理。

①直接办理出口。根据税法规定,有进出口权的生产企业直接进出口应税消费品的,免征消费税。因此,企业无须计算和缴纳消费税。

②通过外贸企业出口。无进出口权的企业,产品出口应通过外贸企业,通过外贸企业出口有以下两种形式。

一是由生产企业委托外资企业代理出口。根据财政部、国家税务总局颁发的财税字[1995]92号《出口货物退免税若干问题的规定》,将原来生产企业先税后退,改为生产企业(即委托企业)直接免税。因此产品出口时,也不用作消费税的核算。

二是生产企业将产品销售给外贸企业,由外贸企业自营出口。生产企业将产品销售给外贸企业,即作为销售出现,生产企业按销售应税产品缴纳消费税,其会计处理同国内销售一样。

2)外贸企业出口应税消费品的核算

外贸企业出口应税消费品的核算,分如下情况处理。

①代理出口应税消费品。在这种情况下,由于委托方直接免税,受托方只收取代理出口的手续费。因此,会计处理不涉及消费税的内容。

②自营出口应税消费品。外贸企业自营出口应税消费品,自生产企业购进时,应按账户商品价款借记"商品采购"账户,贷记"银行存款"、"应付账款"等账户;商品入库时,借记"库存商品",贷记"商品采购"账户;办妥出口报关手续后,即作为销售实现,借记"应收账款"、"银行存款"等账户,贷记"商品销售收入"账户;申请退税时,应将应退回的消费税冲减商品的销售成本,借记"应收出口退税"账户,贷记"商品销售成本"账户;实际收到税务机关出口退税时,借记"银行存款"账户,贷记"应收出口退税"账户。发生退关或者退货时,外贸企业应及时向所在地主管税务机关申报补缴已退的消费税款,除进行有关退货的会计处理外,还应按补缴的消费税增加商品销售成本,借记"营业成本"账户,贷记"应收出口退税"账户;补缴税款时,借记"应收出口退税"账户,贷记"银行存款"账户。

例3-11　甲企业于2009年7月将应税消费品一批销售给乙外贸公司,售价100万元,成本60万元,增值税率17%,消费税率10%。乙外贸公司于2009年8月1日将应税消费品出口到美国,货款总额20万美元,该公司以当月1日外汇牌价为折合率,当月1日美元牌价为1:8.35。分别作甲、乙企业账务处理。

①甲企业会计账务处理。

将应税消费品出售时收款:

借:银行存款　　　　　　　　　　　　　　　　　　　1 170 000
　　贷:应交税费——应交增值税(销项税额)　　　　　　　　　　170 000
　　　　主营业务收入　　　　　　　　　　　　　　　　　　　1 000 000

同时,结转已销消费品成本:

借:主营业务成本　　　　　　　　　　　　　　　　　　600 000
　　贷:库存商品　　　　　　　　　　　　　　　　　　　　　　600 000

计算应缴消费税为1 000 000 × 10% = 100 000元。

借:营业税金及附加　　　　　　　　　　　　　　　　　100 000
　　贷:应交税费——应交消费税　　　　　　　　　　　　　　　100 000

同时缴税:

借:应交税费——应交消费税　　　　　　　　　　　　　100 000
　　贷:银行存款　　　　　　　　　　　　　　　　　　　　　　100 000

②乙外贸公司会计账务处理。

购入应交消费税商品并验收入库时:

借:库存商品　　　　　　　　　　　　　　　　　　　　1 000 000
　　应交税费——应交增值税(进项税额)　　　　　　　　170 000
　　贷:银行存款　　　　　　　　　　　　　　　　　　　　　　1 170 000

销售出口商品并向银行办理交单时:

借:银行存款　　　　　　　　　　　　　　　　　　　　1 670 000
　　贷:主营业务收入　　　　　　　　　　　　　　　　　　　　1 670 000

同时,结转出口商品成本:

借:主营业务成本　　　　　　　　　　　　　　　　　　1 000 000
　　贷:库存商品　　　　　　　　　　　　　　　　　　　　　　1 000 000

报关出口后申请退税时:

借:应收出口退税　　　　　　　　　　　　　　　　　　100 000
　　贷:主营业务成本　　　　　　　　　　　　　　　　　　　　100 000

收到出口退税(进项增值税、消费税)时:

借:银行存款　　　　　　　　　　　　　　　　　　　　270 000
　　贷:应收出口退税　　　　　　　　　　　　　　　　　　　　100 000
　　　　应交税费——应交增值税(出口退税)　　　　　　　　　　170 000

3.4 消费税申报

3.4.1 纳税义务发生时间

消费税纳税义务分为以下几种情况。

①纳税人销售应税消费品的纳税义务发生时间。

a)采用预收货款结算方式销售应税消费品的,纳税义务发生时间为发出应税消费品的当天。

b)采用赊销和分期收款结算方式销售应税消费品的,纳税义务发生时间为销售合同约定收款的当天。

c)采用托收承付和委托收款结算方式销售应税消费品的,纳税义务发生时间为发出应税消费品并办妥托收手续的当天。

d)采取其他结算方式销售应税消费品的,纳税义务发生时间为收讫销售款或取得索取销售款凭据的当天。

②纳税人自产自用的应税消费品,纳税义务发生时间为消费品移送使用的当天。

③纳税委托加工的应税消费品,纳税义务发生时间为纳税人提货当天。

④纳税人进口应税消费品的,纳税义务发生时间为报关进口的当天。

3.4.2 纳税地点

消费税纳税地点分以下四种情况。

①纳税人销售应税消费品,以及自产自用应税消费品的,除国家另有规定外,应当向纳税人核算地主管税务机关申报纳税。纳税人的总机构与分支机构不在同一县(市)的,应在生产应税消费品分支机构所在地缴纳消费税。但经国家税务总局及所属税务分局批准,纳税人分支机构应缴消费税款也可由总机构汇总向总机构所在地主管税务机关缴纳。

②委托加工的应税消费品,由受托方向所在地主管税务机关申报缴纳消费税。

③进口的应税消费品,由进口人或者代理人向保管地海关申报纳税。

④纳税人在外县(市)销售或委托外县(市)代销自产应税消费品的,应事先向其所在地主管税务机关提出申请,并于应税消费品销售后,回纳税人核算地缴纳消费税。

3.4.3 纳税期限

消费税的纳税期限分别为1日、3日、5日、10日、15日或1个月,纳税人的具体纳税期限,由主管税务机关根据纳税人应纳税额的大小分别核定,不能按照国家期限纳税的,可以按次纳税,具体纳税期限如下。

纳税人以1个月为一期纳税的,自期满之日起10日内申报纳税。以1日、3日、5日、10日或15日为一期纳税的,自期满之日起5日内预缴税款,于次月1日起10日内申报纳税并结清上月应缴纳税款。

纳税人进口应税商品的,自海关填发税款缴纳证的次日起7日内缴纳税款。

3.4.4 消费税的申报

缴纳消费税的纳税人,无论有无发生消费税的纳税义务,均应于次月1日至10日内向主管税务机关办理消费税的纳税申报,并填制"消费税纳税申报表",其格式见表3-2。

表 3-2 消费税纳税申报表

填表日期：　年　月　日

纳 税 编 码：

纳税人识别号：

纳税人名称：　　　　　　　　　　　　　　　　　　　　　　　　地　　　址：

税款所属期：　年　月　日至　　　年　月　日　　　　　　　　　　联系电话：

应税消费品名称	适用税目	应税销售额（数量）	适用税率（单位税额）	当期准予扣除外购应税消费品买价（数量）				外购应税消费品适用税率（数量）
				合计	期初库存外购应税消费品买价（数量）	当期购进外购应税消费品买价（数量）	期末库存外购应税消费品买价（数量）	
1	2	3	4	5 = 6 + 7 – 8	6	7	8	9
合计								

应纳消费税		当期准予扣除外购应税消费品已纳税款	当期准予扣除委托加工应税消费品已纳税款			
本期	累计		合计	期初库存委托加工应税消费品已纳税款	当期收回委托加工应税消费品已纳税款	期末库存委托加工应税消费品已纳税款
15 = 3 ×4 – 10 或 3 ×4 – 11 或 3 ×4 – 10 – 11	16	10 = 5 ×9 或 10 = 5 ×9(1 – 征减幅度)	11 = 12 + 13 – 14	12	13	14

已纳消费税		本期应补（退）税金额			
本期	累计	合计	上期结算税额	补交本年度欠税	补交以前年度欠税
17	18	19 = 15 – 26 – 27	20	21	22

截至上年底累计欠税额	本年度新增欠税额		减免税额	预缴税额	多缴税额
	本期	累计			
23	24	25	26 = 3 ×4 × 征减幅度	27	28

如纳税人填报，由纳税人填写以下各栏		如委托代理人填报，由代理人填写以下各栏			备注
会计主管：	纳税人	代理人名称		代理人	
		代理人地址		（公章）	
（签章）	（公章）	经办人		电话	
以下由税务机关填写					
收到申报表日期			接收人		

填表说明：

1. 表中 2 栏"适用税目"必须按照《中华人民共和国消费税暂行条例》规定的税目填写。

2. 本表一式三联，第一联纳税人留存；第二联由主管税务机关留存；第三联税务机关作税收原始凭证。

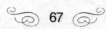

思考练习

一、简答题

1. 试述消费税的概念和特点。

2. 试述消费税与增值税的区别和联系。

3. 在哪种情况下,应纳消费税需按组成计税价格计征? 这些组成计税价格的公式有什么共同点? 其含义是什么?

4. 如何计算消费税应纳税额?

5. 消费税的账务处理方法与增值税有何不同?

二、单项选择题

1. 下列消费品中,征收消费税的是(　　)。

A. 茶叶　　　　　　B. 白酒　　　　　　C. 高档住宅　　　　　　D. 电视剧

2. 酒厂本月销售自制粮食白酒 100 吨,取得不含税价款 25 万元,应缴纳的消费税为(　　)万元。

A. 5　　　　　　B. 16.25　　　　　　C. 10　　　　　　D. 15

3. 消费税法规定,纳税人自产自用应税消费品,用于连续生产应税消费品的(　　)。

A. 不纳税　　　　　　　　　　　　B. 按组成计税价格纳税

C. 于移动使用时纳税　　　　　　　　D. 视同销售纳税

4. 纳税人用外购的初级化妆品连续生产化妆品,在计算纳税时,其外购初级化妆品的已纳消费税税款应作的处理是(　　)。

A. 该已纳税款不得扣除　　　　　　　B. 该已纳税款当期可全部扣除

C. 该已纳税款在纳税当期可扣除　　　D. 当期生产领用部分的已纳税款可予以扣除

5. 进口的应税消费品,按组成计税价格和规定的税率计算应纳税额,其组成计税价格的公式为(　　)。

A. 组成计税价格 = 关税完税价格 + 关税

B. 组成计税价格 = 关税完税价格 + 关税 + 增值税

C. 组成计税价格 =(关税完税价格 + 关税)÷(1 - 消费税税率)

D. 组成计税价格 =(关税完税价格 + 关税)÷(1 - 增值税税率)

6. 纳税人进口应纳税消费品,应当自海关填发税款缴纳证的次日起(　　)日内缴纳税款。

A. 3　　　　　　B. 7　　　　　　C. 10　　　　　　D. 15

7. 下列不同用途的应税消费品不应缴纳消费税的有(　　)。

A. 受托方已代缴消费税的委托加工应税消费品,委托方收回后用于直接销售的

B. 以自产应税消费品抵偿债务的

C. 自产自用的应税消费品用于个人消费的

D. 自产自用的应税消费品用于在建工程的

8. 消费税纳税人以 1 个月为一期纳税的,自期满之日起(　　)日内申报纳税。

A. 3　　　　　　B. 5　　　　　　C. 10　　　　　　D. 15

9. 纳税人采取委托收款结算方式销售应税消费品,其纳税义务发生时间为(　　)。

A.发出应税消费品并办妥托收手续的当天　B.销售合同约定的收款日期的当天

C.办妥托收手续的当天　　　　　　　　　D.取得销售款凭证的当天

10.下列说法中,正确的是(　　)。

A.应税消费品的包装物逾期押金不征消费税

B.应税消费品连同包装物出售的,包装物收入部分只征收增值税,不征消费税

C.自产自用的应税消费品免征消费税

D.纳税人将不同税率的应税消费品组成成套消费品销售的,从高适用税率征收消费税

三、多项选择题

1.下列应税消费品中,应采用从量计征消费税的有(　　)。

A.高档手表　　　　B.柴油　　　　C.啤酒　　　　D.白酒

2.消费税的纳税环节主要包括(　　)。

A.生产并销售环节　B.委托加工环节　C.批发环节　　D.进口环节

3.下列货物的包装物押金不论是否退还,均应合并在销售额中缴纳消费税的应税消费品有(　　)。

A.啤酒　　　　　　B.黄酒　　　　　C.白酒　　　　D.药酒

4.消费税的计税方法有(　　)。

A.从价定率　　　　B 从量定额　　　C.复合计税　　D.从量定率

5.消费税是对我国境内从事生产、委托加工和进口应税消费品的单位和个人,就其(　　)在特定环节征收的一种税。

A.销售额　　　　　B.所得税　　　　C.生产额　　　D.销售数量

6.下列各项中,应按委托加工应税消费品的规定征收消费税的有(　　)。

A.委托方提供原材料,受托方代垫部分辅助材料

B.受托方以委托方名义购进材料

C.受托方先将原材料卖给委托方再接受加工

D.委托方提供原材料和全部辅助材料

7.下列各项中,应按受托方自制应税消费品计税的有(　　)。

A.由受托方提供原材料生产的应税消费品

B.受托方将原料卖给委托方,再进行加工的应税消费品

C.由委托方提供原材料,受托方收取加工费和代垫部分辅助材料加工的应税消费品

D.受托方以委托方名义购进原材料生产的应税消费品

8.纳税人以自产应税消费品用于下列项目应纳消费税的有(　　)。

A.移送另一车间生产应税消费品　　　　B.移送另一车间生产非应税消费品

C.换取生产资料和消费资料　　　　　　D.供本厂管理部门使用

9.下列应税消费品中,采用复合计税方法计征消费税的有(　　)。

A.烟丝　　　　　　B.卷烟　　　　　C.白酒　　　　D.酒精

10.某啤酒厂为一般纳税人,本月将自产啤酒5吨用于啤酒节,每吨啤酒出厂价为2 800元(不含税),则其应纳税情况为(　　)。

A.消费税1 100元　B.消费税220元　C.增值税2 380元　D.增值税840元

第3章　消费税会计核算

四、判断题

1. A市甲企业委托B市乙企业加工一批应税消费品,该批消费品应纳消费税款应由甲企业向A市税务机关解缴。( )

2. 企业将自产的应税消费品作为职工福利发放,成本100万元,成本利润率为5%,适用30%的消费税率,则该部分产品应缴消费税45万元。( )

3. 消费税实行价外税制度。( )

4. 应税消费品的计税销售额含消费税税额,不含增值税税额。( )

5. 征收消费税的产品,不再征收增值税。( )

6. 从购货方取得的各种价外费用,不计入消费税的销售额。( )

7. 纳税人用于抵偿债务的应税消费品,不缴纳消费税。( )

8. 商店销售烟、酒等应税消费品,既征消费税又征增值税。( )

9. 应税消费品连同包装物销售,其中包装物单独计价的,应按扣除包装物后的销售额计税。( )

10. 委托加工应税消费品的纳税义务人是委托方。( )

11. 某酒厂生产白酒和药酒并将两类酒包装在一起按礼品套酒对外销售,尽管该厂对这两类酒分别核算了销售额,但对于这种礼品套酒仍应将其全部销售额按白酒的适用税率计征消费税。( )

12. 卷烟厂用外购的已税烟丝作为原材料连续生产卷烟,在计算纳税时,准予从卷烟的应税消费税税额中减除当期生产领用的外购烟丝的已纳税额。( )

五、计算题

1. 某化妆品生产企业为增值税一般纳税人,本月初向某大型商场销售化妆品一批,开具增值税专用发票,取得不含税销售额60万元;本月中旬又向某单位销售化妆品一批,开具普通发票,取得含税销售额5.85万元。计算该企业应交销售税额,列算式。

2. 甲啤酒厂生产A、B两种啤酒,2009年12月销售A种啤酒300吨,每吨不含税售价3 500元,销售B种啤酒200吨,每吨不含税售价2 600元,经计算,2009年A种啤酒平均售价为每吨3 400元,B种平均售价为每吨2 500元,啤酒消费税率为20%。要求:计算该月应交销售税额,列算式。

3. 甲外贸公司2009年3月进口卷烟3 000箱,海关审定完税价格为15 000万元(关税税率30%);又进口雪茄烟,海关审定完税价格为2 500万元。同时向国内乙企业销售卷烟170箱,含税售价1 190万元;售出化妆品,含税税价6 200万元;购进烟丝出口,取得增值税专用发票注明货款316万元,出口离岸价为460万元。要求计算:

(1)进口环节由海关代征的消费税额;

(2)内销环节应纳的消费税额;

(3)出口环节应纳或应退的消费税额。

4. 甲摩托车生产企业为增值税一般纳税人,2009年3月份发生下列业务:

(1)3月3日销售摩托车100辆,不含税售价为每辆8 800元;

(2)3月8日销售摩托车30辆,不含税售价为每辆9 000元;

(3)3月18日销售摩托车70辆,不含税售价为每辆9 200元;

(4)3月31日,甲企业用40辆摩托车与乙企业换取材料,双方协议书注明按当月各自产

品平均售价等价交换;

（5）当月允许抵扣的进项增值税额为 68 000 元。

要求:假设上述摩托车均为同规格同型号,根据上述资料计算本企业当月应纳增值税和消费税。其中增值税率为 17%,摩托车消费税率为 10%。

五、会计核算题

1.某卷烟生产企业,某月初库存外购已税烟丝金额 30 万元,当月又外购已税烟丝金额 80 万元,月末库存烟丝金额 40 万元(以上金额均不含增值税),其余被当月生产卷烟领用。计算当月准予扣除的外购烟丝已纳的消费税款。

2.甲企业委托乙企业加工汽车轮胎,甲企业提供橡胶,成本为 60 000 元,支付加工费 27 300 元(含乙企业代垫辅助材料成本 7 300 元),计算该企业应纳消费税。

3.某外贸企业,本月从国外进口一批汽车轮胎,已知该批汽车轮胎的关税完税价格为 138 万元,按规定应缴纳关税 56 万元,计算进口环节应纳的消费税。

4.某啤酒厂本月销售啤酒 500 吨,每吨出厂价为 3 600 元。计算其本月应纳消费税税额。

5.某卷烟厂本月销售 A 卷烟 200 标准箱,每箱调拨价格为 25 000 元;销售 B 卷烟 60 标准箱,每箱调拨价格为 7 000 元。计算该卷烟厂当月应纳的消费税税额。

6.某化妆品生产企业为增值税一般纳税人,2007 年 10 月上旬从国外进口一批散装化妆品,到岸价格为 150 万元;进口机器设备一套,到岸价格为 180 万元。散装化妆品和机器设备均验收入库。本月内企业将进口的散装化妆品的 80% 生产加工为成套化妆品 7 800 件,对外批发销售 6 000 件,取得不含税销售额 290 万元;向消费者零售 800 件,取得含税销售额 51.48 万元(化妆品的进口关税税率 40%,机器设备的进口关税税率 20%)。

要求:计算该企业在进口环节和国内生产销售环节应缴纳的消费税。

7.某酒厂为增值税一般纳税人,某月经营情况如下。

（1）以直接收款方式销售粮食白酒 20 吨,取得销售额 10 万元;又销售粮食白酒 200 吨,取得销售额 83 万元,随同产品销售单独计价的包装物价款 16 380 元,代垫运杂费 400 元,承运部门将发票开给购货方,已收到购货方商业承兑汇票。

（2）销售给外地糖烟酒公司粮食白酒 500 吨,取得销售额 220 万元,另收取包装物押金 2.34 万元。

（3）以直接收款方式销售薯类白酒 4 吨,取得销售额 16 000 元。

（4）直接销售啤酒 50 吨,取得销售额 8 万元,另收取啤酒押金 3 万元,款项已全部存入银行。

（5）本月厂招待所领用粮食白酒 10 吨,价值 5 万元;啤酒 19 760 升,价值 32 000 元,用于对外招待。

以上销售额均不含增值税。按照上述资料计算该厂当月应缴纳的消费税额。

六、业务题

1.A 公司 2007 年 8 月份销售高档手表一批,为购货方开具的增值税专用发票上注明价款为 8 100 000 元,请根据以上资料计算应纳消费税税额并作出相应的会计处理。

2.A 公司为增值税小规模纳税人,主要是外购粮食白酒,再经调香调味后出售。本期对外销售所产粮食白酒 2 000 千克,向购买方开具普通发票,价税合计 84 800 元收妥存入银行。经核实该公司期初库存外购粮食白酒的买价为 8 万元,本期购进粮食白酒买价为 3 万元,期末库存外购粮食白酒买价为 5 万元。请根据以上资料计算应纳消费税税额并作出相应的会计处理。

3. A 公司生产销售高尔夫球一批,包装物出借,包装物成本 15 000 元,收取押金 23 400 元,返还包装物的期限为 3 个月。3 个月后购买方未能返还包装物,请根据以上资料计算应纳消费税税额并作出相应的会计处理。

4. A 公司本月将自产石脑油 8 000 升(成本为每升 2 元)生产加工成非应税消费品乙烯,请根据以上资料计算应纳消费税税额并作出相应的会计处理。

5. A 公司领用自产汽车轮胎用于运输车间的汽车修理,该批轮胎账面成本为 5 000 元,正常市场不含税销售价为 6 000 元。请根据以上资料计算应纳消费税税额并作出相应的会计处理。

6. A 公司发出橡胶,委托外协单位加工成轮胎后直接对外出售,发出橡胶的账面成本为 50 000 元,支付加工费 10 000 元,外协单位同类消费品计税销售额为 72 000 元,加工税费以银行存款付清。加工完毕验收入库待售。请根据以上资料计算应纳消费税税额并作出相应的会计处理。

📖 实训案例

1. 2009 年 10 月份,A 公司特制化妆品一批用作职工福利,该批化妆品的成本为 5 000 元,无同类产品售价。无外购或委托加工收回的化妆品。

该企业情况如下。

企业名称:A 公司

企业性质:集体企业(增值税一般纳税人)

企业地址:广州市×××路 33 号　电话:020 - 82158558

开户行:工商行×××分理处　账号:123456789

纳税人识别号:12000000000000001

要求:

(1)根据上述资料计算应纳消费税;

(2)作出账务处理;

(3)11 月 10 日填制消费税纳税申报表。

2. 广州摩托车厂生产普通型号摩托车不含增值税单位售价为 12 000 元/辆,单位成本为 10 000 元/辆,摩托车销售税率为 10%,税务机关于 2009 年 10 月对该厂当年 9 月份的纳税情况进行检查,发现下列事项。

(1)管理部领用摩托车一辆作为交通工具,此项业务会计上未作销售处理,也未计算税额。

(2)该公司以普通型摩托车 4 辆与丙公司对换电子计算机两台,摩托车价格高于计算机价格的差价为 9 360 元,丙企业拟用银行存款支付。此项业务本企业会计未作销售,也未计算税款。

请分析,该企业上述各项业务是否违反税法,应如何作出正确处理?

第4章

营业税的会计核算

📖 学习目标

1. 掌握营业税计税依据及纳税地点。
2. 掌握营业税的会计核算。

📖 导入案例

某公司8月份工程承包收入为2 000 000元,其中支付给A工程队分包工程价款200 000元,建设方提供的材料费为500 000元;另取得一企业拆除建筑物收入300 000元。

讨论题:该公司应纳税额是多少? 如何进行账务处理?

4.1 营业税概述

4.1.1 营业税的概念

营业税是对在我国境内提供应税劳务、转让无形资产或销售不动产的单位和个人所取得的营业额征收的一种商品与劳务税。

1984年第二步利改税将工商税中的商业和服务业等行业划分出来单独征收营业税。1993年进行的税制改革,重新修订、颁布了《中华人民共和国营业税暂行条例》(以下简称《营业税暂行条例》),将营业税的课税范围限定为提供应税劳务和转让无形资产以及销售不动产,而且适用于内、外资企业,建立了统一、规范的营业税制。2008年1月,国务院公布了修订后的《营业税暂行条例》,自2009年1月1日起施行。

4.1.2 营业税的特点

与其他商品劳务税相比,营业税具有以下特点。

1. 一般以营业额全额为计税依据

营业税属传统商品劳务税,计税依据为营业额全额,税额不受成本、费用高低的影响,对于保证财政收入的稳定增长具有十分重要的作用。

2. 按行业设计税目税率

营业税实行普遍征收,现行营业税征税范围为增值税征税范围之外的所有经营业务,税率设计的总体水平一般较低。但由于各种经营业务盈利水平不同,因此,在税率设计中,一般实行同一行业同一税率,不同行业不同税率,以体现公平税负、鼓励平等竞争的政策。

3. 计算简便,便于征管

由于营业税一般以营业收入额全额为计税依据,实行比例税率,税款随营业收入额的实现而实现,因此,计征简便,有利于节省征收费用。

4.1.3　营业税的基本征税范围

营业税确定的基本征税范围为在中华人民共和国境内提供的应税劳务、转让的无形资产或销售的不动产。

1.“境内”的含义

营业税的征税范围强调应税劳务、转让的无形资产或销售的不动产是在中华人民共和国境内发生的。

①提供的劳务发生在境内。这里强调的是劳务“发生在境内”,而发生在境外的劳务,则不属于营业税的征收范围。

境内单位派出本单位的员工赴境外,为境外企业提供劳务服务,不属于在境内提供应税劳务。对境内企业外派本单位员工赴境外从事劳务活动取得的各项收入,不征营业税。

②在境内载运旅客或货物出境。这里强调的是“出境”,凡是将旅客或货物,由境内载运出境的,属于营业税的征收范围;凡是将旅客或货物从境外载运至境内的,就不属于营业税征收范围。

③在境内组织游客出境旅游。在境内组织游客出境旅游,属于营业税的征收范围。

④所转让的无形资产在境内使用。这里强调的是“在境内使用”。凡是转让的无形资产,不论其在何处转让,也不论转让人或受让人是谁,只要该项无形资产在境内使用,就属于营业税的征收范围。否则,就不属于营业税的征收范围。

⑤销售的不动产在境内。只要是在境内的不动产,不论其所有者在何地,销售地在境内或境外,都属于营业税的征收范围。

⑥境内保险机构提供的保险业务。指境内保险机构提供的除出口货物险、出口信用险外的保险劳务。

⑦境外保险机构以境内的物品为标的提供的保险劳务。境外保险机构只要以境内的物品为标的提供的保险劳务,均属于营业税征收范围。

2.“应税行为”的含义

营业税的应税行为是指有偿提供应税劳务、有偿转让无形资产所有权或使用权、有偿转让不动产所有权的行为。所谓有偿,是指从受让方(购买方)取得货币、货物或其他经济利益。同时,单位和个人转让不动产有限产权或永久使用权,以及单位将不动产无偿赠与他人的行为,视同销售不动产。但单位和个体经营者聘用的员工为本单位或雇主提供劳务,不属于营业税的征收范围。

单位和个人提供的垃圾处置劳务不属于营业税应税劳务,对其处置垃圾取得的垃圾处置费,不征收营业税。

对房地产主管部门或其指定机构、公积金管理中心、开发企业以及物业管理单位代收的住房专项维修基金,不计征营业税。

以发行基金方式募集资金不属于营业税的征税范围,不征收营业税。个人和非金融机构申购和赎回基金单位的差价收入不征收营业税。

3. 与增值税征税范围的划分

按照现行税法,对货物销售及工业性加工、修理修配行为一律征收增值税,对提供应税劳务、转让无形资产或销售不动产行为一律征收营业税。但是,对于纳税人既涉及货物销售,又涉及提供营业税劳务的,则容易出现征税范围的交叉或界限不清问题。为此,通过界定混合销售与兼营来进一步明确增值税与营业税的征税范围。应当说明的是,混合销售与兼营的征税原则与确定标准是唯一的,在增值税中已经作过介绍,在这里不过是从营业税的角度加以归纳总结。

（1）混合销售行为的划分

对于纳税人的一项销售行为中既涉及应纳营业税的应税劳务,又涉及应纳增值税的货物销售,称之为混合销售行为。税法对混合销售规定的划分方法如下。

①从事货物生产、批发或零售的企业、企业性单位及个体经营者的混合销售行为,一律视为销售货物,不征营业税;其他单位和个人的混合销售行为,则视为提供应税劳务,应当征收营业税。

所谓从事货物的生产、批发或零售的企业、企业性单位及个体经营者,包括以从事货物的生产、批发或零售为主,并兼营应税劳务的企业、企业性单位及个体经营者在内。所谓"以从事货物的生产、批发或零售为主,并兼营应税劳务"是指纳税人的年货物销售额中与营业税应税劳务营业额的合计数中,年货物销售额超过50%,营业税应税劳务营业额不到50%的。

②纳税人的销售行为是否属于混合销售行为,由国家税务总局所属征收机关(即各级国家税务局)确定。

（2）兼营行为的划分

对于纳税人既经营货物销售,又提供营业税应税劳务的,称之为兼营行为。税法对兼营规定的划分方法如下。

①对于纳税人的兼营行为,应当将不同税种征税范围的经营项目分别核算、分别申报纳税,即纳税人兼营的销售货物或提供非应税劳务("非应税劳务"是指属于增值税征税范围的加工、修理修配、缝纫劳务。"应税劳务"与"非应税劳务"只是一个相对的提法。在这里,我们站在营业税角度所讲的"应税劳务",站在增值税的角度则应称为"非应税劳务";反过来,我们站在营业税角度讲的"非应税劳务",到了增值税那里,则习惯称为"应税劳务"),与属于营业税征收范围的应税劳务分别核算,分别就不同项目的营业额(或销售额)按营业税或增值税的有关规定申报纳税。如旅馆的餐饮和住宿收入单独核算征营业税,商品部的收入单独核算征增值税等。

②纳税人兼营行为不分别核算或不能准确核算的,其应税劳务与货物或非应税劳务一并征收增值税,不征营业税。

③纳税人兼营的应税劳务是否一并征收增值税,由国家税务总局所属征收机关(即各级国家税务局)确定。

4.1.4 营业税纳税义务人与扣缴义务人的基本规定

1. 营业税纳税人的基本规定

在中华人民共和国境内提供应税劳务、转让无形资产或者销售不动产的单位和个人,为营业税的纳税人。

企业租赁或承包给他人经营的,以承租人或承包人为纳税人。单位和个体户的员工、雇工在为本单位或雇主提供劳务时,不是营业税纳税人。

2.营业税扣缴义务人的基本规定

为了加强税收的源泉控制、简化征税手续、减少税款损失,《营业税暂行条例》及其实施细则规定了扣缴义务人这些单位和个人直接负有代扣代缴税款的义务。

境外单位或个人在境内发生应税行为而在境内未设有经营机构的,其应纳税款以代理者为扣缴义务人;没有代理者的,以受让者或购买者为扣缴义务人。

4.1.5 营业税的税目及税率

营业税实行比例税率,按照行业、类别的不同分别采用不同的比例税率,具体规定如表4-1所示。

表 4-1 营业税的税目及税率

税目	税率	征税范围
一、交通运输业	3%	陆运运输、水路运输、航空运输、管道运输、装卸搬运
二、建筑业	3%	建筑、安装、修缮、装饰、其他工程作业
三、金融保险业	5%	金融、保险
四、邮电通信业	3%	邮政、电信
五、文化体育业	3%	文化、体育
六、娱乐业	5% ~20%	歌厅、舞厅、卡拉OK歌舞厅、音乐茶座、台球、网吧、高尔夫球、保龄球场、游艺场
七、服务业	5%	代理业、旅店业、饮食业、旅游业、仓储业、租赁业、广告业、其他服务业
八、转让无形资产	5%	转让土地使用权、专利权、非专利权、商标权、著作权、商誉
九、销售不动产	5%	销售建筑物、构筑物及其他土地附着物

4.1.6 营业税各税目的征税范围

现行营业税的征税范围包括九个税目,即交通运输业、建筑业、金融保险业、邮电通信业、文化体育业、娱乐业、服务业、转让无形资产和销售不动产。

1.交通运输业

交通运输业,是指使用运输工具或人力、畜力将货物或旅客送达目的地,使其空间位置得到转移的业务活动。本税目的征收范围包括陆路运输、水路运输、航空运输、管道运输、装卸搬运。凡与运营业务有关的各项劳务活动,均属本税目的征税范围。

2.建筑业

建筑业,是指建筑安装工程作业。本税目的征收范围包括建筑、安装、修缮、装饰、其他工程作业。

3.金融保险业

金融保险业,是指经营金融、保险的业务。本税目的征收范围包括金融、保险。

4.邮电通信业

邮电通信业,是指专门办理信息传递的业务。本税目的征收范围包括邮政、电信。

5.文化体育业

文化体育业,是指经营文化、体育活动的业务。本税目的征收范围包括文化业、体育业。

6. 娱乐业

娱乐业,是指为娱乐活动提供场所和服务的业务。本税目征收范围包括经营歌厅、舞厅、卡拉 OK 歌舞厅、音乐茶座、台球、高尔夫球、保龄球场、游艺场等娱乐场所,以及娱乐场所为顾客进行娱乐活动提供服务的业务。

7. 服务业

服务业,是指利用设备、工具、场所、信息或技能为社会提供服务的业务。本税目的征收范围包括代理业、旅店业、饮食业、旅游业、仓储业、租赁业、广告业和其他服务业。

8. 转让无形资产

转让无形资产,是指转让无形资产的所有权或使用权的行为。无形资产,是指不具实物形态但能带来经济利益的资产。本税目的征收范围包括转让土地使用权、转让商标权、转让专利权、转让非专利技术、转让著作权和转让商誉。

9. 销售不动产

销售不动产,是指有偿转让不动产所有权的行为。不动产,是指不能移动,移动后会引起性质、形状改变的财产。本税目的征收范围包括销售建筑物或构筑物,销售其他土地附着物。

4.2 营业税的计算

4.2.1 营业税的计算

纳税人提供应税劳务、转让无形资产或者销售不动产,按照营业额和适用税率计算应纳税额。应纳税额计算公式为

$$应纳税额 = 营业额 \times 税率$$

4.2.2 营业额的确定

营业额是纳税人向对方收取的全部价款。

对纳税人提供应税劳务,转让无形资产或销售不动产的价格明显偏低且无正当理由的,主管税务机关有权依据以下原则确定营业额。

①按纳税人当月提供的同类应税劳务或者销售的同类不动产的平均价格核定。

②按纳税人最近时期提供的同类应税劳务或者销售的同类不动产的平均价格核定。

③按下列公式核定计税价格:

$$计税价格 = 营业成本或工程成本 \times (1 + 成本利润率) \div (1 - 营业税税率)$$

上述公式中的成本利润率,由省、自治区、直辖市地方税务局确定。

4.2.3 营业税应纳税额的计算

纳税人的营业额,为纳税人提供应税劳务、转让无形资产或者销售不动产向对方收取的全部价款和价外费用。价外费用,包括向对方收取的手续费、基金、集资费、代收款项、代垫款项及其他各种性质的价外收费。凡价外费用,无论会计制度规定如何核算,均应并入营业额计算应纳税额。营业税的有关具体规定如下。

1. 交通运输业

①交通运输业的营业额一般包括客运收入、货运收入、装卸搬运收入、其他运输业务收入和运输票价中包含的保险费收入以及随同票价、运价向客户收取的各种建设基金等。

②运输企业自中华人民共和国境内运输旅客或者货物出境,在境外改由其他运输企业承运旅客或者货物,以全程运费减去付给该承运企业的运费后的余额为营业额。

③运输企业从事联运业务,以实际取得的营业额为计税依据,即以收到的收入扣除支付给以后的承运者的运费、装卸费、换装费等费用后的余额为计税营业额。联运业务是指两个以上运输企业完成旅客或货物从发送地点至到达地点所进行的运输业务,联运的特点是一次购买、一次收费、一票到底。

④中央铁路运营业务的营业额,包括中央铁路运营业务的以下各项收入:旅客票价收入、行李运费收入、包裹运费收入、邮运运费收入、货物运费收入、其他收入、客货运输服务费收入、旅游车上浮票价收入、应缴其他进款、保价收入以及铁路建设基金收入等。

2. 建筑业

①建筑业的营业额为承包建筑、安装、修缮、装饰和其他工程作业取得的营业收入额,即建筑安装企业向建设单位收取的工程价款(即工程造价)及工程价款之外收取的各种费用。工程价款由直接费、间接费、计划利润和应交税费四部分组成。工程价款之外收取的临时设施费、劳动保护费和施工机构迁移费,以及施工企业收取的材料差价款、抢工费、全优工程奖和提前竣工奖等,均应并入营业额征税。

②从事建筑、修缮、装饰工程作业,无论怎样结算,营业额均包括工程所用原材料及其他物资和动力的价款。从事安装工程作业,凡以所安装的设备的价值作为安装工程产值的,其营业额应包括设备的价款。

③建筑业的总承包人将工程分包或者转包给他人的,以工程的全部承包额减去付给分包人或者转包人的价款后的余额为营业额。

④单位或个人自己新建建筑物后销售的行为,视同提供"建筑业"应税劳务。其自建行为的营业额由主管税务机关按规定顺序核定。

⑤建筑安装企业承包工程建设项目,无论是包工包料工程还是包工不包料工程,均按包工包料工程以收取的料工费全额为营业额。

⑥实行招标投标的建筑安装工程,其标底和报价的编制,均应包含营业税,以中标价格为计税营业额;中标价格以后调整的,以调整后的实际收入额为营业额。

3. 金融保险业

金融业的计税营业额,是指贷款利息收入、融资租赁收益、金融商品转让收益、金融经纪业的手续费收入和其他金融业取得的收入。保险业的计税营业额是指利息收入、保费收入以及其他收入。金融保险业计税营业额的确定应注意以下几点。

①贷款业务以发放贷款所得利息收入的全额为计税营业额。

②转贷业务,以贷款利息减去借款利息后的余额为营业额。转贷业务是指将借入的资金贷与他人使用的业务。将吸收的单位或个人的存款或者将自有资金贷与他人使用的业务,不属于转贷业务。

金融机构的自有资金贷款业务与转贷业务应划分清楚各自的营业额,分别计算缴纳营业税,未划分清楚各自营业额的,一律按自有资金贷款业务征税。

③融资租赁业务,以租赁费及设备残值扣除设备价款后的余额为营业额。融资租赁是指经中国人民银行批准经营融资租赁业务的单位和对外贸易经济合作部批准的经营融资租赁业务的外商投资企业和外国企业所从事的融资租赁业务,其他单位从事融资租赁业务应按"服

务业"税目中的"租赁业"项目征收营业税。

④金融机构（含银行和非银行金融机构）从事外汇、有价证券、期货（非货物期货）买卖业务，以卖出价减去买入价后的余额为营业额。

⑤保险业以收取的全部保费为营业额。对实行分保险业务的，初保业务以全部保费收入减去付给分保人保费后的余额为营业额。但是给予投保人的无赔款优待，不得扣除。

⑥金融经纪业和其他金融业务，以从事金融经纪业和其他金融业务所得的手续费为营业额。

4. 邮电通信业

电信部门以集中受理方式为集团客户提供跨省的出租电信线路业务，由受理地区的电信部门按取得的全部价款减除分割给参与提供跨省电信业务的电信部门的价款后的差额为营业额计征营业税；对参与提供跨省电信业务的电信部门，按各自取得的全部价款为营业额计征营业税。

集中受理是指电信部门应一些集团客户的要求，为该集团所属的众多客户提供跨地区的出租电信线路业务，以便该集团所属众多客户在全国范围内保持特定通信联络。

5. 文化体育业

单位或个人进行演出，以全部票价收入或者包场收入减去付给提供演出场所的单位、演出公司或者经纪人的费用后的余额为营业额。

6. 娱乐业

经营娱乐业向顾客收取的各项费用，包括门票收费、台位费、点歌费、烟酒和饮料收费及其他收费为营业额。

7. 服务业

①旅游企业组织旅游团到中华人民共和国境外旅游，在境外改由其他旅游企业接团，以全程旅游费减去付给该接团企业的旅游费后的余额为营业额。

②旅游企业组织旅游团在中国境内旅游的，以收取的旅游费减去替旅游者支付给其他单位的房费、餐费、交通费、门票费和其他代付费用后的余额为营业额。改由其他旅游企业接团的，按照境外旅游的办法确定营业额。

③代理业的营业额为纳税人从事代理业务向委托方实际收取的报酬。

④广告代理业的营业额为代理者向委托方收取的全部价款和价外费用减去付给广告发布者的广告发布费后的余额。对于广告经营单位支付的印刷费、雇工费，不得从营业额中扣除。

8. 转让无形资产

转让无形资产的营业额为受让方支付给转让方的全部货币、实物和其他经济利益。转让方收取实物时，由主管税务机关根据同类物品的市场价值核定其价值；转让方取得其他经济利益时，也由主管税务机关核定其货币价值。

9. 销售不动产

销售不动产业务的计税营业额是指纳税人销售不动产所取得的销售额，即向对方收取的全部价款及价外费用，在确定其营业额时，应注意以下几个问题。

①将不动产无偿赠送他人，应按第4.2.2节所述顺序核定营业额。

②以不动产投资入股，参与受资方的利润分配且共同承担投资风险，其不动产产权的转让行为不征营业税。但当该项股权转让时，应以其股权转让额作为计税营业额计征营业税。

③对采取"还本销售"方式销售不动产的,一律按不动产销售时的销售收入征收营业税。纳税人"还本销售"的支出,不得冲减销售收入。

4.3　营业税的会计核算

4.3.1　会计科目设置

为了全面、准确、系统地反映营业税的提取、上缴和欠缴等情况,企业应通过"应交税费——应交营业税"账户进行核算。由于营业税属于价内税,应纳税额是通过应税收入和适用税率计算而来的,所以应税收入核算得正确与否对应纳营业税金的计算与缴纳影响很大。因此,应准确核算企业的营业收入,即在取得应税收入时,借记"银行存款"、"应收账款"等账户,贷记"主营业务收入"、"其他业务收入"等账户;同时计提营业税金,借记"营业税金及附加"、"其他业务成本"等账户,贷记"应交税费——应交营业税"账户;缴纳营业税时,借记"应交税费——应交营业税"账户,贷记"银行存款"账户。

4.3.2　营业税会计处理

1. 提供应税劳务的会计处理

企业提供应税劳务所取得的收入,按规定应缴纳营业税。提供的应税劳务若属于主营业务,计提的营业税应通过"营业税金及附加"账户核算;若属于其他业务,计提的营业税应通过"其他业务成本"账户核算。

企业在提供应税劳务取得营业收入时,借记"银行存款"、"应收账款"等账户,贷记"主营业务收入"、"其他业务收入"等账户;同时计提营业税金,借记"营业税金及附加"、"其他业务成本"等账户,贷记"应交税费——应交营业税"账户;缴纳营业税时,借记"应交税费——应交营业税"账户,贷记"银行存款"账户。

2. 销售不动产的会计处理

房地产开发企业销售不动产属于主营业务,按规定应缴纳的营业税,在"营业税金及附加"账户核算,借记"营业税金及附加"账户,贷记"应交税费——应交营业税"账户。

非房地产开发企业销售不动产属于固定资产清理业务,按规定应缴纳的营业税,在"固定资产清理"账户核算,借记"固定资产清理"账户,贷记"应交税费——应交营业税"账户。

3. 出租或出售固定资产、无形资产的会计处理

在会计核算时,由于企业出租固定资产、无形资产所发生的支出是通过"其他业务成本"账户核算的,而出售无形资产所发生的损益是通过营业外收支核算的,所以,出租无形资产应缴纳的营业税应通过"其他业务成本"科目核算,出售无形资产应缴纳的营业税,通过"营业外收入"或"营业外支出"科目核算。

4. 金融企业接受其他企业委托贷款的会计处理

金融企业接受其他企业委托发放贷款,收到委托贷款利息,计算应代扣代缴的营业税,借记"应付账款——应付委托贷款利息"账户,贷记"应交税费——代扣代缴营业税"账户。

5. 建筑安装企业实行分包或转包的核算

建筑安装企业实行分包或转包的,由总承包人代扣代缴的营业税,借记"应付账款"账户,贷记"应交税费——代扣代缴营业税"账户。

4.3.3 会计账户的设置

营业税的核算账户,根据"应交税费——应交营业税"科目进行设置,其基本格式见表4-2。

表4-2 "应交税费——应交营业税"科目基本格式

时间	凭证	摘要	借方	贷方	方向	余额

纳税人根据本期交纳营业税发生的先后顺序及编制的会计分录的数额,逐笔进行登记。期末将借方和贷方所登记的数据进行合计并比较,若为贷方余额,则为本期应交的营业税税额;若为借方余额则为本期多交或应退的营业税税额。

4.3.4 应纳税额计算应用举例

例4-1 邦捷公司主营业务为汽车货物运输,经主管税务机关批准使用运输企业发票,是按"交通运输业"税目征收营业税的单位。该公司2008年取得运输货物收入1 200万元,其中运输货物出境取得收入100万元,运输货物入境取得收入100万元,支付给其他运输企业的运费(由邦捷公司统一收取价款)200万元;销售货物并负责运输所售货物共取得收入300万元;派本单位卡车司机赴S国为该国某公司提供劳务,邦捷公司取得收入50万元;附设非独立核算的搬家公司取得收入20万元。请计算邦捷公司2008年应纳营业税。

分析:该公司入境货运收入不属于营业税征收范围,支付给其他企业运费应扣除;运输企业销货并负责运输应征收增值税;派员工赴国外为境外公司提供劳务取得的收入,不属于在境内提供劳务,不征营业税;搬家公司收入应按运输业征收营业税。

应纳营业税 = (1 200 - 100 - 200) × 3% + 20 × 3% = 27.6(万元)

计提税金时会计分录:

借:营业税金及附加　　　　　　　　　　　　　　　276 000

　　贷:应交税费——应交营业税　　　　　　　　　　　276 000

缴纳税金时会计分录:

借:应交税费——应交营业税　　　　　　　　　　　276 000

　　贷:银行存款　　　　　　　　　　　　　　　　　276 000

例4-2 宏大建筑公司具备主管部门批准的建筑企业资质,2009年承包一项工程,签订的建筑工程施工承包合同注明的建筑业劳务价款为9 000万元(其中安装的设备价款为3 000万元),另外销售建筑材料1 000万元。宏大公司将1 500万元的安装工程分包给蓝天建筑公司。工程竣工后,建设单位支付给宏大公司材料差价款 600 万元,提前竣工奖 150 万元。宏大公司又将其中的材料差价款 200 万元和提前竣工奖 50 万元支付给蓝天企业。请计算宏大企业应纳营业税额和代扣代缴营业税额。

分析:宏大公司符合有建筑施工企业资质和在签订的建筑工程施工承包合同中单独注明建筑业劳务价款两个条件。因此应就其建筑施工劳务和销货分别征收营业税和增值税;安装的设备价款按规定不计入营业额;材料差价款和提前竣工奖应包含在营业额内,但宏大公司将工程分包给蓝天公司的价款及支付的材料差价款和提前竣工奖应准予扣除。转包收入应由总承包人代扣代缴营业税。

$$应纳营业税额 = (9\,000 - 3\,000 - 1\,500 + 600 + 150 - 200 - 50) \times 3\%$$
$$= 5\,000 \times 3\% = 150(万元)$$

$$代扣代缴营业税额 = (1\,500 + 200 + 50) \times 3\% = 52.50(万元)$$

计提税金时会计分录:

借:营业税金及附加	1 500 000
应付账款	525 000
贷:应交税费——应交营业税	1 500 000
应交税费——应交营业税(代扣营业税——蓝天建筑公司)	525 000

缴纳税金时会计分录:

借:应交税费——应交营业税	1 500 000
应交税费——应交营业税(代扣营业税——蓝天建筑公司)	525 000
贷:银行存款	2 025 000

例4-3 兴业商业银行 2009 年三季度吸收存款 800 万元,取得自有资金贷款利息收入 60 万元,办理结算业务取得手续费收入 20 万元,销售账单凭证、支票取得收入 10 万元,办理贴现取得收入 20 万元,转贴现业务取得收入 15 万元,转让某种债券的收入为 120 万元,其买入价为 100 万元,代收水、电、煤气费 300 万元,支付给委托方价款 290 万元,出纳长款收入 1 万元。请计算该银行应纳营业税额。

分析:该银行吸收的存款不是其收入额,按税法规定不征营业税;贷款利息、办理结算业务取得的手续费收入、销售账单凭证收入、支票收入、办理贴现收入应纳营业税;转贴现收入,属于金融机构往来收入,不征营业税;债券买卖收入,以卖出价减去买入价后的余额为营业额;出纳长款收入不征营业税。2003 年 1 月 1 日起金融业适用营业税税率为 5% 。

$$应纳营业税额 = (60 + 20 + 10 + 20 + 120 - 100 + 300 - 290) \times 5\% = 7(万元)$$

计提税金时会计分录:

借:营业税金及附加	70 000
贷:应交税费——应交营业税	70 000

缴纳税金时会计分录:

借:应交税费——应交营业税	70 000
贷:银行存款	70 000

例4-4 广州电信局 2009 年 4 月发生如下业务:

①话费收入 200 万元;

②为某客户提供跨省的出租电信线路服务共收费 60 万元,支付给相关电信部门价款 25

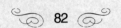

税务会计实务

万元;

③出售移动电话收入30万元,3月份销售的某一型号移动电话因存在质量问题本月发生退款5万元,已缴纳的营业税为0.15万元,该税款没有退还;

④销售有价电话卡面值共60万元,财务上体现的销售折扣额为6万元;

⑤电话机安装收入3万元。

请计算该电信局当月应纳营业税。

分析:其话费收入、电话机安装收入应按"邮电通信业——电信"税目,以收入全额为营业额计征营业税;跨省出租电信线路服务,应按"邮电通信业——电信"税目,以出租电信线路收入额扣除支付给相关电信部门的价款为计税营业额;电信局出售移动电话属于混合销售,因其"主业"为电信业,所以应按"邮电通信业——电信业"税目征收营业税,按规定凡提供营业税应税劳务发生的退款已征过营业税的,允许退还已征税款,也可以从纳税人以后的营业额中减除,本题中未退还已征税款,故应允许将应退税款从营业额中减除;销售有价电话卡,按规定应以电话卡面值减去销售折扣后的余额为营业额。

应纳营业税额 = (200 + 60 − 25 + 30 − 5 − 0.15 + 60 − 6 + 3) × 3%
= 9.505 5(万元)

计提税金时会计分录:

借:营业税金及附加 95 055
　贷:应交税费——应交营业税 95 055

缴纳税金时会计分录:

借:应交税费——应交营业税 95 055
　贷:银行存款 95 055

例4-5 凤冠有线电视台2009年8月份发生如下业务:有线电视节目收费50万元,有线电视初装费3万元,"点歌台"栏目收费1万元,广告播映收费6万元,向其他电视台出售某专题片播映权收入5万元。请计算该电视台当月应纳营业税额。

分析:有线电视节目收费、点歌费应按"文化体育业——文化业"税目中的"播映"项目征收营业税;有线电视初装费应按"建筑业"税目征收营业税;广告播映费收入应按"服务业——广告业"税目征收营业税;出售专题片播映权收入应按"转让无形资产——转让著作权"税目征收营业税。

应纳营业税额 = (50 + 1) × 3% + 3 × 3% + 6 × 5% + 5 × 5%
= 2.17(万元)

计提税金时会计分录:

借:营业税金及附加 21 700
　贷:应交税费——应交营业税 21 700

缴纳税金时会计分录:

借:应交税费——应交营业税 21 700
　贷:银行存款 21 700

例4-6 长隆综合娱乐服务公司2010年5月发生如下业务:

①歌舞厅门票收入5万元,点歌费收入0.3万元,烟酒饮料销售收入1万元;

②保龄球馆收入4万元;

③开办的网吧收入 7 万元;

④餐厅收入 30 万元。

请计算该公司当月应纳营业税额。

分析: 按相关税法规定,点歌费不得从营业额中扣除,歌舞厅发生的烟酒等销售收入属于混合销售,按照"主业"应按"娱乐业"税目征收营业税;保龄球馆收入自 2004 年 7 月 1 日起营业税税率下调为 5%;餐厅收入应按"服务业"税目征税;其他均属于"娱乐业",应按相应税目计征营业税。

$$应纳营业税额 = (5 + 0.3 + 1) \times 20\% + 4 \times 5\% + 7 \times 20\% + 30 \times 5\%$$
$$= 4.36(万元)$$

计提税金时会计分录:

借:营业税金及附加   43 600

  贷:应交税费——应交营业税   43 600

缴纳税金时会计分录:

借:应交税费——应交营业税   43 600

  贷:银行存款   43 600

例 4-7 2009 年 7 月,某企业将部分房屋出租给某下岗职工开办一台球室和一小型餐馆(已领取税务登记证)。按照双方签订的租赁合同,厂方当月收取的租赁费为 5 000 元,台球室当月收入 5 000 元,餐馆当月收入为 8 000 元。为筹集开办资金,该下岗职工将一处购买并居住不满 1 年的普通住宅出售,该住宅购入价为 60 000 元,销售价为 80 000 元,将另一处自有住房以每月 800 元的市场价格出租,双方约定每季收取一次,第一个季度的租金当月已经预付。请计算当月该企业与下岗职工各自应纳营业税额。

分析: 该企业出租房屋,不具备属于企业内部分配行为的三个条件,应按"服务业——租赁业"税目征收营业税。按照规定,下岗职工从事个体经营,自领取税务登记证之日起,3 年内免征营业税,但经营"娱乐业"项目不在免征营业税的范围内,这样,属于"娱乐业"的台球室收入应按"娱乐业"税目以 5% 的税率征收营业税,而餐馆收入免征营业税。个人销售购买不足 5 年的普通住宅,按全额计征营业税,但是,个人按市场价出租居民住房,按 3% 税率征收营业税,因其预收 3 个月的租金,所以计税营业额应为 2 400 元。

①企业:

$$应纳营业税额 = 5 000 \times 5\% = 250(元)$$

计提税金时会计分录:

借:其他业务成本   250

  贷:应交税费——应交营业税   250

缴纳税金时会计分录:

借:应交税费——应交营业税   250

  贷:银行存款   250

②下岗职工:

$$应纳营业税额 = 5 000 \times 5\% + 80 000 \times 5\% + 800 \times 3 \times 3\%$$
$$= 250 + 4 000 + 72 = 4 322(元)$$

例 4-8 北狐旅行社本月组织团体旅游,境内组团旅游收入 20 万元,替旅游者支付给其他单位餐费、住宿费、交通费、门票费共计12万元,后为应对其他旅行社的竞争,该旅行社同意给予旅游者5%的折扣,并将价款与折扣额在同一张发票上注明;组团境外旅游收入30万元,付给境外接团企业费用18万元;另外为散客代购火车票、机票、船票取得手续费收入1万元,为游客提供打字、复印、洗相服务收入2万元。请计算该旅行社当月应纳营业税额。

分析: 按规定,旅游企业组团境内旅游,以收取的全部旅游费减去替旅游者支付给其他单位的餐费、住宿费、交通费、门票费或支付给其他接团旅游企业的旅游费后的余额为营业额;旅游企业组团境外旅游,在境外由其他旅游企业接团的,以全程旅游费减去付给接团企业的旅游费的余额为营业额;将价款与折扣额在同一发票上注明的,以折扣后的价款为营业额;其他业务按"服务业——代理业"和"服务业——其他代理业"征收营业税。

$$应纳营业税额 = (20 \times 95\% - 12) \times 5\% + (30 - 18) \times 5\% + (1 + 2) \times 5\%$$
$$= 1.1(万元)$$

计提税金时会计分录:

借:营业税金及附加　　　　　　　　　　　　　　　11 000
　　贷:应交税费——应交营业税　　　　　　　　　　　　11 000

缴纳税金时会计分录:

借:应交税费——应交营业税　　　　　　　　　　　11 000
　　贷:银行存款　　　　　　　　　　　　　　　　　　　11 000

4.4　营业税的纳税申报

4.4.1　营业税的纳税义务发生时间、纳税期限、地点

1. 营业税的纳税义务发生时间

①转让土地使用权或者销售不动产,采用预收款方式的,其纳税义务发生时间为收到预收款的当天。

②单位或者个人自己新建建筑物后销售,其自建行为的纳税义务发生时间为其销售自建建筑物并收讫营业额或者取得索取营业额凭据的当天。

③将不动产无偿赠与他人,其纳税义务发生时间为不动产所有权转移的当天。

④扣缴税款义务发生时间为扣缴义务人代纳税人收讫营业收入款项或者取得索取营业收入款项凭据的当天。

⑤金融机构的逾期贷款纳税义务发生时间为纳税人取得利息收入权利的当天。

2. 营业税的纳税期限

营业税的纳税期限由主管税务机关依纳税人应纳税额大小分别核定为5日、10日、15日或1个月;不能按期纳税的,可按次纳税。以1个月为一期的纳税人,于期满后10日内申报纳税;以5日、10日或15日为一期的纳税人,期满后5日内预缴税款,次月1日起10日内申报纳税,并结算上月应纳税款。扣缴义务人的解缴税款期限,则比照执行。

3. 营业税的纳税地点

一般在提供应税劳务、转让土地使用权、销售不动产等所在地的主管税务机关申报纳税;运输业务、转让土地使用权以外的无形资产,应向其机构所在地的主管税务机关申报纳税;异地提供应税劳务,应向劳务发生地的主管税务机关申报纳税;未申报纳税的,由其机构所在地

或居住地的主管税务机关补征税款;跨省、市、地区的承包工程,向其机构所在地的主管税务机关申报纳税。"网络公司"向用户提供通信服务,应由各分公司按其向用户收取的通信服务费全额向分公司所在地主管税务机关缴纳营业税,各区域公司来自所属分公司的服务费收入、"网络公司"总部来自区域公司或分公司的服务费收入,不缴营业税。

4.4.2　营业税纳税申报操作规范

服务业、交通运输业、建筑安装业、金融保险业等营业税纳税申报操作要点如下。

①核查营业收入相关账户及主要的原始凭证,计算应税营业收入。

②根据企业应税项目的具体情况,确认税前应扣除的营业额。

③核查兼营非应税劳务、混合销售以及减免税项目的营业额,确认应税营业额和适用的税目税率。

④核查已发生的代扣代缴营业税义务的情况,确认应扣缴税额。

⑤计算填表后按规定期限向主管税务机关报送营业税纳税申报表及其他计税资料。代扣代缴的营业税要履行报缴税款手续。

📖 实训案例

1. 经民政部门批准成立的某非营利性社会团体 2009 年 7 月发生如下业务:

(1)按规定标准收取会费共 3 万元;

(2)出租房屋取得收入 15 万元;

(3)为某项目提供技术咨询与服务取得收入 8 万元;

(4)举办科技讲座取得收入 1 万元;

(5)主办的纪念馆取得门票销售收入 0.3 万元;

(6)经营的打字社取得收入 2 万元,代售福利彩票取得手续费收入 0.7 万元。

请计算该单位应纳营业税额。

2. 金手指广告公司 2009 年 4 月账面记载的广告业务收入为 80 万元,营业成本为 90 万元,支付给某电视台的广告发布费为 25 万元,支付给某报社的广告发布费为 17 万元。经主管税务机关审核,认为其广告收费明显偏低,且无正当理由,又无同类广告可比价格,于是决定重新审核其计税价格(核定的成本利润率为 15%)。该广告公司当月以价值 400 万元的不动产、100 万元的无形资产投资入股某企业。另外参与主办服装表演取得收入 10 万元,转让广告案例的编辑、制作权取得收入 10 万元。请计算该广告公司当月应纳营业税额。

3. 鑫科房地产开发公司 2010 年发生如下业务。

(1)开发部自建统一规格和标准的楼房 4 栋,建筑安装总成本为 6 000 万元(核定的成本利润率为 15%)。该公司将其中一栋留作自用;一栋对外销售,取得销售收入 2 500 万元;另一栋投资入股某企业,现将其股权的 60% 出让,取得收入 1 500 万元;最后一栋抵押给某银行以取得贷款,抵减应付银行利息 100 万元。该公司还转让一处正在进行土地开发,但尚未进入施工阶段的在建项目取得收入 2 000 万元。

(2)该公司物业部收取的物业费为 220 万元,其中代业主支付的水、电、燃气费共 10 万元。

(3)该公司下设非独立核算的汽车队取得运营收入 300 万元,支付给其他单位的承运费 150 万元;销售货物并负责运输取得的收入为 100 万元。

请计算该公司应纳营业税额。

第5章

关税的会计核算

📖 学习目标

(一)知识目标

1. 了解关税的概念及内容。

2. 掌握关税的计算原理及缴纳方法。

3. 掌握关税的有关会计核算方法。

(二)技能目标

1. 掌握进出口关税完税价格的确认以及关税的计算。

2. 能把关税的会计核算方法运用到实际业务中。

📖 导入案例

飞跃电子公司为国内一家电子生产企业,有闲置生产能力,业务部联系了一项海外加工业务,即从国外某公司进口原材料加工成半成品后复出口。国外公司支付加工费,承担货物往返运费及保险费用,其他费用由飞跃公司负担。公司决策层会议中,进行成本和利润测算。有人担心如果负担货物进出口关税,将没有利润。会计主管则非常肯定地告诉大家,企业加工的电子产品不在出口关税的征纳范围内,并且关税税则规定:因来料加工或进料加工而进口的料、件,海关按实际加工出口的数量免征进口税;如果进口时先征进口关税的,出口时按实际出口的数量予以退税。由于免征关税,进料加工复出口不但没有增加关税的关税成本,而且公司的优质的加工技术受到了外商的青睐,公司与这家企业签订了长期的加工合同,从而为公司带来了良好的经济效益。

讨论题:什么是关税? 什么情况下必须缴纳关税以及如何计缴? 什么情况下免征关税? 作为会计人员,如何对关税进行账务处理?

5.1 关税概述

5.1.1 关税的发展

关税的征收具有悠久的历史,早在公元前5世纪,希腊的雅典就对使用其港口的进出口货物,按货物的价值征收一定比例的费用。我国自西周以后,就开始在边境设立"关卡"征收过往商品的税金,到唐、宋、元、明四代,就已设立市舶机构管理对外贸易,征收关税。随着经济的发展,关税的征收制度越来越完善,国务院于1985年3月7日发布了《中华人民共和国进出口关税条例》,1992 年 3 月 18 日国务院又对其进行了第二次修订和发布,同时还修订并发布了从 1993 年 12 月 31 日起实施的《中华人民共和国海关进口税则》和《中华人民共和国海关出口税则》。2001 年 12 月 11 日,中国正式加入 WTO,同时开始履行关税减让义务。2003 年 10 月 29 日,国务院公布了新的《中华人民共和国进出口关税条例》,从 2004 年 1 月 1 日开始实行。

5.1.2 关税的概念

关税是各国根据本国的经济和政治的需要,用法律形式确定的、由海关对进出口的货物和物品所征收的一种流转税。主要从以下三方面进行理解。

①关税是由各国根据本国需要所制定的,跟其他税种一样是为国家服务的一种税收,不同的是其征收机关是海关而不是税务机关。

②关税的征收对象是货物和物品,是有形的,对无形的货品不征收关税。

③征收范围是进出关境的货物和物品。在境内和境外流通的货物,不进出关境的不征收关税。这里的关境是指海关法规可以全面实施的领域,一般情况下,关境与国境是一致的,但当一个国家在国内设立自由贸易区域或自由港时,国境大于关境;当几个国家结成关税同盟组成统一的关境时,国境小于关境。

5.1.3 关税的分类

1. 按征收对象分为进口税、出口税和过境税

①进口税。它是指海关对进口货物和物品所征收的关税。征收目的在于保护本国市场和增加财政收入。如今世界各国的关税,主要是征收进口税。

②出口税。它是指海关对出口货物和物品所征收的关税。为了降低出口货物的成本,提高本国货物在国际市场上的竞争能力,世界各国一般少征或不征出口税。但有些国家为了限制本国某些产品或自然资源的输出等,对某些特定商品征收出口税。

③过境税。它是指海关对外国货物通过本国国境或关境时征收的关税。由于征收过境税影响到本国的国际贸易,目前各国已经相继废止征收。

2. 按征收标准分为从量税、从价税、混合税和滑准税

①从量税。它是指对进出口货物按照其重量、数量、容量、长度和面积等计量单位为标准计征的税收。其中重量是较为普遍采用的计量单位。

②从价税。它是指对进出口货物按其价格作为征收标准而征收的税。目前多数国家以到岸价格作为完税价格,以完税价格乘以税则中规定的税率得出应纳关税。

③混合税。它是对某一进出口货物或物品既征收从价税,又征收从量税。混合税可以分为两种:一种是以从量税为主加征从价税;另一种是以从价税为主加征从量税。

④滑准税。它是对进口税则中的同一种商品按其市场价格标准分别制订不同价格档次的税率而征收的一种进口关税。其高档商品价格的税率低或不征税,低档商品价格的税率高。

3. 按税率制定分为自主关税和协定关税

①自主关税。它是指一个国家基于其主权,独立自主制定的并有权修订的关税,包括关税税率及各种法规、条例。

②协定关税。它是指两个或两个以上的国家,通过缔结关税贸易协定而制定的关税税率。协定关税有双边协定税率、多边协定税率和片面协定税率。

税务会计实务

4. 按差别待遇和特定的实施情况分为进口附加税、差价税、特惠税和普遍优惠制

①进口附加税。它是指除了征收一般进口税以外,还根据某种目的再加征额外的关税。它主要有反贴补税和反倾销税。

②差价税。又称差额税。当某种本国生产的产品国内价格高于同类的进口商品价格时,为了削弱进口商品的竞争能力,保护国内生产和国内市场,按国内价格与进口价格之间的差额征收关税,就叫差价税。

③特惠税。又称优惠税。它是指对某个国家或地区进口的全部商品或部分商品,给予特别优惠的低关税或免税待遇。

④普遍优惠制。简称普惠制。它是指发达国家对从发展中国家或地区输入的商品,特别是制成品和半成品,给予普遍的、非歧视性的和非互惠的优惠关税待遇。

5.1.4　关税的纳税人及征税范围

1. 纳税人

根据《中华人民共和国进出口关税条例》第五条规定,"进口货物的收货人、出口货物的发货人、进境物品的所有人,是关税的纳税义务人"。

在外贸企业逐步实行进出口代理制以后,凡由外贸企业代理进出口业务的,都由办理进出口业务的外贸企业代纳税,不通过外贸企业而自行经营进出口业务的,则由收发货人自行申报纳税。非贸易性物品的纳税人是指物品持有人、所有人或收件人,关税条例第五十八条规定"进境物品的纳税义务人是指,携带物品进境的入境人员、进境邮递物品的收件人以及以其他方式进口物品的收件人"。

2. 纳税范围

关税的纳税范围是指准许进出我国国境的货物和物品。货物是指贸易性商品;物品包括入境旅客随身携带的行李和物品、个人邮递物品,各种运输工具上的服务人员携带进口的自用物品、馈赠物品,以及以其他方式进入我国国境的个人物品。

5.1.5　关税税率

1. 进口货物税率

根据《中华人民共和国进出口关税条例》第九条规定,"进口关税设置最惠国税率、协定税率、特惠税率、普通税率、关税配额税率等税率。对进口货物在一定期限内可以实行暂定税率"。

最惠国税率适用于原产于共同适用最惠国待遇条款的世界贸易组织成员的进口货物,原产于与中华人民共和国签订含有相互给予最惠国待遇条款的双边贸易协定的国家或者地区的进口货物,以及原产于中华人民共和国境内的进口货物。

协定税率适用于原产于与中华人民共和国签订含有关税优惠条款的区域性贸易协定的国家或者地区的进口货物。

特惠税率适用于原产于与中华人民共和国签订含有特殊关税优惠条款的贸易协定的国家或者地区的进口货物。

普通税率适用于原产于本条第一款、第二款和第三款所列以外国家或者地区的进口货物,以及原产地不明的进口货物。

2. 出口货物税率

根据《中华人民共和国进出口关税条例》第九条规定,"出口关税设置出口税率。对出口

货物在一定期限内可以实行暂定税率"。我国仅对少数商品征收出口关税,目的是既要鼓励出口又要控制盲目出口,因此征收出口关税的对象一般是资源性产品或市场容量有限、易于竞相杀价的商品。现行税则主要是对鳗鱼苗、部分有色金属、苯、山羊板皮等征收出口关税。

5.2 关税的计算

5.2.1 进口关税的计算

1. 从价计征

从价计征的计算公式为

应纳税额 = 完税价格 × 关税税率

①以到岸价格(CIF)为成交价格,到岸价格是指由卖方负责将货物运送到买方指定的目的地,并承担运费及保险费后的价格。

完税价格 = 到岸价格

例5-1 某进出口公司从美国进口的一批商品,到岸价格100万美元,该商品的进口关税税率5%,当日外汇牌价为USD100 = CNY680,要求计算应纳关税。

完税价格 = 1 000 000 × 6.80 = 6 800 000(元)

应纳关税 = 6 800 000 × 5% = 340 000(元)

②以离岸价格(FOB)为成交价格,离岸价格是指卖方仅负责把货物装上买方指定的船上,不负责运送到岸的运费及保险费的价格。

完税价格 = 离岸价格 + 运输费用 + 保险费用

例5-2 旭日公司从英国进口一批货物,离岸价格为50万美元,运费为5万美元,保险费为1万美元,当日的外汇牌价为USD100 = CNY680,该货物进口关税为15%,要求计算应纳关税。

完税价格 = (50 + 5 + 1) × 10 000 × 6.80 = 3 808 000(元)

应纳关税 = 3 808 000 × 15% = 571 200(元)

③以离岸价格加运费为成交价格,计算完税价格时应加上保险费。

完税价格 = (离岸价格 + 运输费用) ÷ (1 - 保险费率)

例5-3 某公司从法国进口一批货物,离岸价格为50万美元,运费为5万美元,保险费率为0.3%,当日的外汇牌价为USD100 = CNY680,该货物进口关税为10%,要求计算应纳关税。

完税价格 = (50 + 5) ÷ (1 - 0.3%) × 10 000 × 6.80 = 3 751 253.76(元)

应纳关税 = 3 751 253.76 × 10% = 375 125.38(元)

2. 从量计征

从量计征的计算公式为

应纳税额 = 货物数量 × 单位税额 × 关税税率

例5-4 某进出口公司从日本进口钢板50 000千克,到岸价格为4美元/千克,当日的外汇牌价为USD100 = CNY680,关税税率为10%,要求计算关税。

应纳税额 = 50 000 × 4 × 6.80 × 10% = 136 000(元)

3. 复合征收

复合征收的计算公式为

应纳税额＝完税价格×关税税率＋货物数量×单位税额

例5-5 红日公司从美国进口放像机10台,价格为到岸价2 500美元/台,外汇牌价为USD100＝CNY680,适用税率为:每台价格高于2 000美元的,每台征收20 600元,再加6%从价税。要求计算关税。

应纳税额＝2 500×10×6.80×6%＋10×20 600＝216 200(元)

5.2.2 出口关税的计算

从价计征的计算公式为

应纳税额＝完税价格×关税税率

(1)以我国口岸离岸价格(FOB国内口岸)成交的出口货物

完税价格＝离岸价格÷(1＋出口税率)

例5-6 红日公司向国外出口一批商品,离岸价格为50 000美元,外汇牌价为USD100＝CNY680,出口关税税率为10%,计算应纳关税。

完税价格＝(50 000×6.80)÷(1＋10%)＝309 090.9(元)

应纳税额＝309 090.9×10%＝30 909.09(元)

(2)以国外口岸到岸价格(CIF国外口岸)成交的出口货物

完税价格＝(离岸价格－运费－保险费)÷(1＋出口税率)

例5-7 红日公司向国外出口一批商品,到岸价格为50 000美元,其中运费500美元,保险费50美元,外汇牌价为USD100＝CNY680,出口关税税率为10%,计算应纳关税。

完税价格＝[(50 000－500－50)×6.80]/(1＋10%)＝305 690.9(元)

应纳税额＝305 690.9×10%＝30 569.09(元)

5.2.3 确定关税的完税价格应注意的问题

①进口货物的下列费用应当计入完税价格:

a)由买方负担的购货佣金以外的佣金和经纪费;

b)由买方负担的在审查确定完税价格时与该货物视为一体的容器的费用;

c)由买方负担的包装材料费用和包装劳务费用;

d)与该货物的生产和向中华人民共和国境内销售有关的,由买方以免费或者以低于成本的方式提供并可以按适当比例分摊的料件、工具、模具、消耗材料及类似货物的价款,以及在境外开发、设计等相关服务的费用;

e)作为该货物向中华人民共和国境内销售的条件,买方必须支付的、与该货物有关的特许权使用费;

f)卖方直接或者间接从买方获得的该货物进口后转售、处置或者使用的收益。

②进口货物的下列费用不应当计入完税价格:

a)厂房、机械、设备等货物进口后进行建设、安装、装配、维修和技术服务的费用;

b)进口货物运抵境内输入地点起卸后的运输及其相关费用、保险费;

c)进口关税及国内税收。

③估定的完税价格、进口货物的成交价格不符合相应规定的,或者成交价格不能确定的,海关经了解有关情况并与纳税义务人进行价格磋商后,依次以下列价格估定该货物的完税价格。

a）与该货物同时或者大约同时向中华人民共和国境内销售的相同货物的成交价格。

b）与该货物同时或者大约同时向中华人民共和国境内销售的类似货物的成交价格。

c）与该货物同时或者大约同时进口的，将该进口货物、相同或者类似进口货物在第一级销售环节销售给无特殊关系买方最大销售总量的单位价格，但应当扣除通常的利润和一般费用以及通常支付的佣金、运输及其相关费用、保险费。

d）按照下列各项总和计算的价格：生产该货物所使用的料件成本和加工费用，向中华人民共和国境内销售同等级或者同种类货物通常的利润和一般费用，该货物运抵境内输入地点起卸前的运输及其相关费用、保险费。

e）以合理方法估定的价格。

④确定出口货物的完税价格需要注意以下几点。

a）出口货物在离岸价格以外，买方还另行支付货物包装费的，应将其计入完税价格。

b）出口货物的离岸价格，应以该项货物运离关境前的最后一个口岸的离岸价格为实际离岸价格。如该项货物从内地起运，其从内地口岸至最后出境口岸所支付的国内段运输费用则应予扣除。

c）运往境外修理的机械器具、运输工具或者其他货物，出境时已向海关报明并在海关规定期限内复运进境的，应当以海关审定的修理费和料件费作为完税价格。

5.3　关税的会计核算

5.3.1　会计账户的设置

关于关税的会计核算，一般是在"应交税费"科目下设置"应交进口关税"和"应交出口关税"二个明细科目，分别用来核算企业发生的和实际缴纳的进出口关税，借方反映企业实际缴纳的进出口关税，贷方反映企业应缴纳的进出口关税，余额在贷方反映企业应缴而未缴的进出口关税。

5.3.2　进出口关税的会计核算

1. 进口关税的账务处理

当企业计提应缴的进口关税时，借记"材料采购"、"在建工程"、"营业税金及附加"等有关科目，贷记"应交税费——应交进口关税"科目；实际缴纳时，借记"应交税费——应交进口关税"科目，贷记"银行存款"等科目。企业的进口业务一般包括自营进口及代理进口，其核算方法如下。

（1）自营进口

企业在对进口商品进行会计核算时，借记"在途物资"（商品流通企业）、"材料采购"（工业企业）等科目，贷记"应交税费——应交进口关税"、"银行存款"等科目；在企业交纳进口关税时，借记"应交税费——应交进口关税"科目，贷记"银行存款"科目。

例5-8　天力化工厂进口材料一批，完税价格为100万美元，约定货到付款以人民币结算。货到当天汇率为6.80，关税税率为10%，其会计核算如下。

完税价格 = $100 \times 6.80 = 680$（万元）

应纳关税 = $100 \times 6.80 \times 10\% = 68$（万元）

税务会计实务

支付货款时:

| 借:材料采购 | 6 800 000 |
| 贷:银行存款 | 6 800 000 |

计提关税时:

| 借:材料采购 | 680 000 |
| 贷:应交税费——应交进口关税 | 680 000 |

支付税金时:

| 借:应交税费——应交进口关税 | 680 000 |
| 贷:银行存款 | 680 000 |

货物验收入库时:

| 借:原材料 | 7 480 000 |
| 贷:材料采购 | 7 480 000 |

例5-9 红日公司报关进口货物一批,离岸价为400 000美元,支付国外运费20 000美元,保险费8 000美元,国家规定进口税率为30%。进口报关当日人民银行公布的市场汇价为1美元=7.00元人民币,则其会计核算如下。

报关时应纳关税为:

$$应纳进口关税 = (400\ 000 + 20\ 000 + 8\ 000) \times 7.00 \times 30\%$$
$$= 898\ 800(元)$$

①若为工业企业,则作以下会计分录。

支付货款及费用时:

| 借:材料采购 | 2 996 000 |
| 贷:银行存款 | 2 996 000 |

计提关税时:

| 借:材料采购 | 898 800 |
| 贷:应交税费——应交进口关税 | 898 800 |

货物验收入库时:

| 借:原材料 | 3 894 800 |
| 贷:材料采购 | 3 894 800 |

以银行存款交纳进口关税时:

| 借:应交税费——应交进口关税 | 898 800 |
| 贷:银行存款 | 898 800 |

②若为商品流通企业,则作如下会计分录。

支付货款及费用时:

| 借:在途物资 | 2 996 000 |
| 贷:银行存款 | 2 996 000 |

计提关税时:

| 借:在途物资 | 898 800 |
| 贷:应交税费——应交进口关税 | 898 800 |

货物验收入库时:

借:库存商品   3 894 800

    贷:在途物资   3 894 800

以银行存款交纳进口关税时:

借:应交税费——应交进口关税   898 800

    贷:银行存款   898 800

例 5-10　利威公司进口生产设备一套,到岸价格为 300 000 美元,报关当日人民银行公布的市场汇价为 1 美元 =7.00 元人民币,进口关税税率为 10%,则会计核算如下。

    应纳关税 =300 000×7.00×10% =210 000(元)

会计分录如下。

支付设备款时:

借:在建工程   2 100 000

    贷:银行存款   2 100 000

计提关税时:

借:在建工程   210 000

    贷:应交税费——应交进口关税   210 000

设备投入使用时:

借:固定资产   2 310 000

    贷:在建工程   2 310 000

以银行存款缴纳进口关税时:

借:应交税费——应交进口关税   210 000

    贷:银行存款   210 000

(2)代理进口

代理进口业务是指由外贸企业代理委托单位承办进口业务,外贸企业对其代理的进口业务收取一定的手续费,代理进口业务所发生的进口关税,先由外贸企业代缴,然后向委托单位收取。

外贸企业在代理进口业务中计提应缴的进口关税时,借记"应收账款——××单位"科目,贷记"应交税费——应交进口关税"科目;实际缴纳时,借记"应交税费——应交进口关税"科目,贷记"银行存款"科目。

委托单位实际向外贸企业支付进口关税时借记"材料采购"、"在途物资"、"固定资产"等科目,贷记"应付账款"等科目。

例 5-11　红日进出口公司接受蓝海公司的委托进口一批商品,红日公司已收到蓝海公司的进口商品货款 1 600 000 元。该进口商品在我国口岸的到岸价格为 200 000 美元,进口关税税率为 10%,进口报关当日人民银行公布的市场汇价为 1 美元 =7.00 元人民币,代理手续费按货价 2% 收取,现该批商品已运达,向委托单位办理结算。

    该批商品的人民币货价 =200 000×7.00 =1 400 000(元)

    应纳关税 =1 400 000×10% =140 000(元)

    代理手续费 =1 400 000×2% =28 000(元)

红日公司的会计处理如下。

收到蓝海公司的进口货款时:

税务会计实务

借:银行存款 1 600 000

　　贷:应付账款——蓝海公司 1 600 000

支付进口商品货款时:

借:应收账款——××外商 1 400 000

　　贷:银行存款 1 400 000

计提关税时:

借:应付账款——蓝海公司 140 000

　　贷:应交税费——应交进口关税 140 000

支付进口关税时:

借:应交税费——应交进口关税 140 000

　　贷:银行存款 140 000

将进口商品交付委托单位并收取手续费时:

借:应付账款——蓝海公司 1 428 000

　　贷:其他业务收入——手续费 28 000

　　　　应收账款——××外商 1 400 000

将剩余的进口货款退回蓝海公司时:

借:应付账款——蓝海公司 32 000

　　贷:银行存款 32 000

2. 出口关税的账务处理

当企业计提应缴的出口关税时,借记"营业税金及附加"等有关科目,贷记"应交税费——应交出口关税"科目;实际缴纳时,借记"应交税费——应交出口关税"科目,贷记"银行存款"等科目。

例5-12　红日公司自营出口商品一批,我国口岸离岸价格为200 000美元,出口报关当日人民银行公布的市场汇价为1美元=7.00元人民币,出口关税税率为10%,根据海关开出的专用缴款书,以银行转账支票付讫税款。

销售收入 $= 200\,000 \times 7.00 = 1\,400\,000$(元)

应纳出口关税 $= 1\,400\,000 \div (1 + 10\%) \times 10\% = 127\,273$(元)

其会计分录如下。

确认收入时:

借:银行存款 1 400 000

　　贷:主营业务收入 1 400 000

计提出口关税时:

借:营业税金及附加 127 273

　　贷:应交税费——应交出口关税 127 273

实际缴纳时:

借:应交税费——应交出口关税 127 273

　　贷:银行存款 127 273

例5-13　红日公司代理佳美公司出口一批商品,我国口岸离岸价格为300 000美元,出口报关当日人民银行公布的市场汇价为1美元=7.00元人民币,出口关税税率为50%,代理手

续费按货价2%收取。

该批商品的人民币货价 = 300 000 × 7.00 = 2 100 000(元)

应纳关税 = 2 100 000 ÷ (1 + 50%) × 50% = 700 000(元)

代理手续费 = 2 100 000 × 2% = 42 000(元)

红日公司的会计处理如下。

计提出口关税时:

借:应收账款——佳美公司　　　　　　　　　　　　　　700 000

　　贷:应交税费——应交出口关税　　　　　　　　　　　700 000

缴纳关税时:

借:应交税费——应交出口关税　　　　　　　　　　　　700 000

　　贷:银行存款　　　　　　　　　　　　　　　　　　700 000

核算应收手续费时:

借:应收账款——佳美公司　　　　　　　　　　　　　　42 000

　　贷:其他业务收入——手续费　　　　　　　　　　　　42 000

收到委托单位付来的税款及手续费时:

借:银行存款　　　　　　　　　　　　　　　　　　　　742 000

　　贷:应收账款——佳美公司　　　　　　　　　　　　　742 000

5.3.3　关税的缴纳

根据《关税条例》规定,进口货物的纳税义务人应当自运输工具申报进境之日起14日内,出口货物的纳税义务人(除海关特准的外),应当在货物运抵海关监管区后、装货的24小时以前,向货物的进出境地海关申报。进出口货物转关运输的,按照海关总署的规定执行。

纳税义务人应当自海关填发税款缴款书之日起15日内向指定银行缴纳税款。纳税义务人未按期缴纳税款的,从滞纳税款之日起,按日加收滞纳税款万分之五的滞纳金。

纳税义务人因不可抗力或者在国家税收政策调整的情形下,不能按期缴纳税款的,经海关总署批准,可以延期缴纳税款,但是最长不得超过6个月。

📖 **思考练习**

一、单项选择题

1. 进口货物完税价格是指货物的(　　　　)。

A. 以成交价格为基础的完税价格　　　　　B. 以到岸价为基础的成交价格

C. 组成计税价格　　　　　　　　　　　　D. 实际支付金额

2. 纳税义务人未按期缴纳税款的,从滞纳税款之日起,按日加收滞纳税款(　　　　)的滞纳金。

A. 万分之二　　　　　B. 万分之三　　　　　C. 万分之五　　　　　D. 万分之四

二、多项选择题

1. 下列项目中,不属于进口货物完税价格的有(　　　　)。

A. 进口人向境外采购代理人支付的佣金　　　B. 进口货物的运费、保险费

C. 进口设备的安装调试费

D. 货物运抵境内输入地点起卸之后的运输费用

2. 下列进出口货物,免征关税的有(   )。

A. 关税税额在人民币 100 元以下的货物　　　B. 无商业价值的广告品和货样

C. 外国政府、国际组织无偿赠送的物资　　　D. 在海关放行前后损失的货物

3. 对于进口货物的成交价格不符合规定条件的,或者成交价格不能确定的,在客观上无法采用货物的实际成交价格时,海关经了解有关情况并与纳税义务人进行价格磋商后,可以依次以下列价格估定该货物的完税价格有(   )。

A. 相同货物的成交价格估定　　　B. 采用类似货物的成交价格估定

C. 合理估价方法　　　D. 计算估价方法

📖 实训案例

1.（1）某进出口公司从国外进口 A 商品一批,毛重 30 吨,每吨离岸价 USD6 000,保险费率 3%,国外运费按毛重每吨 200 元人民币计算,当日外汇牌价 USD1 = RMB7.0,A 商品的进口关税税率为 20%。

（2）某进出口公司出口 B 商品一批,离岸价 USD260 000,当日的外汇牌价 USD1 = RMB7.0,B 商品的出口关税为 10%。

要求:根据上述资料计算各批进出口货物的完税价格和应缴关税税额,并作相应的账务处理。

2. 红日公司委托外贸公司进口摩托车 200 辆,离岸价 USD20 000,另支付运费 USD1 500,保险费 USD1 200,关税税率为 30%,消费税率 10%,增值税率 17%。该摩托车适用 10% 消费税税率。报关日的外汇牌价为 USD1 = RMB7.0。

要求:计算应缴纳的关税、消费税和增值税额,并作相应的账务处理。

第6章

企业所得税的会计核算

📖 学习目标

(一)知识目标

1. 了解企业所得税的相关内容。
2. 掌握企业所得税的计算原理及缴纳方法。
3. 掌握企业所得税的有关会计核算方法。

(二)技能目标

1. 掌握企业所得税应纳税所得额的确认以及企业所得税的计算。
2. 能把企业所得税的会计核算方法运用到实际业务中。

📖 导入案例

某企业在 2009 年购买原材料支付款项 70 万元,购买设备支付款项 400 万元,购买一项专利技术支付款项 30 万元,支付职工工资 20 万元,因火灾损失 80 万元,向希望工程捐赠 20 万元,向非金融机构借款 100 万元,支付利息 6 万元,同类同期银行贷款利息为 5 万元,弥补 2002 年亏损 5 万元。当年该企业的产品销售收入为 640 万元,并取得国库券利息收入 30 万元。该企业计算企业当年的会计利润为 39 万元,并以此数额为计税依据,向税务机关申报缴纳企业所得税。

讨论题:企业的会计利润能作为企业所得税计税依据吗? 该企业应如何缴纳企业所得税? 缴纳多少?

6.1 企业所得税概述

6.1.1 企业所得税的纳税人

2007 年 3 月 16 日,我国第十届全国人民代表大会第五次会议通过了《中华人民共和国企业所得税法》(以下简称《企业所得税法》),并自 2008 年 1 月 1 日起施行。《企业所得税法》规定,在中华人民共和国境内,企业和其他取得收入的组织(以下统称企业)为企业所得税的纳税人,依照本法的规定缴纳企业所得税。企业分为居民企业和非居民企业。

居民企业,是指依法在中国境内成立,或者依照外国(地区)法律成立但实际管理机构在中国境内的企业。包括国有企业、集体企业、私营企业、联营企业、股份制企业、有生产经营所得和其他所得的其他组织。但是不包括个人独资企业、合伙企业。

非居民企业,是指依照外国(地区)法律成立且实际管理机构不在中国境内,但在中国境内设立机构、场所的,或者在中国境内未设立机构、场所,但有来源于中国境内所得的企业。

6.1.2　企业所得税的征税对象

1. 居民企业的征税对象

居民企业应当就其来源于中国境内、境外的所得缴纳企业所得税。包括销售货物所得、提供劳务所得、转让财产所得、股息红利所得、利息所得、租金所得、特许权使用费所得、接受捐赠所得和其他所得。

2. 非居民企业的征税对象

①非居民企业在中国境内设立机构、场所的,应当就其所设机构、场所取得的来源于中国境内的所得,以及发生在中国境外但与其所设机构、场所有实际联系的所得,缴纳企业所得税。

②非居民企业在中国境内未设立机构、场所的,或者虽设立机构、场所但取得的所得与其所设机构、场所没有实际联系的,应当就其来源于中国境内的所得缴纳企业所得税。

6.1.3　企业所得税的税率

1. 基本税率

根据《企业所得税法》的规定,企业所得税的税率为25%。

2. 预提税优惠

非居民企业在中国境内未设立机构、场所的,或者虽设立机构、场所但取得的所得与其所设机构、场所没有实际联系的,其来源于中国境内的所得缴纳的企业所得税的税率在预提时按20%计算,实际征收时享受10%的优惠税率。

3. 低税率优惠

对符合条件的小型微利企业,减按20%的税率征收企业所得税。国家需要重点扶持的高新技术企业,减按15%的税率征收企业所得税。

6.1.4　企业所得税的税收优惠

《企业所得税法》规定,对下列纳税人实行税收优惠政策。

①国家对重点扶持和鼓励发展的产业和项目,给予企业所得税优惠。

②企业的下列收入为免税收入:

a)国债利息收入;

b)符合条件的居民企业之间的股息、红利等权益性投资收益;

c)在中国境内设立机构、场所的非居民企业从居民企业取得的与该机构、场所有实际联系的股息、红利等权益性投资收益;

d)符合条件的非营利组织的收入。

③企业的下列所得,可以免征、减征企业所得税:

a)从事农、林、牧、渔业项目的所得;

b)从事国家重点扶持的公共基础设施项目投资经营的所得;

c)从事符合条件的环境保护、节能节水项目的所得;

d)符合条件的技术转让所得。

④税率优惠。

a)符合条件的小型微利企业,减按20%的税率征收企业所得税。

小型微利企业,是指从事国家非限制和禁止行业,并符合下列条件的企业:

(a)工业企业,年度应纳税所得额不超过30万元,从业人数不超过100人,资产总额不超过3 000万元;

(b)其他企业,年度应纳税所得额不超过30万元,从业人数不超过80人,资产总额不超过1 000万元。

b)国家需要重点扶持的高新技术企业,减按15%的税率征收企业所得税。国家需要重点扶持的高新技术企业,是指拥有核心自主知识产权,并同时符合下列条件的企业:

(a)产品(服务)属于《国家重点支持的高新技术领域》规定的范围;

(b)企业在中国境内发生的研究开发费用总额占全部研究开发费用总额的比例不低于60%;

(c)高新技术产品(服务)收入占企业当年总收入的60%以上;

(d)具有大学专科以上学历的科技人员占企业当年职工总数的30%以上,其中研发人员占企业当年职工总数的10%以上;

(e)高新技术企业认定管理办法规定的其他条件。

⑤民族自治地方的自治机关对本民族自治地方的企业应缴纳的企业所得税中属于地方分享的部分,可以决定减征或者免征。自治州、自治县决定减征或者免征的,须报省、自治区、直辖市人民政府批准。

⑥企业的下列支出,可以在计算应纳税所得额时加计扣除。

a)开发新技术、新产品、新工艺发生的研究开发费用。研究开发费用的加计扣除,是指企业为开发新技术、新产品、新工艺发生的研究开发费用,未形成无形资产计入当期损益的,在按照规定据实扣除的基础上,按照研究开发费用的50%加计扣除;形成无形资产的,按照无形资产成本的150%摊销。例如:某高新企业当年的研究开发费用为100万元,则计算企业所得税时,研究开发费一共可以扣除100×(1+50%)=150万元。

b)安置残疾人员及国家鼓励安置的其他就业人员所支付的工资。企业安置残疾人员所支付的工资的加计扣除,是指企业安置残疾人员的,在按照支付给残疾职工工资据实扣除的基础上,按照支付给残疾职工工资的100%加计扣除。例如:某企业符合安置残疾人员的优惠条件,该企业残疾职工工资一年总共3万元,则计算企业所得税时,支付给残疾职工工资一共可以扣除3×(1+100%)=6万元。

⑦创业投资企业从事国家需要重点扶持和鼓励的创业投资,可以按投资额的一定比例抵扣应纳税所得额。创业投资企业采取股权投资方式投资于未上市的中小高新技术企业2年以上的,可按其投资额的70%在股权持有满2年的当年抵扣该创业投资企业的应纳税所得额,当年不足抵扣的,可以在以后纳税年度结转抵扣。

⑧企业的固定资产由于技术进步等原因,确需加速折旧的,可以缩短折旧年限或者采取加速折旧的方法。

⑨企业综合利用资源,生产符合国家产业政策规定的产品所取得的收入,可以在计算应纳税所得额时减计收入。

⑩企业购置用于环境保护、节能节水、安全生产等专用设备的投资额,可以按一定比例实行税额抵免。

如果企业符合以上文件的规定,则可以到主管税务机关申请企业所得税的减免优惠。

6.2 企业所得税的计算

6.2.1 企业所得税应纳税所得额的确认与计算

企业所得税应纳税所得额是企业所得税的计税基础,企业应纳税所得额的计算,以权责发生制为原则,属于当期的收入和费用,不论款项是否收付,均作为当期的收入和费用;不属于当期的收入和费用,即使款项已经在当期收付,均不作为当期的收入和费用。根据《企业所得税法》规定,企业应纳税所得额等于每一纳税年度的收入总额减除不征税收入、免税收入和允许弥补的以前年度亏损后的余额。用公式表示为

应纳税所得额＝收入总额－不征税收入－免税收入－各项扣除－以前年度亏损

1. 收入总额的确定

企业以货币形式和非货币形式从各种来源取得的收入为收入总额。具体包括以下几个方面。

①销售货物收入。具体是指企业销售商品、产品、原材料、包装物、低值易耗品以及其他存货取得的收入。

②提供劳务收入。具体是指企业从事建筑安装、修理修配、交通运输、仓储租赁、金融保险、邮电通信、咨询经纪、文化体育、科学研究、技术服务、教育培训、餐饮住宿、中介代理、卫生保健、社区服务、旅游、娱乐、加工以及其他劳务服务活动取得的收入。

③转让财产收入。具体是指企业转让固定资产、生物资产、无形资产、股权、债权等财产取得的收入。

④股息、红利等权益性投资收益。具体是指企业因权益性投资从被投资方取得的收入,除国务院财政、税务主管部门另有规定外,按照被投资方作出利润分配决定的日期确认收入的实现。

⑤利息收入。具体是指企业将资金提供他人使用但不构成权益性投资,或者因他人占用本企业资金取得的收入,包括存款利息、贷款利息、债券利息、欠款利息等收入,应按照合同约定的债务人应付利息的日期确认收入的实现。

⑥租金收入。具体是指企业提供固定资产、包装物或者其他有形资产的使用权取得的收入,应按照合同约定的承租人应付租金的日期确认收入的实现。

⑦特许权使用费收入。具体是指企业提供专利权、非专利技术、商标权、著作权以及其他特许权的使用权取得的收入,按照合同约定的特许权使用人应付特许权使用费的日期确认收入的实现。

⑧接受捐赠收入。具体是指企业接受的来自其他企业、组织或者个人无偿给予的货币性资产、非货币性资产,按照实际收到捐赠资产的日期确认收入的实现。

⑨其他收入。具体是指企业取得的除上述①至⑧项规定的收入外的其他收入,包括企业资产盈余收入、逾期未退包装物押金收入、确实无法偿付的应付款项、已作坏账损失处理后又收回的应收款项、债务重组收入、补贴收入、违约金收入、汇兑收益等。

企业以非货币形式取得的收入,应当按照公允价值确定收入额。所称公允价值,是指按照市场价格确定的价值。

《企业所得税法实施条例》第二十五条规定,企业发生非货币性资产交换,以及将货物、财

产、劳务用于捐赠、偿债、赞助、集资、广告、样品、职工福利或者利润分配等用途的,应当视同销售货物、转让财产或者提供劳务,但国务院财政、税务主管部门另有规定的除外。

2. 不征税收入及免税收入

不征税收入及免税收入参见税收优惠。

3. 各项扣除项目

1)扣除项目的内容

根据《企业所得税法》的规定,企业实际发生的与取得收入有关的、合理的支出,包括成本、费用、税金、损失和其他支出,准予在计算应纳税所得额时扣除。

合理的支出,是指符合生产经营活动常规,应当计入当期损益或者有关资产成本的必要和正常的支出。企业发生的支出应当区分收益性支出和资本性支出。收益性支出在发生当期直接扣除;资本性支出应当分期扣除或者计入有关资产成本,不得在发生当期直接扣除。

2)扣除项目的标准

(1)工资薪金

企业发生的合理的工资薪金支出,准予扣除。工资薪金,是指企业每一纳税年度支付给在本企业任职或者受雇的员工的所有现金形式或者非现金形式的劳动报酬,包括基本工资、奖金、津贴、补贴、年终加薪、加班工资,以及与员工任职或者受雇有关的其他支出。

(2)职工福利费、工会经费、职工教育经费

企业发生的职工福利费支出,不超过工资薪金总额14%的部分,准予扣除。

企业拨缴的工会经费,不超过工资薪金总额2%的部分,准予扣除。

企业发生的职工教育经费支出,不超过工资薪金总额2.5%的部分,准予扣除;超过部分,准予在以后纳税年度结转扣除。

例6-1 某企业2009年实际支付的合理工资为72万元,上交工会经费2.16万元,实际发生职工福利经费15.16万元,实际发生1.08万元的职工教育经费,问当年可抵扣的工资及三项经费的金额各是多少?

①实际支付工资72万元,可据实扣除。

②工会经费的扣除限额 = 72×2% = 1.44万元,工会经费上缴2.16万元,大于扣除限额,因此只可抵扣1.44万元。

③职工福利费扣除限额 = 72×14% = 10.08万元,职工福利经费15.16万元,大于扣除限额,因此只可抵扣10.08万元。

④教育经费扣除限额 = 72×2.5% = 1.8万元,企业实际使用1.08万元,未超过扣除限额,因此可抵扣1.08万元。

(3)保险费

企业依照国家有关规定的范围和标准为职工缴纳的基本养老保险费、基本医疗保险费、失业保险费、工伤保险费、生育保险费等基本社会保险费和住房公积金,准予扣除。

企业为投资者或者职工支付的补充养老保险费、补充医疗保险费,在国务院财政、税务主管部门规定的范围和标准内,准予扣除。

企业为投资者或者职工支付的商业保险费,不得扣除。企业依照国家有关规定为特殊工种职工支付的人身安全保险费和国务院财政、税务主管部门规定可以扣除的其他商业保险费除外。

企业参加财产保险,按照规定缴纳的保险费,准予扣除。

(4)企业招待费

企业发生的与生产经营活动有关的业务招待费支出,按照发生额的60%扣除,但最高不得超过当年销售(营业)收入的5‰。

例6-2 假设2009年某企业年收入500万元,业务招待费26.5万元,问计算企业所得税时业务招待费可抵扣多少?

①实际可扣除额 = 26.5 × 60% = 15.9万元;

②最高扣除限额 = 500 × 5‰ = 25万元;

③15.9 < 25,可见实际可扣除额未超过最高扣除限额,所以业务招待费可抵扣15.9万元。

例6-3 依上例,假设业务招待费为50万元,问计算企业所得税时业务招待费可抵扣多少?

①实际可扣除额 = 50 × 60% = 30万元;

②最高扣除限额 = 500 × 5‰ = 25万元;

③30 > 25,可见实际可扣除额超过了最高扣除限额,所以业务招待费只能抵扣25万元。

(5)广告和业务宣传费

企业发生的符合条件的广告费和业务宣传费支出,除国务院财政、税务主管部门另有规定外,不超过当年销售(营业)收入15%的部分,准予扣除;超过部分,准予在以后纳税年度结转扣除。

例6-4 某电信企业2008年收入1 600万元,本年度广告费144万元,业务宣传费36万元,问当年可扣除多少?

①当年广告费和业务宣传费支出可扣除限额为1 600 × 15% = 240万元;

②实际发生144 + 36 = 180万元;

③180 < 240,即实际发生额未超过扣除限额,所以当年发生的广告费和业务宣传费可扣除180万元。

(6)利息支出

企业在生产经营活动中发生的下列利息支出,准予扣除。

①非金融企业向金融企业借款的利息支出、金融企业的各项存款利息支出和同业拆借利息支出、企业经批准发行债券的利息支出。

②非金融企业向非金融企业借款的利息支出,不超过按照金融企业同期同类贷款利率计算的数额的部分。

(7)公益性捐赠

企业发生的公益性捐赠支出,在年度利润总额12%以内的部分,准予在计算应纳税所得额时扣除。年度利润总额,是指企业依照国家统一会计制度的规定计算的年度会计利润。公益性捐赠,是指企业通过公益性社会团体或者县级以上人民政府及其部门,用于《中华人民共和国公益事业捐赠法》规定的公益事业的捐赠。

例6-5 2009年某企业发生的公益性捐赠支出为400万元,年度会计利润总额为3 000万元。假设当年没有其他纳税调整项目,2009年应纳税所得额为多少?

①准予扣除限额 = 3 000 × 12% = 360万元;

②实际支出为400万元,超过可扣除限额,因此

应纳税所得额 = 3 000 + 400 - 360 = 3 040(万元)

（8）借款费用

企业在生产经营活动中发生的合理的、不需要资本化的借款费用，准予扣除。

企业为购置、建造固定资产、无形资产和经过 12 个月以上的建造才能达到预定可销售状态的存货发生借款的，在有关资产购置、建造期间发生的合理的借款费用，应当作为资本性支出计入有关资产的成本，并依照本条例的规定扣除。

3）不得扣除的项目

①向投资者支付的股息、红利等权益性投资收益款项；

②企业所得税税款；

③税收滞纳金；

④罚金、罚款和被没收财物的损失；

⑤赞助支出；

⑥未经核定的准备金支出；

⑦与取得收入无关的其他支出；

⑧企业之间支付的管理费、企业内营业机构之间支付的租金和特许权使用费，以及非银行企业内营业机构之间支付的利息。

4.企业纳税年度发生的亏损

企业纳税年度发生的亏损，准予向以后年度结转，用以后年度的所得弥补，但结转年限最长不得超过 5 年。这里的亏损，是税务机关按税法规定核实调整后的金额，不是企业财务报表中反映的亏损额。如连续发生年度亏损，也必须从第一个亏损年度算起，先亏先补，按顺序连续计算亏损弥补期，不得将每个亏损年度的连续弥补期相加，更不得断开计算。

例 6-6　某企业 2000—2006 年度的盈亏情况如下表所示。请分析该企业亏损弥补的正确方法。

年度	2000	2001	2002	2003	2004	2005	2006
盈亏（万元）	-150	-20	20	10	50	30	30

该企业 2000 年度亏损 150 万元，按照税法规定可以申请用 2001—2005 年 5 年的盈利弥补。该企业在 2001 年度发生了亏损，但也应作为计算 2000 年度亏损弥补的第一年。因此，2000 年度的亏损实际上是用 2002—2005 年度的盈利 110 万元来弥补。

当 2005 年度终了后，2000 年度的亏损弥补期限已经结束，剩余的 40 万元亏损不能再用以后年度的盈利弥补。

2001 年度的亏损额 20 万元，按照税法规定可以申请用 2002—2006 年度 5 年的盈利弥补。由于 2002—2005 年度的盈利已用于弥补 2000 年度的亏损，因此，2001 年度的亏损只能用 2006 年度的盈利弥补。

2006 年度该企业盈利 30 万元，其中可用 20 万元来弥补 2001 年度发生的亏损，剩余 10 万元应按税法规定缴纳企业所得税。

6.2.2　应纳所得税额的计算

企业所得税的计缴根据企业的核算水平不同一般分为查账征收和核定征收两种方式。

1. 查账征收

查账征收一般适用于账簿、凭证、财务核算制度比较健全，能够如实核算，反映生产经营成果，正确计算应纳税款的纳税人。其应纳所得税额等于应纳税所得额与适用税率的乘积，计算公式为：

应纳所得税额 = 应纳税所得额 × 适用税率

应纳税所得额 = 收入总额 - 不征税收入 - 免税收入 - 各项扣除 - 以前年度亏损

或者　　应纳税所得额 = 会计利润 + (-)纳税调整项目金额

例 6-7　某企业 2009 年销售收入 1 000 万元，出售固定资产净收益 100 万元，销售成本和税金 700 万元，财务费用、管理费用、销售费用共计 200 万元，在汇算清缴时经税务师事务所审核，发现以下事项未进行纳税调整。

①已计入成本费用中实际支付的合理工资为 100 万元，上交工会经费 5 万元，实际发生职工福利经费 20 万元，实际发生 2 万元的职工教育经费。

②管理费用中列支的业务招待费 20 万元，计提的环境保护资金 10 万元，为职工支付的五险一金共计 30 万元。

③财务费用中列支汇兑损失 20 万元。

根据上述资料计算应交所得税。

①实际支付工资 100 万元，可据实扣除。

②工会经费的扣除限额 = 100 × 2% = 2 万元，上缴了 5 万元，因此只能抵扣 2 万元，纳税调增 5 - 2 = 3 万元。

③职工福利费扣除限额 = 100 × 14% = 14 万元，实际发生 20 万元，因此只能抵扣 14 万元，纳税调增 = 20 - 14 = 6 万元。

④教育经费扣除限额 = 100 × 2.5% = 2.5 万元，企业实际使用 2 万元，可全部抵扣，因此不需要纳税调整。

⑤工资及三项经费调增金额 = 3 + 6 = 9 万元。

⑥业务招待费扣除限额 = 1 000 × 5‰ = 5 万元，实际发生 20 万元，可以扣除额 = 20 × 60% = 12 万元，12 > 5，因此只能按 5 万元扣除，纳税调增金额 = 20 - 5 = 15 万元。

⑦环境保护资金和五险一金可以在税前扣除。

⑧会计利润 = 1 000 + 100 - 700 - 200 = 200 万元。

⑨应纳税所得额 = 200 + 9 + 8 = 217 万元。

⑩2009 年度应纳所得税额 = 217 × 25% = 54.25 万元。

例 6-8　某企业 2009 年度会计报表上的利润总额为 48 万元，已累计预缴企业所得税 20 万元。2010 年 2 月，企业会计部门进行纳税调整，汇算清缴 2009 年度企业所得税，该企业 2009 年度其他有关情况如下：

①2009 年度支付职工工资、补贴、津贴和奖金累计 120 万元，已列入当期费用；

②2009 年度的职工工会经费、职工福利费、职工教育经费 21 万元，已列入当期费用；

③支付在建办公楼工程款 20 万元，已列入当期费用；

④直接向某足球队捐款 15 万元，已列入当期费用；

⑤支付诉讼费 2.3 万元，已列入当期费用；

⑥支付违反交通法规罚款 0.8 万元，已列入当期费用。

已知:该企业适用所得税税率为 25%,要求:

①计算该企业 2009 年度应纳税所得额;

②计算该企业 2009 年度应纳所得税税额;

③计算该企业 2009 年度应汇算清缴的所得税税额。

(答案中的金额单位用万元表示)

①工资可据实扣除,不用调整;

②职工工会经费、福利费、教育经费可抵扣限额为 120×2% + 120×14% + 120×2.5% = 22.2 万元,22.2 万元 >21 万元,因此不用调整;

③在建办公楼工程款应调增应纳税所得额 20 万元;

④向某足球队捐款应调增应纳税所得额 15 万元;

⑤支付违反交通法规罚款,应调增应纳税所得额 0.8 万元;

⑥诉讼费可据实扣除,不用调整;

⑦该企业 2009 年度应纳税所得额 = 48 + 20 + 15 + 0.8 = 83.8 万元;

⑧该企业 2009 年度应纳所得税税额 = 83.8×25% = 20.95 万元;

⑨该企业 2009 年度应汇算清缴的所得税税额 = 20.95 - 20 = 0.95 万元。

2. 核定征收

核定征收税款是指由于纳税人的会计账簿不健全,资料残缺难以查账,或者其他原因难以准确确定纳税人应纳税额时,由税务机关采用合理的方法依法核定纳税人应纳税款的一种征收方式,简称核定征收。

税法规定,纳税人有下列情形之一的,税务机关有权核定其应纳税额:

①依照法律、行政法规的规定可以不设置账簿的;

②依照法律、行政法规的规定应当设置但未设置账簿的;

③擅自销毁账簿或者拒不提供纳税资料的;

④虽设置账簿,但账目混乱或者成本资料、收入凭证、费用凭证残缺不全,难以查账的;

⑤发生纳税义务,未按照规定的期限办理纳税申报,经税务机关责令限期申报,逾期仍不申报的;

⑥纳税人申报的计税依据明显偏低,又无正当理由的;

⑦对未按照规定办理税务登记的从事生产、经营的纳税人以及临时从事经营的纳税人。

税务根据纳税人的实际情况,可以分为定额征收和核定应税所得率两种方法。

①定额征收,是指由税务机关根据一定的标准、程序和方法,直接核定纳税人年应纳税所得额的办法。

②核定应税所得率,是指由税务机关预先核定纳税人的应税所得率,由纳税人自行计算应纳所得税的办法,主要包括根据收入计算以及根据成本费用计算两种,计算公式分别为

应纳税所得额 = 应纳税所得额 × 适用税率

应纳税所得额 = 收入总额 × 应税所得率

或者　应纳税所得额 = 成本费用支出额 ÷ (1 - 应税所得率) × 应税所得率

例6-9　某企业经税务机关批准,采用核定征收企业所得税办法,应税所得率为 10%。2009 年 3 月 15 日向税务机关进行纳税申报,资料表明该企业 2 月份营业收入 20 万元,发生的直接成本 15 万元,其他费用 7 万元,亏损 2 万元。经税务机关检查,其成本费用无误,但收入

总和不能准确核算。计算该企业应缴纳企业所得税。

$$应纳税所得额 = (150\ 000 + 70\ 000) \div (1 - 10\%) \times 10\% = 24\ 444.44(元)$$

$$应纳所得税额 = 24\ 444.44 \times 25\% = 6\ 111.11(元)$$

例6-10 依上例,如果经税务机关检查,其收入无误,但成本费用不能准确核算,计算其应缴纳企业所得税。

$$应纳税所得额 = 200\ 000 \times 10\% = 20\ 000(元)$$

$$应纳所得税额 = 20\ 000 \times 25\% = 5\ 000(元)$$

6.3 企业所得税的会计核算

6.3.1 企业所得税会计的相关概念

经过我国多年的税制改革,企业所得税已越来越趋向国际化。2006年新颁布的《企业会计准则第18号——所得税》更是体现了我国所得税会计准则的国际趋同。根据新的会计准则,所得税的会计核算统一采用资产负债表法。《企业会计准则第38号——首次执行企业会计准则》第十二条规定,企业应当停止采用应付税款法或原纳税影响会计法。因此,在本章中主要介绍企业所得税的资产负债表法。在学习具体的核算方法之前,首先理解几个相关的概念。

1. 资产的计税基础

资产的计税基础,是指企业收回资产账面价值过程中,计算应纳税所得额时按照税法规定可以自应税经济利益中抵扣的金额。即该项资产在未来使用或最终处置时,允许作为成本或费用于税前列支的金额。

$$资产的计税基础 = 未来可税前列支的金额$$

$$某一资产负债表日资产的计税基础 = 资产成本 - 以前期间已税前列支的金额$$

如果资产的账面价值大于资产的计税价值,产生利润,应当纳税,也即产生应纳税暂时性差异。

如果资产的账面价值小于资产的计税价值,产生亏损,抵减税款,也即产生可抵扣暂时性差异。

例如固定资产,其账面价值 = 固定资产原价 - 累计折旧 - 固定资产减值准备;计税基础 = 固定资产原价 - 税收累计折旧。其中税收累计折旧是指根据税务部门认可的折旧年限计算的累计折旧。

2. 负债的计税基础

负债的计税基础,是指负债的账面价值减去未来期间计算应纳税所得额时按照税法规定可予抵扣的金额。

$$负债的计税基础 = 账面价值 - 未来可税前列支的金额$$

一般负债的确认和清偿不影响所得税的计算,差异主要来自费用中提取的负债。例如超标的广告费,按照会计处理是确认为当期的销售费用,但是按照税法规定,应在以后年度抵扣,因此形成时间上的差异。

3. 暂时性差异

暂时性差异,是指资产或负债的账面价值与其计税基础之间的差额;未作为资产和负债确认的项目,按照税法规定可以确定其计税基础的,该计税基础与其账面价值之间的差额也属于暂时性差异。按照暂时性差异对未来期间应纳税所得额的影响,分为可抵扣暂时性差异和应纳税暂时性差异。

(1)可抵扣暂时性差异

它是指在确定未来收回资产或清偿负债期间的应纳税所得额时,将导致产生可抵扣金额的暂时性差异,产生于资产的账面价值小于其计税基础或负债的账面价值大于其计税基础。如某项固定资产,原值600万元,假如会计上是按3年计提折旧,而税法规定按5年计提,两者的差异造成该资产期末账面价值为400万元、计税基础为540万元,即资产的账面价值小于其计税基础,在未来期间随着该资产的收回会抵减未来期间的应纳税所得额140万元及相应的应交所得税35万元(140×25%)。即在该项差异产生的当期形成递延所得税资产35万元。

(2)应纳税暂时性差异

它是指在确定未来收回资产或清偿负债期间的应纳税所得额时,将导致产生应税金额的暂时性差异,产生于资产的账面价值大于其计税基础或负债的账面价值小于其计税基础。某项固定资产,原值600万元,假如会计上是按5年计提折旧,而税法规定按3年计提,两者的差异造成该资产期末账面价值为540万元、计税基础为400万元,即资产的账面价值大于其计税基础,在未来期间随着该资产的收回会增加未来期间的应纳税所得额140万元及相应的应交所得税35万元(140×25%)。即在该项差异产生的当期形成递延所得税负债35万元。

6.3.2 企业所得税会计账户的设置

根据会计准则规定,核算企业所得税应设置"递延所得税资产"、"递延所得税负债"、"所得税费用"、"应交税费——应交所得税"等科目。

1."递延所得税资产"科目

本科目核算企业根据所得税准则确认的可抵扣暂时性差异产生的所得税资产。根据税法规定,可用以后年度税前利润弥补的亏损产生的所得税资产,也在本科目核算。本科目可按照"可抵扣暂时性差异"等项目进行明细核算。

①企业在确认相关资产、负债时,根据所得税准则应予确认的递延所得税资产,借记本科目,贷记"所得税——递延所得税费用"、"资本公积——其他资本公积"等科目。

②资产负债表日,企业根据所得税准则应予确认的递延所得税资产大于本科目余额的,借记本科目,贷记"所得税——递延所得税费用"、"资本公积——其他资本公积"等科目;应予确认的递延所得税资产小于本科目余额的,作相反的会计分录。

③资产负债表日,预计未来期间很可能无法获得足够的应纳税所得额用以抵扣可抵扣暂时性差异的,按应减记的金额,借记"所得税——当期所得税费用"、"资本公积——其他资本公积"科目,贷记本科目。本科目期末借方余额,反映企业已确认的递延所得税资产的余额。

2."递延所得税负债"科目

本科目核算企业根据所得税准则确认的应纳税暂时性差异产生的所得税负债。本科目可以按照"应纳税暂时性差异"项目进行明细核算。

①企业在确认相关资产、负债时,根据所得税准则应予确认的递延所得税负债,借记"所得税——递延所得税费用"、"资本公积——其他资本公积"等科目,贷记本科目。

②资产负债表日,企业根据所得税准则应予确认的递延所得税负债大于本科目余额的,借记"所得税——递延所得税费用"、"资本公积——其他资本公积"等科目,贷记本科目;应予确

认的递延所得税负债小于本科目余额的,作相反的会计分录。

本科目期末贷方余额,反映企业已确认的递延所得税负债的余额。

3."所得税费用"科目

"所得税费用"是核算企业确认的应从当期利润总额中扣除的所得税费用。可设置"当期所得税费用"、"递延所得税费用"等明细科目。

(1)资产负债表日,企业按照税法规定计算确定的当期应交所得税,借记"所得税费用"(当期所得税费用),贷记"应交税费——应交所得税"科目。

(2)资产负债表日,根据递延所得税资产的应有余额大于"递延所得税资产"科目余额的差额,借记"递延所得税资产"科目,贷记"所得税费用"(递延所得税费用)、"资本公积——其他资本公积"等科目;根据递延所得税资产的应有余额小于"递延所得税资产"科目余额的差额作相反的会计分录。

企业应予确认的递延所得税负债,应当比照上述原则调整本科目、"递延所得税负债"科目及有关科目。

期末,应将本科目的余额转入"本年利润"科目,结转后本科目无余额。

4."应交税费——应交所得税"科目

本科目核算企业应缴纳的企业所得税。

6.3.3 企业所得税的账务处理

所得税会计核算程序一般包括以下步骤。

①从资产负债表出发,比较资产负债表上列示的资产、负债的账面价值。

②按照资产和负债计税基础的确定方法,以适用的税收法规为基础,确定资产负债表中有关资产、负债项目的计税基础。

③比较资产、负债的账面价值与其计税基础,对于两者之间的差额分别应纳税暂时性差异与可抵扣暂时性差异,确认相关的递延所得税负债与递延所得税资产,并与期初递延所得税负债和递延所得税资产的余额相比,确定当期应予进一步确认的递延所得税资产和递延所得税负债金额或应予转销的金额。

④在此基础上确定每一期间利润表中的所得税费用。

例6-11 某企业2008年12月31日某项可供出售金融资产的账面价值为600万元,计税基础为560万元。该企业2008年适用的所得税率为25%。

分析:资产的账面价值大于计税价值,应确认递延所得税负债 = (600 - 560) × 25% = 10万元。

借:资本公积——其他资本公积   100 000

 贷:递延所得税负债   100 000

例6-12 粤海公司2009年收入为500万元,成本费用450万元,假设无其他纳税调整事项,计算其应纳所得税并作账务处理。

   当年利润 = 500 - 450 = 50(万元)

   应纳所得税 = 50 × 25% = 12.5(万元)

计提所得税时:

借:所得税费用   125 000

 贷:应交税费——应交所得税   125 000

缴纳所得税时：

借：应交税费——应交所得税   125 000

    贷：银行存款   125 000

例 6-13 粤海公司 2009 年在成立初期发生了 200 万元的筹建费用，该费用在企业开始经营时已计入当期损益，按照税法规定，企业在筹建期间发生的费用，允许在开始正常生产经营活动之后 5 年内分期计入应纳税所得额，假设该公司连续 6 年的会计利润都为 50 万元。

分析：筹建期费用在资产负债表中列示的账面价值为零，其计税基础为 200 万元，因此两者之间产生的 200 万元可抵扣暂时性差异，假定该企业适用的所得税税率为 25%，其估计于未来期间能够产生足够的应纳税所得额以利用该可抵扣暂时性差异，则企业应确认相关的递延所得税资产。

①2009 年计提所得税。

a）按会计核算计算的所得税 = 50 × 25% = 12.5 万元。

b）按税法规定当年开办费只能摊销 200 ÷ 5 = 40 万元，因此必须对会计利润作纳税调整，实际应纳税所得额 = 50 + (200 − 40) = 210 万元。

c）按税法计算的所得税 = 210 × 25% = 52.5 万元。

借：所得税费用   125 000

    递延所得税资产   400 000

    贷：应交税费——应交所得税   525 000

②2010 年计提所得税。

a）按会计核算计算的所得税 = 50 × 25% = 12.5 万元。

b）按税法规定当年开办费可以摊销 200 ÷ 5 = 40 万元，因此应对会计利润作纳税调整，实际应纳税所得额 = 50 − 40 = 10 万元。

c）按税法计算的所得税 = 10 × 25% = 2.5 万元。

借：所得税费用   125 000

    贷：递延所得税资产   100 000

        应交税费——应交所得税   25 000

③2011—2013 年计提所得税。

a）按会计核算计算的所得税 = 50 × 25% = 12.5 万元。

b）按税法规定当年开办费可以摊销 200 ÷ 5 = 40 万元，因此应对会计利润作纳税调整，实际应纳税所得额 = 50 − 40 = 10 万元。

c）按税法计算的所得税 = 10 × 25% = 2.5 万元。

借：所得税费用   125 000

    贷：递延所得税资产   100 000

        应交税费——应交所得税   25 000

④2014 年计提所得税。

由于开办费用已经分摊完毕，会计利润不用再作调整，因此与应纳税所得额一致。

    应纳所得税 = 50 × 25% = 12.5（万元）

借：所得税费用   125 000

    贷：应交税费——应交所得税   125 000

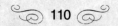

例 6-14 红日公司于 2008 年 12 月以 300 万元购入一项生产用固定资产,按照该项固定资产的预计使用情况,该公司在会计核算时估计其使用寿命为 10 年,计税时,按照适用税法规定,其折旧年限为 5 年,假定该公司前 5 年的税前利润都为 50 万元,会计与税收均按直线法计列折旧,净残值为零。2009 年该项固定资产按照 12 个月计提折旧。

分析:2009 年固定资产的账面价值为 300 - 30 = 270 万元;计税价格为 300 - 60 = 240 万元。

资产的账面价值大于计税价格,产生应纳税差异,应确认的递延所得税负债 = (270 - 240) × 25% = 7.5 万元。

①2009 年计提所得税。

a)按会计核算计算的所得税为 50 × 25% = 12.5 万元;

b)按税法规定当年固定资产可在税前抵扣的折旧为 300 ÷ 5 = 60 万元,因此必须对会计利润作纳税调整,实际应纳税所得额为 50 + (30 - 60) = 20 万元;

c)按税法计算的所得税为 20 × 25% = 5 万元。

借:所得税费用	125 000	
贷:递延所得税负债		75 000
应交税费——应交所得税		50 000

②2010 年—2013 年的账务处理同上。

③2014 年计提所得税。

a)按会计核算计算的所得税为 50 × 25% = 12.5 万元;

b)按税法规定当年固定资产可在税前抵扣的折旧为零,因此实际应纳税所得额为 50 + 30 = 80 万元;

c)按税法计算的所得税为 80 × 25% = 20 万元。

借:所得税费用	125 000	
递延所得税负债	75 000	
贷:应交税费——应交所得税		200 000

④2015—2018 年的账务处理同上。

6.4 企业所得税的申报与缴纳

6.4.1 征收方式

《企业所得税法》规定,我国的企业所得税实行按年计算,分月或者分季预缴的方法。企业应当自月份或者季度终了之日起 15 日内,向税务机关报送预缴企业所得税纳税申报表,预缴税款。预缴所得税时,应当按纳税期限的实际数预缴。如按实际数预缴有困难的,可以按上一年度应纳税所得额的 1/12 或 1/4,或税务机关承认的其他方法预缴,预缴方法一经确定,该纳税年度内不得随意变更。年度终了之日起 5 个月内,向税务机关报送年度企业所得税纳税申报表,并汇算清缴,结清应缴应退税款。

6.4.2 纳税地点

由纳税人向其所在地主管税务机关缴纳,一般以企业登记注册地为纳税地点;但登记注册

地与实际经营地不一致的,以实际经营地为纳税地点。

非居民企业取得应税所得的,应以机构、场所所在地为纳税地点。非居民企业在中国境内设立两个或者两个以上机构、场所的,经税务机关审核批准,可以选择由其主要机构、场所汇总缴纳企业所得税。

6.4.3 纳税申报

根据《企业所得税法》,企业必须按时办理纳税申报,申报时应按时间规定报送企业所得税月(季)度预缴申报表及年度纳税申报表。企业在报送企业所得税纳税申报表时,应当按照规定附送财务会计报告和其他有关资料。

企业在年度中间终止经营活动的,应当自实际经营终止之日起 60 日内,向税务机关办理当期企业所得税汇算清缴。

企业应当在办理注销登记前,就其清算所得向税务机关申报并依法缴纳企业所得税。

📖 思考练习

一、单项选择题

1. 企业所得税分月或分季预缴,年终汇算清缴,年终汇算清缴是在年度终了后( )内。

A. 15 日　　　　　B. 1 个月　　　　　C. 3 个月　　　　　D. 5 个月

2. 某企业 2009 年销售收入为 2 000 万元,当年"管理费用"账簿中列支的"广告费和业务宣传费"为 400 万元,当年企业税前可扣除广告费金额最高是( )万元。

A. 100　　　　　B. 200　　　　　C. 300　　　　　D. 400

3. 某小型零售企业 2008 年度自行申报收入总额 250 万元,成本费用 258 万元,经营亏损 8 万元。经主管税务机关审核,发现其发生的成本费用真实,实现的收入无法确认,依据规定对其进行核定征收。假定应税所得率为 9%,则该小型零售企业 2008 年度应缴纳的企业所得税为( )。

A. 5. 10 万元　　　B. 5. 63 万元　　　C. 5. 81 万元　　　D. 6. 38 万元

二、多项选择题

1. 下列关于居民纳税人缴纳企业所得税纳税地点的表述中,说法正确的有( )。

A. 企业一般在实际经营管理地纳税　　　　B. 企业一般以登记注册地为纳税地点

C. 登记注册地在境外的,以登记注册地为纳税地点

D. 登记注册地在境外的,以实际管理机构所在地为纳税地点

2. 根据企业所得税法及有关规定,下列收入中可以免征企业所得税的有( )。

A. 国债转让收入　　　　　　　　　　　B. 符合条件的非营利组织的收入

C. 在中国境内设立机构、场所的非居民企业从居民企业取得的与该机构、场所有实际联系的股息、红利等权益性投资收益

D. 国债利息收入

3. 下列属于企业所得税纳税人的有( )。

A. 国有企业　　　　B. 私营企业　　　　C. 合伙企业　　　　D. 个人独资企业

📖 实训案例

1. 某公司 2009 年度实现销售收入 8 000 万元、投资收益 200 万元,应扣除的成本、费用及

税金等共计 7 500 万元,营业外支出 100 万元,已按 25% 的企业所得税税率缴纳了企业所得税 100 万元。后经聘请的会计师事务所审核,发现以下问题:

(1)"投资收益"账户记载的 200 万元,其中国债利息收入为 15 万元;

(2)发生费用中包括业务招待费 80 万元;

(3)"营业外支出"账户中列支的通过非营利社会团体向贫困山区捐款 60 万元和向灾区捐款 20 万元,已全额扣除。

根据上述资料和税法有关规定,回答下列问题:

(1)计算该公司 2009 年的会计利润;

(2)计算该公司 2009 年纳税调整后所得额;

(3)计算该公司 2009 年应补缴的企业所得税税额。

2. 某公司于 2008 年 12 月以 600 万元购入一项生产用固定资产,按照该项固定资产的预计使用情况,该公司在会计核算时估计其使用寿命为 5 年,计税时,按照适用税法规定,其折旧年限为 10 年,假定该公司前 5 年的税前利润都为 100 万元,会计与税收均按直线法计列折旧,净残值为零。2009 年该项固定资产按照 12 个月计提折旧。请编制 2009 年至 2014 年的会计分录。

第7章

个人所得税的会计核算

📖 学习目标

1. 了解个人所得税的特点。
2. 掌握个人所得税的居民纳税义务人与非居民纳税义务人的特点。
3. 熟悉个人所得税应税项目和对应的税率。
4. 确认各种类型所得的应纳税所得额。
5. 正确进行个人所得税应纳税额的计算。
6. 掌握个人所得税的会计处理方法。
7. 掌握个人所得税的纳税申报方法。

📖 导入案例

孙某受雇于某公司,月工资 4 300 元,2007 年 1 月,公司发给其上年度奖金 12 000 元。公司当月代扣代缴其个人所得税费用计算如下。

当月工资收入应缴个人所得税费用 = (4 300 - 1 600) × 15% - 125 = 280(元)

当月奖金收入应缴个人所得税费用的计算如下。

12 000 元的奖金单独作为 1 个月的工资计算纳税,其应纳税额为:

12 000 × 20% - 375 = 2 025(元)

该职工当月合计应缴个人所得税费用 = 280 + 2 025 = 2 305(元)

讨论题:你认为该公司的计算是否正确? 如不正确,应如何计算?

7.1 个人所得税概述

7.1.1 个人所得税的概念及特点

个人所得税是对个人(自然人)取得的各项应税所得征收的一种税,它最早于 1799 年在英国创立,目前世界上已有 140 多个国家和地区开征了这一税种,在许多国家的财政收入中占有重要地位。

我国现行的个人所得税的基本规范是 1980 年 9 月 10 日制定、1993 年 10 月 31 日修改的《中华人民共和国个人所得税法》(简称《个人所得税法》),自 1994 年 1 月 1 日起施行。1994年 1 月 28 日,国务院发布了《中华人民共和国个人所得税实施条例》,1999 年 8 月 30 日对《中华人民共和国个人所得税法》进行了第二次修正。2005 年 10 月 27 日,第十届全国人民代表大会常务委员会第十八次会议对《中华人民共和国个人所得税法》进行了第三次修正。2000年9月,国家制定了《关于个人独资企业和合伙企业投资者征收个人所得税的规定》,明确从2000年1月1日起,个人独资企业和合伙企业停征企业所得税,只对其投资者的经营所得依法征收个人所得税。

我国现行的个人所得税具有以下特点。

1. 实行分类所得税制

世界各国所得税制度类型一般分为三种:分类所得税制、综合所得税制和混合所得税制。我国实行分类所得税制,即将个人取得的各种所得划分为十一类,分别适用于不同的费用扣除标准和不同的税率及优惠办法。

2. 累进税率与比例税率并用

我国对工资、薪金所得实行 5% 至 45% 的九级超额累进税率;对个体工商户生产经营所得(个人独资企业、合伙企业视同个体工商户),企事业单位的承包、承租经营所得实行 5% 至 35% 的五级超额累进税率;对其他各项所得实行 20% 的税率。

3. 费用扣除额较宽

对工资、薪金所得,每月减除费用 2 000 元(2006 年 1 月 1 日前减除费用为 800 元;2006 年 1 月 1 日—2008 年 3 月 1 日前每月减除费用为 1 600 元;自 2008 年 3 月 1 日起每月扣除费用 2 000元);对劳务报酬所得,每次收入不超过 4 000 元的减除 800 元,每次收入 4 000 元以上的减除 20% 的费用。

4. 税额计算较为简单

目前我国个人所得税的费用扣除采用总额扣除法,不同的应税所得项目,有明确的费用扣除标准,方法易于掌握,计算简单。

5. 采取课源制和申报制两种征税方法

课源制是由支付单位来代扣代缴税款,我国目前个人所得税的征收实行由支付单位代扣代缴和纳税人自行申报两种办法。对于在支付环节有代扣代缴义务的,均由支付单位在支付时实行税源扣缴;对于没有扣缴义务、在两处或两处以上取得工资、薪金所得、年应税所得在12 万元以上的以及不便于扣缴的,采取由纳税人自行申报的办法。

7.1.2 个人所得税的纳税义务人

税法规定,中国公民、个体工商业户以及在中国有所得的外籍人员(包括无国籍人员,下同)和港澳台同胞,为个人所得税的纳税人。

按照住所和居住时间两个标准,可划分为居民纳税人和非居民纳税人。

1. 居民纳税人

居民纳税人分为以下两类。

(1)在中国境内有住所的人

这是指因户籍、家庭、经济利益关系,而在中国境内习惯性居住的人。包括在中国境内定居的中国公民和外国侨民,但不包括虽有中国国籍,却并没有在中国大陆定居,而是侨居海外的华侨和居住在中国港、澳、台的同胞。

(2)在中国境内无住所但居住时间满 1 年的人

这是指在一个纳税年度内(即公历 1 月 1 日至 12 月 31 日),在中国境内居住满 365 日,其中临时离境一次不超过 30 日或者多次离境累计不超过 90 日,仍应被视为全年在中国境内居住,从而被判定为居民纳税义务人。即从公历 1 月 1 日至 12 月 31 日,居住在中国境内的外籍人员、华侨、港澳台同胞。

居民纳税人负无限纳税义务,应就其来源于中国境内和境外任何地方的所得,在中国境内缴纳个人所得税。

2. 非居民纳税人

非居民纳税人是指不符合居民纳税人判定条件的纳税义务人,具体包括以下两类:

①在中国境内无住所又不居住的外籍人员、华侨、港澳台同胞;

②在中国境内无住所,而且在一个纳税年度内,在中国境内居住不满 1 年的外籍人员、华侨、港澳台同胞。

非居民纳税人负有限纳税义务,即仅就其来源于中国境内的所得,在中国缴纳个人所得税。

7.1.3 所得税来源地的确定

对居民纳税义务人来说,因其要承担无限纳税义务,无论境内外所得都要纳税,因此判断所得来源地不很重要。但对于非居民纳税义务人,因其只就来源于中国境内的所得纳个人所得税,因此分清所得的来源地就显得非常重要。根据《个人所得税法》规定,下列所得不论支付地点是否在中国境内,均为来源于中国境内的所得。

①因任职、受雇、履约等而在中国境内提供劳务的所得。

②将财产出租给承租人在中国境内使用取得的所得。

③转让中国境内的建筑物、土地使用权等财产或者在中国境内转让其他财产取得的所得。

④许可各种特许权在中国境内使用而取得的所得。

⑤从中国境内的公司、企业以及其他经济组织或者个人取得的利息、股息、红利所得。

7.1.4 应税所得项目

1. 工资、薪金所得

工资、薪金所得,是指个人因任职或者受雇而取得的工资、薪金、奖金、年终加薪、劳动分红、津贴、补贴以及与任职或者受雇有关的其他所得。其中,奖金是指所有具有工资性质的奖金,免税奖金的范围在税法中另有规定。年终加薪、劳动分红不分种类和取得情况,一律按工资、薪金所得课税。津贴、补贴等有例外。根据我国目前个人收入的构成情况,对于一些不属于工资、薪金性质的补贴、津贴或者不属于纳税人工资、薪金所得项目的收入,不予征税。这些项目包括:

①独生子女补贴;

②执行公务员工资制度未纳入基本工资总额的补贴、津贴差额和家属成员的副食补贴;

③托儿补助费;

④差旅费津贴、误餐补助。

2. 个体工商户的生产、经营所得

个体工商户的生产、经营所得是指以下几项。

①个体工商户从事工业、手工业、建筑业、交通运输业、商业、饮食业、服务业、修理业以及其他行业生产、经营取得的所得。

②个人经政府有关部门批准,取得执照,从事办学、医疗、咨询以及其他有偿服务活动取得

的所得。

③其他个人从事个体工商业生产、经营取得的所得。

④上述个体工商户和个人取得的与市场、经营有关的各项应纳税所得。

另外,按照《个人所得税法》规定,从2000年1月1日起,个人独资企业和合伙企业停征企业所得税,其投资者依法缴纳个人所得税。

3. 对企事业单位的承包经营、承租经营所得

对企事业单位的承包经营、承租经营所得,是指个人承包经营、承租经营以及转包、转租取得的所得,包括个人按月或者按次取得的工作、薪金性质的所得。

4. 劳务报酬所得

劳务报酬所得,是指个人从事设计、装潢、安装、制图、化验、测试、医疗、法律、会计、咨询、讲学、新闻、广播、翻译、审稿、书画、雕刻、影视、录音、录像、演出、表演、广告、展览、技术服务、介绍服务、经纪服务、代办服务以及其他劳务取得的所得。

5. 稿酬所得

稿酬所得,是指个人因其作品以图书、报刊形式出版、发表而取得的所得。

6. 特许权使用费所得

特许权使用费所得,是指个人提供专利权、商标权、著作权(不含稿酬)、非专利技术以及其他特许权的使用权取得的所得。

7. 利息、股息、红利所得

利息、股息、红利所得,是指个人拥有债权、股权而取得的利息、股息、红利所得。国债和国家金融债券利息所得不征税。

8. 财产租赁所得

财产租赁所得,是指个人出租建筑物、土地使用权、机器设备、车船以及其他财产取得的所得。

9. 财产转让所得

财产转让所得,是指个人转让有价证券、股权、建筑物、土地使用权、机器设备、车船以及其他财产取得的所得。

股票转让所得暂不征个人所得税。

10. 偶然所得

偶然所得,是指个人得奖、中奖、中彩以及其他偶然性质的所得。

11. 其他所得

这是指经国务院财政部门确定征税的其他所得。

7.1.5 个人所得税的税率

个人所得税的税率按所得项目不同分别确定如下。

1. 工资、薪金所得

工资、薪金所得,适用九级超额累进税率,税率以月应纳税所得额不同分为5%～45%九档,工资、薪金所得个人所得税税率如表7-1所示。

表7-1 工资、薪金所得个人所得税税率

级数	全月应纳税所得额	税率(%)	备注
1	不超过500元的	5	
2	超过500元至2 000元的部分	10	
3	超过2 000元至5 000元的部分	15	
4	超过5 000元至20 000元的部分	20	本表所称全月应纳税所得额是指依照税法第六条规
5	超过20 000元至40 000元的部分	25	定,以每月收入额减除费用2 000元后的余额或者减除
6	超过40 000元至60 000元的部分	30	附加费用后的余额
7	超过60 000元至80 000元的部分	35	
8	超过80 000元至100 000元的部分	40	
9	超过100 000元的部分	45	

2. 个体工商户的生产、经营所得和对企事业单位的承包经营、承租经营所得

个体工商户的生产、经营所得和对企事业单位的承包经营、承租经营所得,适用五级超额累进税率,税率以年纳税所得不同确定为5%～35%,如表7-2所示。

表7-2 个体工商户的生产、经营所得和对企事业单位的承包经营、承租经营所得税税率

级数	全年应纳税所得额	税率(%)	备注
1	不超过5 000元的	5	本表所称全年应纳税所得额对个体工商户生产经营
2	超过5 000元至10 000元的部分	10	所得来讲,是指以每一纳税年度的收入总额,减除成本、
3	超过10 000元至30 000元的部分	20	费用及损失后的余额;对企事业单位的承包、承租经营
4	超过30 000元至50 000元的部分	30	所得来说,是指以每一纳税年度的收入总额,减除必要
5	超过50 000元的部分	35	费用后的余额

目前,由于实行承包、承租经营的具体形式较多,分配方式也不相同,所以,承包、承租人取得的承包、承租经营所得适用的税率也不尽相同。其适用税率分为以下两种情况。

①承包、承租人对企业经营成果不拥有所有权,仅是按合同(协议)取得一定所得的,其所得按工资、薪金所得项目征税,适用5%～45%的九级超额累进税率。

②承包、承租人按合同(协议)规定向发包、出租方缴纳一定费用后,企业经营成果归其所有的,承包、承租人取得的所得,按对企事业单位的承包经营、承租经营所得项目征税,适用5%～35%的五级超额累进税率。

3. 稿酬所得

稿酬所得,适用比例税率,税率为20%,并按应纳税额减征30%,故实际税率为14%。

4. 劳务报酬所得

劳务报酬所得,适用比例税率,税率为20%。对劳务报酬所得一次收入偏高的,可以实行加成征收,具体税率如表7-3所示。

表 7-3　劳务报酬所得个人所得税税率

级数	每次应纳税所得额	税率(%)
1	不超过 20 000 元的	20
2	超过 20 000 元至 50 000 元的部分	30
3	超过 50 000 元的部分	40

5. 特许权使用费所得,利息、股息、红利所得,财产租赁所得,财产转让所得,偶然所得和其他所得

特许权使用费所得,利息、股息、红利所得,财产租赁所得,财产转让所得,偶然所得和其他所得,适用比例税率,税率为 20%。但自 2001 年 1 月 1 日起按市价出租的居民住房,暂减按 10% 的税率征收个人所得税;从 2007 年 8 月 15 日起,个人取得人民币和外币储蓄存款利息所得的个人所得税率由 20% 降到 5%。

7.1.6　个人所得税的税收优惠

1. 免纳个人所得税的项目

①省级人民政府、国务院部委和中国人民解放军以上单位,以及外国组织颁发的科学、教育、技术文化、卫生、体育、环境保护等方面的奖金。

②国债和国家发行的金融证券利息。

③按照国家统一规定发给的补贴、津贴,指按照国务院规定发给的政府特殊津贴、院士津贴、资深院士津贴和国务院规定免纳个人所得税的补贴、津贴。

④福利费、抚恤金、救济金。

⑤保险赔款。

⑥军人的转业安置费、复员费。

⑦按照国家统一规定发给干部、职工的安家费、退职费、退休工资、离休工资、离休生活补助费。

⑧依照我国有关法律规定应予免税的各国驻华使馆、领事馆的外交代表、领事官员和其他人员所得。

⑨中国政府参加的国际公约、签订的协议中规定免税的所得。

⑩符合规定的见义勇为奖金。

⑪企业和个人按照国家或省级地方政府规定的比例提取并缴付的住房公积金、医疗保险金、基本养老保险金、失业保险金,不计入个人当期的工资、薪金收入,免予征收个人所得税。超过规定比例缴付的部分不予免税。个人领取原缴存的住房公积金、医疗保险金、基本医疗保险金时,免予征收个人所得税。

⑫对个人取得的教育储蓄存款利息所得以及国务院财政部门确定的其他专项储蓄存款或储蓄性专项基金存款的利息所得,免征个人所得税。

⑬储蓄机构内从事代扣代缴工作的办税人员取得的扣缴利息税手续费所得,免征个人所得税。

⑭经国务院财政部门批准的免税所得。

2. 减征个人所得税的项目

①残疾、孤老人员和烈属的所得。

②因严重自然灾害造成重大损失的。

③其他经国务院财政部门批准减税的。

3. 暂免征个人所得税的项目

①外籍个人以非现金形式或实报实销形式取得的住房补贴、伙食补贴、搬迁费、洗衣费。

②外籍个人按合理标准取得的境内外出差补贴。

③外籍个人取得的探亲费、语言训练费、子女教育费等,经当地税务机关审核批准为合理的部分。

④个人举报、协查各种违法、犯罪行为而获得的奖金。

⑤个人办理代扣代缴税款手续,按规定取得的扣缴手续费。

⑥个人转让自用达5年以上并且是唯一的家庭生活用房取得的所得。

⑦因工作需要再按规定延长离退休人员的工作所得。

⑧外籍个人从外企所得的股息、红利。

⑨符合规定的外籍专家工薪所得。

4. 减免税优惠

在中国境内无住所,但是居住1年以上、5年以下的人,其来源于中国境外的所得,经主管税务机关批准,可以只就中国境内公司、企业以及其他经济组织或者个人支付的部分缴纳个人所得税;居住超过5年的人,从第6年起,应当就其来源于中国境外的全部所得缴纳个人所得税。

在中国境内无住所,但是在一个纳税年度中在中国境内连续或者累计居住不超过90日的个人,其来源于中国境内的所得由境外雇主支付,并且不由在中国境内的机构、场所负担的部分,免予缴纳个人所得税。

7.2 个人所得税的计算

计算个人所得税应纳税额,要先计算应纳税所得额。而个人应纳税所得额,需要按不同应税项目分项计算,以某项应税项目的收入额减去根据《个人所得税法》规定的该项费用减除标准后的余额,为该项应纳税所得额。

7.2.1 应纳税所得额的计算

1. 各项费用的扣除标准

①工资、薪金所得,每月的基本减除费用标准为2 000元,附加减除费用标准为2 800元。2 000元是指作为其本人及其家属的生活费,附加减除费用是指每月在减除2 000元的基础上,再减除2 800元。附加减除费用主要是考虑到外籍人员和在境外工作的中国公民的生活水平比国内公民要高,对其工资、薪金所得增加的附加费用减除照顾。附加减除费用适用范围包括:在中国境内的外商投资企业和外国企业中工作的外籍人员;应聘在中国境内的企业、事业单位、社会团体、国家机关中工作取得工资、薪金所得的外籍专家;在中国境内有住所而在中国境外任职或者受雇取得工资、薪金所得的个人;财政部确定的取得工资、薪金所得的其他人员。附加减除费用也适用于华侨和中国香港、澳门、台湾同胞。

②个体工商户的生产、经营所得,以每一纳税年度的收入总额,减除成本、费用以及损失后的余额,为应纳税所得额。成本、费用,是指纳税义务人从事生产、经营所发生的各项直接支出

和分配计入成本的间接费用以及销售费用、管理费用、财务费用;所说的损失,是指纳税义务人在生产、经营过程中发生的各项营业外支出。

从事生产、经营的纳税义务人未提供完整、准确的纳税资料,不能正确计算应纳税所得额的,由主管税务机关核定其应纳税所得额。

③对企事业单位的承包经营、承租经营所得,以每一纳税年度的收入总额,减除必要费用后的余额,为应纳税所得额。某一年度的收入总额是指承包人分得的经营利润和工资、薪金性质的所得;减除必要的费用是指按月减除 2 000 元。

④劳务报酬所得、稿费所得、特许权使用费所得、财产租赁所得,每次收入不超过 4 000 元的,减除费用为 800 元;4 000 元以上的,减除 20% 的费用,其余额为应纳税所得额,其中财产租赁所得,除减除以上费用外,还可以用租赁收入减去相关税费、修缮费用作为应纳税所得额。

⑤财产转让所得,以转让财产的收入额减除财产原值和合理费用后的余额,为应纳税所得额。

⑥利息、股息、红利所得,偶然所得和其他所得,以每次收入额为应纳税所得额,无费用扣除。

2. 个人公益性赞助从个人所得税中的扣除标准

个人将其所得通过中国境内的社会团体、国家机关向教育和其他社会公益事业以及遭受严重自然灾害地区、贫困地区的捐赠,捐赠额未超过纳税义务人申报的应纳税所得额 30% 的部分,可以从其纳税所得额中扣除。

3. 每次收入的确定

由于纳税义务人取得的劳务报酬所得,稿酬所得,特许权使用费所得,利息、股息、红利所得,财产租赁所得,偶然所得和其他所得等七个项目,都是按次计算征税的,因此,如何准确划分"次"就十分重要了。

①劳务报酬所得,属于一次性收入的以取得该项收入为一次;属于同一项目连续性收入的,以一个月内取得的收入为一次。

②稿酬所得,以每次出版、发表取得的收入为一次,具体又可细分如下。

a)同一作品再版取得的所得,应视为另一次稿酬所得。

b)同一作品先在报刊上连载,再出版,或先出版,再在报刊上连载的,视为两次稿酬所得,即连载作为一次,出版作为一次。

c)同一作品在报刊上连载分次取得收入的,以连载完成后取得的所有收入合并为一次计税。

d)同一作品在出版和发表时,以预付稿费或分次支付稿酬等形式取得的稿酬收入,应合并计算为一次。

e)同一作品因添加印数而追加稿酬的,应与以前出版、发表时取得的稿酬收入合并计算为一次。

③特许权使用费所得,以一项特许权的一次许可使用所得的收入为一次。一个纳税义务人,可能不只拥有一项特许权利,每项特许权的使用权也可能不止一次地向他人提供。因此特许权使用费的"次",明确为每项使用权的每次转让所得的收入为一次。若该次转让取得的收入是分笔支付的,则将各笔收入相加为一次。

④财产租赁所得,以一个月内取得的收入为一次。

⑤利息、股息、红利所得,以支付利息、股息、红利时取得的收入为一次。

⑥偶然所得,以每次取得该项收入为一次。

⑦其他所得,为每次取得该项收入为一次。

7.2.2 应纳税额的计算

1. 工资、薪金所得应纳税额计算

工资、薪金所得适用九级超额累进税率,按月计征,按每月收入扣除 2 000 元或 4 800 元后的余额作为应纳税所得额,并按适用税率计算应纳税额。其计算公式为

应纳税所得额 = 每月收入额 − 费用扣除额(2 000 元或 4 800 元)

应纳税额 = 应纳税所得额 × 适用税率 − 速算扣除数

由于工资、薪金实行的是超额累进税率,所以计算比较烦琐。所以,为了简化计算过程,实际工作中一般采用速算扣除数法。工资、薪金所得适用的速算扣除数如表 7-4 所示。

表 7-4　工资、薪金所得适用的速算扣除数

级数	全月应纳税所得额(含税级距)	全月应纳税所得额(不含税级距)	税率(%)	速算扣除数(元)	说明
1	不超过 500 元的	不超过 475 元的	5	0	
2	超过 500 元至 2 000 元的部分	超过 475 元至 1 825 元的部分	10	25	
3	超过 2 000 元至 5 000 元的部分	超过 1 825 元至 4 375 元的部分	15	125	1. 本表含税级距指每月收入额减除费用 2 000 元后的余额或者减除附加减除费用后的余额。
4	超过 5 000 元至 20 000 元的部分	超过 4 375 元至 16 375 的部分	20	375	
5	超过 20 000 元至 40 000 元的部分	超过 16 375 元至 31 375 元的部分	25	1 375	2. 含税级距适用于由纳税人负担税款的工资、薪金所得;不含税级距适用于由他人(单位)代付税款的工资、薪金所得,即个人所得是税后所得,不再申报纳税
6	超过 40 000 元至 60 000 元的部分	超过 31 375 元至 45 375 元的部分	30	3 375	
7	超过 60 000 元至 80 000 元的部分	超过 45 375 元至 58 375 元的部分	35	6 375	
8	超过 80 000 元至 100 000 元的部分	超过 58 375 元至 70 375 元的部分	40	10 375	
9	超过 100 000 元的部分	超过 70 375 元的部分	45	15 375	

例 7-1　纳税人李明 2009 年 5 月工资为 3 000 元,计算其该月应纳个人所得税税额。

应纳税所得额 = 3 000 − 2 000 = 1 000(元)

应纳税额 = 1 000 × 10% − 25 = 75(元)

例 7-2　李鸣是在上海某外商投资企业工作的英国专家,已在上海居住 2 年,是居民纳税义务人,2009 年 3 月取得由该企业发放的工资收入 20 000 元,计算李鸣 3 月份应缴的个人所得税。

应纳税所得额 = 20 000 − 4 800 = 15 200(元)

应纳税额 = 15 200 × 20% − 375 = 2 665(元)

针对工资、薪金发放中的一些特殊问题,《个人所得税法》也有相应的特殊规定。

(1)个人取得全年一次性奖金和一次取得数月奖金的个税计征

全年一次性奖金是指行政机关、企事业单位等扣缴义务人根据其全年经济效益和对员工全年工作业绩的综合考核情况,向雇员发放的一次性奖金。

一次性奖金也包括年终加薪、实行年薪制和绩效工资办法的单位根据考核情况兑现的年薪和绩效工资。取得全年一次性奖金,单独作为一个月工资、薪金所得计算纳税,自 2005 年 1 月 1 日起,按以下办法,由扣缴义务人发放时代扣代缴。

先将雇员当月内取得的全年一次性奖金,除以 12 个月,按其商数确定税率和速算扣除数。

如果在发放全年一次性奖金的当月,雇员当月工资、薪金所得低于税法规定的费用扣除额,应将全年一次性奖金减除"雇员当月工资薪金所得与费用扣除额的差额"后的余额,按上述办法确定全年一次性奖金的适用税率和速算扣除数。

按上面确定的适用税率和速算扣除数进行税款计算,其计算公式如下。

如果雇员当月工资、薪金所得高于或等于税法规定的费用扣除额的,则

应纳税额 = 雇员当月取得全年一次性奖金 × 适用税率 − 速算扣除数

如果雇员当月工资、薪金所得低于费用扣除额的,则

应纳税额 =(雇员当月取得全年一次性奖金 − 雇员当月工薪所得与费用扣除额的差额)× 适用税率 − 速算扣除数

雇员取得除全年一次性奖金以外的其他各种名目奖金,如半年奖、季度奖、加班奖、先进奖、考勤奖等,一律与当月工资、薪金收入合并,按税法规定缴纳个人所得税。

例 7-3 李先生年底一次性领取年终奖金 12 000 元。问:

①如果李先生月工资为 2 400 元,则李先生 12 月份应纳多少税?

②如果李先生月工资为 1 000 元,则李先生 12 月份应纳多少税?

①如果李先生每月工资为 2 400 元,则

平均每月奖金 = 12 000 ÷ 12 = 1 000(元)

则年终一次性奖金适用税率为 10%,速算扣除数为 25 元。

李先生 12 月份应纳个人所得税 =(2 400 − 2 000)× 5% + 12 000 × 10% − 25

= 1 195(元)

②如果李先生每月工资为 1 000 元,则

平均每月奖金 =〔12 000 −(2 000 − 1 000)〕÷ 12 = 917(元)

则年终一次性奖金适用税率为 10%,速算扣除数为 25 元。

李先生 12 月份应纳个人所得税 =〔12 000 −(2 000 − 1 000)〕× 10% − 25

= 1 075(元)

(2)在外商投资企业、外国企业和外国驻华机构工作的中方人员取得的工资、薪金所得应纳税额计算

在外商投资企业、外国企业驻华机构工作的中方人员取得的工资、薪金收入,凡是由雇佣单位和派遣单位分别支付的,只由雇佣单位一方在支付工资、薪金时,按税法规定减除费用,计算扣缴个人所得税;派遣单位支付的工资、薪金不再减除费用,以支付金额直接确定适用税率,计算扣缴个人所得税。

上述纳税义务人,应持两处支付单位提供的原始明细工资、薪金单和完税凭证原件,选择并固定到异地税务机关申报每月工资、薪金收入,汇算清缴其工资、薪金收入的个人所得税,多

退少补。

例7-4 钱某为一外商投资企业雇佣的中方人员,2009 年 8 月,该外企支付给钱某薪金 8 000元,派遣单位支付给钱某工资 1 000 元。问:外企、派遣单位分别应如何扣缴个人所得税? 钱某实际应缴的个人所得税为多少?

①外企应为钱某扣缴的个人所得税为

应纳税额 = (8 000 - 2 000) × 20% - 375 = 825(元)

②派遣单位应为钱某扣缴的个人所得税为

应纳税额 = 1 000 × 10% - 25 = 75(元)

③钱某实际应缴的个人所得税为

应纳税额 = (8 000 + 1 000 - 2 000) × 20% - 375 = 1 025(元)

钱某到税务机关申报时,还应补交税款 1 025 - 825 - 75 = 125 元。

(3) 雇主为其雇员负担个人所得税应纳税款的计算

在实际工作中,有的雇主常常为纳税人负担税款,即为纳税人支付的报酬是不含税的净所得。纳税人的应纳税款由雇主代为缴纳,因此,在计算应纳税款时,应将纳税人取得的不含税收入换算为含税收入的应纳税所得额,再据以计算应纳税款。

雇主全额为雇员负担税款的,应将雇员取得的工资、薪金所得换算为应纳税所得额后,计算单位代为缴纳的个人所得税税款。计算过程如下:

应纳税所得额 = (不含税收入 - 费用扣除标准 - 速算扣除数) ÷ (1 - 税率)

应纳税额 = 应纳税所得额 × 适用税率 - 速算扣除数

例7-5 钱某每月工资收入为 3 000 元,由任职单位代为缴纳个人所得税,计算任职单位代为缴纳的个人所得税税额。

应纳税所得额 = (3 000 - 2 000 - 25) ÷ (1 - 10%) = 1 083.33(元)

应纳税额 = 1 083.33 × 10% - 25 = 83.33(元)

雇主为雇员负担部分税款的,可分为定额负担部分税款和定率负担部分税款两种情况。

①定额负担部分税款的,其计算公式如下:

应纳税所得额 = 雇员取得的工资 + 雇主代雇员负担的税款 - 费用扣除标准

应纳税额 = 应纳税所得额 × 适用税率 - 速算扣除数

②定率负担部分税款的,其计算公式如下:

应纳税所得额 = (不含税收入 - 费用扣除标准 - 速算扣除数 × 负担比例) ÷ (1 - 税率 × 负担比例)

应纳税额 = 应纳税所得额 × 适用税率 - 速算扣除数

2. 个体工商户的生产、经营所得应纳税额计算

个体工商户的生产、经营所得适用五级超额累进税率,实行按年计算、分月或分季预缴、年终汇算清缴、多退少补的方法,以每一纳税年度的收入总额,减除成本、费用以及损失后的余额作为应纳税所得额,按适用税率计算应纳税额。其适用的速算扣除数如表7-5所示。计算公式为

应纳税所得额 = 纳税年度收入总额 - 成本、费用及损失

应纳税额 = 应纳税所得额 × 适用税率 - 速算扣除数

表 7-5　个体工商户的生产、经营所得和对企事业单位的承包经营、承租经营所得
适用的速算扣除数

级数	全年应纳税所得额 （含税级距）	全年应纳税所得额 （不含税级距）	税率（%）	速算扣除数（元）	说明
1	不超过 5 000 元的	不超过 4 750 元的	5	0	1. 本表含税级距指每一纳税年度的收入总额，减除成本、费用以及损失的余额。 2. 含税级距适用于个体工商户的生产、经营所得和对企事业单位的承包经营、承租经营所得；不含税级距适用于由他人（单位）代付税款的承包经营、承租经营所得
2	超过 5 000 元至10 000 元的部分	超过 4 750 元至9 250 元的部分	10	250	
3	超过 10 000 元至30 000元的部分	超过 9 250 元至25 250 元的部分	20	1 250	
4	超过 30 000 元至50 000元的部分	超过 25 250 元至39 250部分	30	4 250	
5	超过 50 000 元的部分	超过 39 250 元的部分	35	6 750	

例 7-6　个体工商户李先生，全年生产、经营收入总额为 14 万元，成本为 6 万元，费用为 1.2 万元，损失为 3 000 元。计算李先生全年应纳个人所得税税额。

应纳税所得额 = 140 000 - 60 000 - 12 000 - 3 000 = 65 000（元）

应纳税额 = 65 000 × 35% - 6 750 = 16 000（元）

对个人独资企业和合伙企业生产经营所得，其个人所得税应纳税额的计算有查账征收和核定征收两种方法。

（1）查账征收

凡实行查账征收办法的企业，生产经营所得应纳税额的计算比照个体工商户个人所得税计税办法执行。但对一些费用和成本的津贴扣除标准，《个人所得税法》作了相应规定，类似企业所得税的有关费用标准。

（2）核定征收

当纳税人资料不全，只能确定收入总额或费用成本额时，采用核定征收办法计税。核定征收方式包括定额征收、核定应税所得率征收以及其他合理的征收方式。

实行核定应税所得率征收方式的，应纳税所得额计算公式为

应纳税所得额 = 收入总额 × 应税所得率

或　　　　应纳税所得额 = 成本费用支出额 ÷（1 - 应税所得率）× 应税所得率

应纳税额 = 应纳税所得额 × 适用税率

应税所得率见表 7-6。

表 7-6　应税所得率

行业	应税所得率（%）
工业、交通运输业、商业	5 ~ 20
建筑业、房地产开发业	7 ~ 20
饮食服务业	7 ~ 25
娱乐业	20 ~ 40
其他行业	10 ~ 30

企业经营多业的,无论其经营项目是否单独核算,均应根据其主营项目确定其适用的应税所得率。实行核定征税的投资者,不能享受个人所得税的优惠政策。

例7-7 李先生经营一独资企业,属娱乐业,会计核算资料不全,税务机关采用核定应税所得率的办法对其征税,确定的应税所得率为20%。要求:

①如果已知2008年经营收入为500 000元,计算企业应纳税所得额;

②如果该企业成本费用资料比较准确,为360 000元,计算企业应纳税所得额。

求解如下:

①应纳税所得额 = 收入总额 × 应税所得率 = 500 000 × 20% = 100 000元;

②应纳税所得额 = 成本费用支出额 ÷ (1 - 应税所得率) × 应税所得率 = 360 000 ÷ (1 - 20%) × 20% = 90 000元。

3. 对企事业单位承包、承租经营所得应纳税额的计算

对企事业单位承包、承租经营所得适用五级超额累进税率,实行按年计算,分月或分季预缴,年终汇算清缴,多退少补的办法,以每一纳税年度的收入总额减除必要费用后的余额作为应纳税所得额,按适用税率计算应纳税额。其计算公式为

应纳税所得额 = 纳税年度收入总额 - 必要费用

应纳税额 = 应纳税所得额 × 适用税率 - 速算扣除数

对企事业单位承包、承租经营所得适用的速算扣除数与个体工商户的生产、经营所得适用的速算扣除数相同。

例7-8 李先生2008年1月1日与某事业单位签订承包合同经营食堂,承包期为1年。李先生每月工资为1 200元,2008年食堂实现承包经营利润65 000元,按合同规定应从其实现的利润中上交承包费20 000元。计算李先生2008年应纳个人所得税税额。

应纳税所得额 = 65 000 + 1 200 × 12 - 20 000 - 2 000 × 12 = 35 400(元)

应纳税额 = 35 400 × 30% - 4 250 = 6 370(元)

4. 劳务报酬所得应纳税额的计算

劳务报酬所得按次纳税,其计算公式如下。

①每次收入不足4 000元的,公式为

应纳税额 = 应纳税所得额 × 适用税率 = (每次收入额 - 800) × 20%

②每次收入在4 000元以上的,公式为

应纳税额 = 应纳税所得额 × 适用税率 = 每次收入额 × (1 - 20%) × 20%

③每次收入的应纳税所得额超过20 000元的,公式为

应纳税额 = 应纳税所得额 × 适用税率

＝ 每次收入额 × (1 - 20%) × 适用税率 - 速算扣除数

劳务报酬所得个人所得税税率及速算扣除数如表7-7所示。

表7-7 劳务报酬所得个人所得税税率及速算扣除数

级数	每次应纳税所得额 (含税级距/次)	每次应纳税所得额 (不含税级距/次)	税率(%)	速算扣除数(元)
1	不超过20 000元的	不超过16 000元的	20	0
2	超过20 000元至50 000元的部分	超过16 000元至37 000元的部分	30	2 000
3	超过50 000元的部分	超过37 000元的部分	40	7 000

注:不含税级距/次按照税法规定扣除个人所得税后的所得额。含税级距/次适用于由纳税人负担税款的劳务报酬所得,不含税级距/次适用于由他人代付税款的劳务报酬所得。

要注意的是,在确定适用税率时,要按照应纳税所得额即收入扣减了相应费用(800元或20%)后的余额,而不是收入本身来确定适用税率。

例7-9 某歌手2008年4月每周到歌厅演唱一次,每次演唱费900元,4月份共演唱了4次,计算4月份该歌手应纳个人所得税。

应纳税所得额 = 900 × 4 - 800 = 2 800(元)

应纳税额 = 2 800 × 20% = 560(元)

例7-10 某设计师为某单位设计广告,取得设计收入50 000元,计算其应纳个人所得税税额。

应纳税所得额 = 50 000 × (1 - 20%) = 40 000(元)

应纳税额 = 40 000 × 30% - 2 000 = 10 000(元)

5. 稿酬所得应纳税额的计算

稿酬所得按次计算,其计算公式如下。

①每次收入不足4 000元的,公式为

应纳税额 = (每次收入额 - 800) × 20% × (1 - 30%)

= (每次收入额 - 800) × 14%

②每次收入在4 000元以上的,公式为

应纳税额 = 每次收入额 × (1 - 20%) × 20% × (1 - 30%)

= 每次收入额 × (1 - 20%) × 14%

例7-11 某作家取得新书稿酬20 000元,计算应纳个人所得税税额;若该作家将其书稿所得中的5 000元通过民政局捐赠给贫困地区,计算其应纳个人所得税又为多少。

①应纳税额 = 20 000 × (1 - 20%) × 20% × (1 - 30%) = 2 240元。

②捐赠额的扣除限额 = 20 000 × (1 - 20%) × 30% = 4 800元,因为实际捐赠5 000元大于扣除限额,计算个人所得税时只能扣除4 800元。

应纳税额 = [20 000 × (1 - 20%) - 4 800] × 14% = 1 568(元)

6. 特许权使用费所得应纳税额的计算

特许权使用费所得按每项特许权每次转让收入计税,其计算公式如下。

①每次收入不足4 000元的,公式为

应纳税额 = 应纳税所得额 × 适用税率 = (每次收入额 - 800) × 20%

②每次收入在4 000元以上的,公式为

应纳税额 = 应纳税所得额 × 适用税率 = 每次收入额 × (1 - 20%) × 20%

例7-12 李先生经多年研究,取得专利技术一项,他向某企业提供该项专利技术使用权,取得确定特许权使用费60 000元,计算其该笔收入应纳个人所得税税额。

应纳税额 = 60 000 × (1 - 20%) × 20% = 9 600(元)

7. 利息、股息、红利所得应纳税额的计算

利息、股息、红利所得不扣除费用,以每次收入额为应纳税所得额,其计算公式为

应纳税额 = 每次收入额 × 20%

值得注意的是,从2007年8月15日起,个人取得的人民币和外币储蓄存款利息所得的个人所得税率由20%降到5%。

例7-13 李先生于2008年11月8日存入银行一年期存款50 000元,年利率为3.60%,

于存款到期日 2009 年 11 月 8 日取出,计算该储户应纳个人所得税税额。

一年存款利息 = 50 000 × 3.6% = 1 800(元)

应纳税额 = 1 800 × 5% = 90(元)

8. 财产租赁所得应纳税额的计算

财产租赁所得以一个月内取得的收入为一次。依据税法规定,在确定财产租赁的应纳税所得额时除可以减除规定费用外,还可以扣除财产租赁过程中发生的相关费用和修缮费用。因此,纳税人出租财产取得的财产租赁收入,在计算缴纳个人所得税时,应依次扣除以下费用。

①在出租财产过程中缴纳的税金和教育费附加,可持完税(缴款)凭证,从其财产租赁收入中扣除。

②由纳税人负担的该出租财产实际开支的、能够提供有效准确凭证的修缮费用,以每次 800 元为限,一次扣除不完的,准予在下一次继续扣除,直到扣完为止。

③税法规定的扣除标准。

财产租赁所得应纳税所得额的公式如下。

①每次收入不足 4 000 元的,公式为

应纳税所得额 = 每次(月)收入额 - 准予扣除项目(相关税费) - 修缮费用 - 800

②每次收入在 4 000 元以上的,公式为

应纳税所得额 = 〔每次(月)收入额 - 准予扣除项目(相关税费) - 修缮费用〕×

(1 - 20%)

应纳税额 = 应纳所得额 × 20%

个人按市场价格出租的居民住房取得的所得,自 2001 年 1 月 1 日起暂按 10% 的税率征收个人所得税。

例 7-14　李先生于 2008 年 8 月将自有住房出租,租期为 1 年,每月取得租金收入 2 000 元,全年租金收入 24 000 元。每月因出租房屋而缴纳的相关税金及附加为 120 元,9 月因下水道堵塞,发生修缮费用 600 元,取得维修部门的正式发票。要求:

①计算李先生 8 月、9 月和 10 月应纳个人所得税税额;

②假定 9 月发生的修缮费用为 1 500 元,计算 8 月、9 月和 10 月应纳个人所得税税额。

求解如下:

①8 月应纳税额 = (2 000 - 120 - 800) × 10% = 108(元)

9 月应纳税额 = (2 000 - 120 - 600 - 800) × 10% = 48(元)

10 月应纳税额 = (2 000 - 120 - 800) × 10% = 108(元)

②8 月应纳税额 = (2 000 - 120 - 800) × 10% = 108(元)

9 月应纳税额 = (2 000 - 120 - 800 - 800) × 10% = 28(元)

10 月应纳税额 = (2 000 - 120 - 700 - 800) × 10% = 38(元)

9. 财产转让所得应纳税额的计算

财产转让所得应纳税额的计算公式为

应纳税额 = (收入总额 - 财产原值 - 合理费用) × 20%

例 7-15　李先生自建房屋一栋,造价 72 000 元,支付费用 5 000 元。李先生将此屋转让,售价 100 000 元,在卖房过程中支付交易费等费用 2 500 元,计算李先生应缴纳的个人所得税。

应纳税额 = (100 000 - 72 000 - 2 000 - 5 000) × 20% = 4 100(元)

税务会计实务

10. 偶然所得应纳税额的计算

偶然所得应纳税额的计算公式为

应纳税额 = 每次收入额×20%

例 7-16 李先生购买彩票取得中奖收入 200 000 元,李先生将奖金中的 20 000 元捐给希望工程基金会,计算李先生实际可得中奖收入。

①李先生这笔偶然所得 200 000 元应全额作为应纳税所得额,因此

捐赠额的扣除限额 = 200 000×30% = 60 000(元)

因为实际捐赠额 20 000 元小于扣除限额,所以计算应纳税所得额时可全额扣除。

②应纳税所得额 = 偶然所得 − 捐赠额 = 200 000 − 20 000 = 180 000(元)

③应纳税额 = 应纳税所得额×适用税率 = 180 000×20% = 36 000(元)

④李先生实际可得金额 = 200 000 − 20 000 − 36 000 = 144 000(元)

11. 其他所得应纳税额的计算

其他所得应纳税额的计算公式为

应纳税额 = 每次收入额×20%

纳税人在一个纳税期间取得上述多项应税所得时,应分别计算各项应税所得应缴纳的税额,加总即为该期间应纳个人所得税税额。

例 7-17 李先生 2008 年 9 月份收入情况如下:工资收入 3 500 元;担任某公司技术顾问收入 8 000 元;取得稿酬 3 000 元;出售自有家庭唯一住房(已住 7 年),扣除当初购房价格和售房时按规定支付的有关税费后,取得净收入 30 万元。计算李先生 2008 年 9 月份应缴纳的个人所得税。

①10 月份工资应纳税额为(3 500 − 2 000)×10% − 25 = 125 元;

②技术顾问收入应纳税额为 8 000×(1 − 20%)×20% = 1 280 元;

③稿酬所得应纳税额为(3 000 − 800)×20%×(1 − 30%) = 308 元;

④出售自有自用 7 年的唯一家庭住房所得的净收入,免征个人所得税。

李先生 9 月份应纳税额 = 125 + 1 280 + 308 = 1 713(元)

7.2.3 境外所得已纳税额的扣除

在对纳税人的境外所得征税时,其境外所得可能在来源国家或地区已经缴纳了相应的税金,为了避免双重征税,税法规定:纳税义务人从中国境外取得的所得,准予其在应纳税额中扣除已在境外缴纳的个人所得税税额。但扣除额不得超过该纳税义务人境外所得依照本法规定计算的应纳税额。超过部分可以在以后纳税年度的该国家或地区扣除限额的余额中补扣,补扣期限不超过 5 年。

在计算扣除限额时,应区别不同国家或地区和不同应税项目,依照我国《个人所得税法》规定的费用扣除标准和适用税率计算;同一国家或地区内不同应税项目,依我国税法计算的应纳税额之和,为该国家或地区的扣除限额。纳税人依照《个人所得税法》的规定申请扣除已在境外缴纳的个人所得税时,应当提供境外税务机关填发的完税凭证原件。

例 7-18 某纳税人在同一纳税年度,在甲、乙两国取得应税收入。其中:在甲国一公司任职,取得工资、薪金收入 120 000 元(平均每月 10 000 元),因提供一项专利技术使用权,取得特许权使用费收入 40 000 元,这两项收入在甲国缴纳个人所得税 5 200 元;因在乙国出版著作,获得稿酬收入 30 000 元;并在乙国缴纳该项收入的个人所得税 3 500 元。计算其在我国应

缴纳的个人所得税税额。

①甲国所纳个人所得税的抵减。

工资、薪金所得的应纳税额 = 〔(10 000 − 4 800)×20% − 375〕×12 = 7 980(元)

特许权使用费收入应纳税额 = 40 000 ×(1 − 20%)×20% = 6 400(元)

该纳税人在甲国取得应税所得的扣除限额 = 7 980 + 6 400 = 14 380(元)

该纳税人在甲国已缴纳个人所得税 5 200 元，低于扣除限额 14 380 元，因此，可以全额扣除。

该纳税人在我国应补缴个人所得税 = 14 380 − 5 200 = 9 180(元)

②乙国所纳个人所得税的抵减。

稿酬所得应纳税额 = 30 000 ×(1 − 20%)×20% ×(1 − 30%) = 3 360(元)

该纳税人在乙国取得应税所得的扣除限额为 3 360 元。

该纳税人在乙国已缴纳个人所得税 3 500 元，超出抵减限额 140 元，不需要在我国补缴税款。超出部分不能在本年度扣除，但可以在以后 5 个纳税年度的该国减除限额的余额中补扣。

7.3　个人所得税的会计核算

个人所得税就其实质来说不是企业的业务，但根据我国《个人所得税法》的规定，除少数情况，如个体工商户的生产经营所得由个人自行申报纳税外，大部分个人所得税以支付个人应税所得的单位为扣缴义务人，扣缴义务人在向个人支付应税所得时应按规定代扣代缴个人所得税。对自行进行个人所得税纳税申报的纳税人，如果是自然人个人，完全属于个人行为，不需要进行会计处理；如果是账册健全的个体工商户，则应进行相应的会计处理。对于扣缴义务人而言，则需要在发生代扣代缴事项时，进行相应会计处理，正确记录和反映个人所得税的扣缴事项。因此，个人所得税的会计处理分为两种类型：一是个体工商户生产经营所得个人所得税的会计处理；二是扣缴义务人代扣代缴个人所得税的会计处理。

7.3.1　个体工商户的生产、经营所得缴纳个人所得税的账务处理

个体工商户缴纳个人所得税有查账征收和核定征收两种形式。查账征收适用于账册健全、核算完整的纳税人，核定征收适用于账册不健全、会计核算不完整的纳税人。对于实行查账征收的纳税人，其应缴纳的个人所得税是以每一年度的收入总额减除成本、费用和损失后的余额，按适用税率计算，其会计核算通过"留存收益"和"应交税费——应交个人所得税"等账户进行。在计算应纳个人所得税时，借记"留存收益"账户，贷记"应交税费——应交个人所得税"账户；实际缴纳时，借记"应交税费——应交个人所得税"账户，贷记"银行存款"账户。

例 7-19　某个体工商户 2007 年全年经营收入 50 万元，其中生产经营成本、费用总额为 40 万元，经主管税务机关确定个人所得税实行查账征收。计算全年应纳的个人所得税并进行相应的账务处理。

企业应纳个人所得税 = (500 000 − 400 000)×35% − 6 750 = 28 250(元)

会计账务处理如下。

计算应交个人所得税时：

借：利润分配　　　　　　　　　　　　　　　　　　　　　　　28 250

　　贷：应交税费——应交个人所得税　　　　　　　　　　　　　　28 250

实际缴纳时：

借：应交税费——应交个人所得税   28 250

  贷：银行存款   28 250

7.3.2 扣缴义务人代扣代缴个人所得税的会计处理

扣缴义务人一般应通过"应交税费——代扣代缴个人所得税"科目反映代扣代缴的个人所得税，同时在"应付职工薪酬"、"应付股利"、"应付债券"等相关会计科目中反映相关业务。实际工作中有许多企业也把代扣代缴的个人所得税列入"其他应付款"账户核算。

1. 工资、薪金个人所得税的会计处理

企业作为个人所得税的代扣代缴义务人，应按规定扣缴职工应缴纳的所得税。单位在向职工支付工资、薪金时，计算出应代扣代缴的个人所得税，按代扣的所得税借记"应付职工薪酬"账户，贷记"应交税费——代扣代缴个人所得税"账户；税款实际上缴入库时，借记"应交税费——代扣代缴个人所得税"账户，贷记"银行存款"账户。

例7-20 某企业2007年10月份发放职工工资50万元，其中生产人员工资30万元，管理人员工资10万元，营销人员工资10万元。按《个人所得税法》规定，计算出应由职工个人承担的所得税为3万元，请编制相应的代扣代缴个人所得税的会计分录。

提取代扣代缴的个人所得税时：

借：应付职工薪酬   30 000

  贷：应交税费——代扣代缴个人所得税   30 000

实际缴纳税款时：

借：应交税费——代扣代缴个人所得税   30 000

  贷：银行存款   30 000

2. 承包、承租经营所得个人所得税的会计处理

承包、承租经营有两种情况，个人所得税也有两种处理方式。

①承包、承租人对企业经营成果不拥有所有权，仅是按合同（协议）规定取得一定所得的，其所得按工资、薪金所得项目征税，适用5%~45%的九级超额累进税率。在这种情况下，承包、承租人取得所得的性质与工资、薪金类似，企业的会计处理方式与工资、薪金所得扣缴所得税的会计处理相同。

②承包、承租人按合同（协议）规定只向发包、出租方缴纳一定费用后，企业经营成果归其所有的，承包、承租人取得的所得，按对企事业单位的承包、承租经营所得项目征税，适用5%~35%的五级超额累进税率。在这种情况下，由承包、承租人自行申报缴纳个人所得税，类似个体工商户所得，其会计处理与个体工商户所得的会计处理相同，而发包、出租方不作扣缴所得税的会计处理。

3. 支付劳务报酬、特许权使用费、稿酬、财产租赁费、财产转让所得等代扣代缴个人所得税的会计处理

企业支付给个人的劳务报酬、特许权使用费、稿酬、财产租赁费，一般由支付单位作为代扣代缴义务人代纳税人扣留税款，并计入该企业的相关期间费用账户，借记"管理费用"、"无形资产"、"固定资产"等账户，贷记"应交税费——代扣代缴个人所得税"账户。

例7-21 某公司邀请艺术家张某为其进行广告设计，支付劳务报酬10 000元，计算应由公司代扣代缴的个人所得税，并编制相应的会计分录。

企业应代扣代缴的个人所得税 = 10 000 × (1 - 20%) × 20% = 1 600(元)

企业支付该项劳务报酬时:

借:销售费用   10 000

  贷:应交税费——代扣代缴个人所得税   1 600

   银行存款   8 400

企业实际缴纳税款时:

借:应交税费——代扣代缴个人所得税   1 600

  贷:银行存款   1 600

例 7-22 李先生将临街商铺卖给某公司,转让收入 100 万元,财产原值为 50 万元,发生卖房的相关税费 5 万元,计算该企业应代扣代缴的个人所得税,并编制会计分录。

企业应代扣代缴的个人所得税 = (100 - 50 - 5) × 20% = 9(万元)

借:固定资产   1 000 000

  贷:应交税费——代扣代缴个人所得税   90 000

   银行存款   910 000

企业实际缴纳税款时:

借:应交税费——代扣代缴个人所得税   90 000

  贷:银行存款   90 000

7.4 个人所得税的申报与缴纳

7.4.1 个人所得税的申报

个人所得税的纳税办法,有自行申报纳税和代扣代缴两种。

1. 自行申报纳税

自行申报纳税,是由纳税人自行在《个人所得税法》规定的纳税期限内,向税务机关申报取得的应税所得项目和数额,如实填写个人所得税申报表,并按照规定计算应纳税所得额,据此缴纳个人所得税的一种方法。

(1)申报纳税所得项目

纳税人有下列情形之一的,应按规定到主管税务机关办理纳税申报:

①年所得在 12 万元以上的;

②在中国境内两处或两处以上取得工资、薪金所得的;

③从中国境外取得所得的;

④取得应纳税所得,没有扣缴义务人的;

⑤国务院规定的其他情形。

(2)申报纳税地点

申报纳税地点,一般应为收入来源地的税务机关。但是,纳税人在两处或两处以上取得工资、薪金所得的,可选择并固定在其中一地申报纳税。从境外取得所得的,应向境内户籍所在地或经常居住地税务机关申报纳税。纳税人要求变更申报纳税地点的,须经原主管税务机关批准。

（3）申报纳税期限

除特殊情况外,纳税人应在取得应纳税所得的次月7日内向主管税务机关申报应纳税所得并缴纳税款。从中国境外取得所得的,在纳税年度终了后30日内,向中国境内主管税务机关办理纳税申报。年所得12万元以上的纳税义务人,在年度终了后3个月内,到主管税务机关办理纳税申报。

（4）申报纳税方式

申报纳税主要有以下三种方式:

①由本人直接到主管税务机关申报纳税;

②委托有税务代理资质的中介机构或他人代为申报纳税;

③采用邮寄或数据电文方式在规定的申报期内申报纳税。

2.代扣代缴申报纳税

（1）扣缴义务人

税法规定,个人所得税以取得应税所得的个人为纳税义务人,以支付所得的单位或者个人为扣缴义务人。

（2）代扣代缴税款的所得项目

实行个人所得税全员全额扣缴申报的应税所得包括:

①工资、薪金所得;

②对企事业单位的承包、承租经营所得;

③劳务报酬所得;

④稿酬所得;

⑤特许权使用费所得;

⑥利息、股息、红利所得;

⑦财产租赁所得;

⑧财产转让所得;

⑨偶然所得;

⑩经国务院财政部门确定征税的其他所得。

（3）代扣代缴期限

扣缴义务人应当按照国家规定办理全员全额申报,即扣缴义务人在扣缴税款的次月内,向主管税务机关报送其支付所得的个人基本信息、支付所得数额、扣缴税款的具体数额和总额以及其他相关涉税信息。

7.4.2 个人所得税的缴纳

个人所得税法规定,扣缴义务人每月所扣的税款,自行申报纳税人每月应纳的税款,都应当在次月7日内缴入国库,并向税务机关报送扣缴个人所得税报告表和支付个人收入明细表。

①工资、薪金所得应纳的税款,按月计征,由扣缴义务人或者纳税义务人在次月7日内缴入国库,并向税务机关报送纳税申报表。特定行业的工资、薪金所得应纳的税款,可以实行按年计算、分月预缴的方式计征,具体办法由国务院规定。

②个体工商户的生产、经营所得应纳的税款,按年计算,分月预缴,由纳税义务人在次月7日内预缴,年度终了后3个月内汇算清缴,多退少补。

③对企事业单位的承包经营、承租经营所得应纳的税款,按年计算,由纳税义务人在年度

终了后30日内缴入国库,并向税务机关报送纳税申报表。纳税义务人在一年内分次取得承包经营、承租经营所得的,应当在取得每次所得后的7日内预缴,年度终了后3个月内汇算清缴,多退少补。

④从中国境外取得所得的纳税义务人,应当在年度终了后30日内,将应纳的税款缴入国库,并向税务机关报送纳税申报表。

各项所得的计算,以人民币为单位。若所得为外国货币的,应按照国家外汇管理机关规定的外汇牌价折合成人民币缴纳税款。

📖 思考练习

一、单项选择题

1. 扣缴义务人每月所扣缴的税款,应当于次月( )内缴入国库。

A. 5 日   B. 7 日   C. 15 日   D. 1 个月

2. 某人某年取得特许权使用费两次,一次收入为 2 000 元,另一次为 5 000 元,则该人共应纳税( )元。

A. 1 040   B. 1 020   C. 1 000   D. 800

3. 某人取得劳务报酬所得 50 000 元,其应纳个人所得税为( )元。

A. 15 000   B. 800   C. 12 000   D. 10 000

4. 个体工商户与企业联营而分得的利润,应按( )征收个人所得税。

A. 个体工商业户生产、经营所得   B. 利息、股息、红利所得项目

C. 财产转让所得项目   D. 承包经营、承租经营所得

5. 在中国境内无住所,但在一个纳税年度内在中国境内累计居住不超过 90 日的个人( )。

A. 就其境内工作期间,境内单位个人、雇主支付或境内机构负担的部分征税

B. 就其境内工作期间,来源于中国境内外的全部所得征税

C. 免予征收个人所得税   D. 仅就其来源于境外的收入征税

二、多项选择题

1. 下列人员中,( )对依法履行代扣代缴义务负有法律责任。

A. 扣缴义务人的法人代表   B. 扣缴义务人的财会部门的负责人

C. 扣缴义务人具体办理代扣代缴税款的有关人员

D. 单位主要负责人

2. 下列情况中,应自行申报纳税的有( )。

A. 从两处以上取得工资、薪金所得的   B. 取得应税所得,没有扣缴义务人的

C. 取得应税所得,扣缴义务人未按规定扣缴税款的

D. 取得偶然所得的

3. 下列情况中,属于居民纳税义务人的有( )。

A. 在中国境内有住所的人

B. 2003.1.1—2003.12.31 在我国境内居住的人

C. 2003.2.1—2004.1.31 在我国境内居住的人

D. 2003.1.1—2004.12.30 在我国境内居住的人

4. 下列个人所得,在计算个人所得税时,可以减除费用的有(　　　)。

A. 股息、利息、红利所得　　　　　B. 劳务报酬所得

C. 偶然所得　　　　　　　　　　　D. 工资、薪金所得

5. 计算财产转让所得时,以转让财产的收入额减财产原值和合理费用后的余额,为应纳税所得额。财产原值是指(　　　)。

A. 有价证券,为买入价

B. 有价证券,为买入价以及买入时按规定交纳的有关费用

C. 建筑物,为建造费用或者购进价格及有关费用

D. 车船,为购进价格、运输费

三、判断题

1. 在个人所得税中,"境内居住满 1 年"是指在中国境内居住满 365 日。(　　　)

2. 动产转让所得,以实现转让的地点为所得来源地。(　　　)

3. "工资、薪金所得"不包括劳动分红。(　　　)

4. 财产租赁所得,以一个月内的收入为一次。(　　　)

5. 中国境内企业董事、高层管理人员,在境外履行职务时,境内所得免予征税。(　　　)

四、计算题

1. 某中国公民 2004 年从其工作单位取得工资收入 21 000 元;将一项专利技术提供给 A 国,取得特许权使用费收入 20 000 元,已在 A 国纳税 5 000 元;从 B 国取得股息收入 4 000 元,已在 B 国纳税 600 元。

请问:该公民 2004 年应在我国缴纳多少个人所得税?

2. 某中国公民甲 2002 年 12 月份有以下几笔收入:

(1)取得该月工资 2 500 元;

(2)领取年终加薪 20 000 元;

(3)为外单位设计广告,事先双方讲好由这个单位代为支付该笔所得的税款,甲取得不含税收入 25 000 元。

请问:甲 12 月份的各项收入分别应缴纳多少个人所得税?(假设 1—11 月份其已正确申报缴纳个人所得税)

3. 某企业实行年薪制,经理每月领取基本收入 1 500 元;2005 年年终经理领取效益收入 80 000 元,请问:该经理的收入该如何申报纳税,数额是多少?

4. 甲先生在中国境内无住所,自 2008 年 1—10 月在中国居住,取得由中国境内企业支付的每月工薪 2 万元人民币,美国公司每月支付的工薪折合人民币 1 万元。6 月份回美国工作 10 日,计算甲先生 6 月份应就其工薪在中国缴纳多少个人所得税。

5. 某中国公民于 2005 年 8 月份获得稿酬收入 20 000 元,他拿出其中的 10 000 元捐赠给受洪涝灾害的地区(通过民政局)。请问:该公民应纳多少个人所得税?

📖 实训案例

某中国公民甲在一外商投资企业工作,每月该企业支付其工资 10 000 元;另外,甲的派遣单位每月支付其工资 1 200 元。

甲所在的外商投资企业每月代扣甲的个人所得税 = (10 000 - 800) × 20% - 375

$$= 1\ 465(元)$$

派遣单位每月代扣税额 $= (1\ 200 - 800) \times 5\% = 20(元)$

甲认为，雇佣单位、派遣单位已分别代扣代缴税款，自己无须申报纳税。

请问：

（1）雇佣单位、派遣单位每月所扣税额是否正确？甲全年共应纳多少个人所得税？

（2）甲的想法正确吗？为什么？

第8章

资源税的会计核算

📖 学习目标

（一）知识目标

掌握资源税的概念、资源税应纳税额和资源税的核算。

（二）技能目标

了解资源税的内容、能够核算资源税的应纳税额、能够进行资源税的会计核算。

📖 导入案例

讨论题：进口铁矿石需要缴纳资源税吗？

8.1　资源税概述

　　资源税是对在我国境内开发和利用自然资源及生产盐的单位和个人，为调节因资源生成和开发条件差异而形成的级差收入，就其销售数量或自用数量征收的一种税，其开征目的主要是调节由于客观资源条件差异而形成的资源级差收入，以促进国有自然资源合理开发和有效配置。资源税只对特定的资源开发征税，并实行从量定额征收方法。

8.1.1　纳税人

　　在中华人民共和国境内开采应税矿产品或者生产盐的单位和个人，为资源税的纳税义务人。中外合作开采石油、天然气，按照现行规定只征收矿区使用费，暂不征收资源税。

　　独立矿山、联合企业和其他收购未税矿产品的单位，为资源税的扣缴义务人。

8.1.2　征税范围和征税对象

　　根据《中华人民共和国资源税暂行条例实施细则》（以下简称《资源税暂行条例》）的规定，资源税的征税范围包括矿产品和盐两类资源。

1. 矿产品

此项包括原油、天然气、煤炭、金属矿产品和其他非金属矿产品等。

①原油，指开采的天然原油，不包括人造原油。

②天然气，指专门开采和与原油同时开采的天然气，暂不包括煤矿开采的天然气。

③煤炭，指原煤，不包括以原煤加工的洗煤和选煤及其他煤炭制品。

④金属矿原矿和其他非金属矿原矿。

金属矿原矿，指纳税人开采后自用、销售的，用于直接入炉冶炼或作为主产品先入选精矿、制造人工矿，再最终入炉冶炼的金属矿石原矿，包括黑色金属矿原矿（如铁矿石、锰矿石和铬矿石等）和有色金属矿原矿（如铜矿石、铅锌矿石、铝土矿石、钨矿石、镍矿石、锡矿石、锑矿石、钼矿石、黄金矿石等）。

其他非金属矿原矿，指除原油、天然气、煤炭和井矿盐以外的非金属矿原矿，如宝石、大理石、石膏、石棉等。

2. 盐

此项包括固体盐和液体盐。

固体盐包括海盐原盐、湖盐原盐、井矿盐等；液体盐指卤水，即氯化钠含量达到一定浓度的溶液，是用于生产碱和其他产品的原料。

未列举名称的其他非金属矿原矿和其他有色金属矿原矿，由省、自治区、直辖市人民政府决定征收或暂缓征收资源税。

8.1.3　资源税的税目和单位税额

根据税法规定，资源税根据应税资源的地理位置、开采条件、资源优劣等，实行地区差别幅度定额税率。由于矿山的资源级差状况是不断变化的，因此，应根据资源级差状况的变化对税额作相应的调整。资源税税目税额幅度如表8-1所示。

表8-1　资源税税目税额幅度

税目	税额幅度
一、原油	8～30元/吨
二、天然气	2～15元/千立方米
三、煤炭	0.3～5元/吨
四、其他非金属矿原矿	0.5～20元/吨（或者元/立方米）
五、黑色金属矿原矿	2～30元/吨
六、有色金属矿原矿	0.4～30元/吨
七、盐 　　固体盐 　　液体盐	 10～60元/吨 2～10元/吨

8.1.4　资源税的税收优惠

根据税法规定，有下列情形之一的给予减征或免征的税收优惠。

①开采原油过程中，用于加热、修井的原油免税。

②纳税人开采或生产应税产品过程中，因意外事故或自然灾害遭受重大损失的，由省、自治区、直辖市人民政府根据情况决定减税或免税。

③国务院规定的其他减税、免税项目。

纳税人的减税、免税项目应当单独核算课税数量，未单独核算或不能准确提供课税数量的,不予减税或免税。

8.1.5 资源税的纳税义务发生时间

①纳税人销售应税产品,其纳税义务发生时间有以下几种情况。

a)纳税人采取分期付款方式结算的,其纳税义务发生时间为销售合同规定的收款日期的当天。

b)纳税人采取预收货款规定方式结算的,其纳税义务发生时间为发出应税产品的当天。

c)纳税人采取其他方式结算的,其纳税义务发生时间为收讫销售款或者取得索取销售款凭据的当天。

②扣缴义务人代扣代缴税款的义务发生时间为支付货款的当天。

③纳税人自产自用应税产品的纳税义务发生时间为移送使用应税产品的当天。

8.1.6 资源税的纳税期限

纳税期限是纳税人发生纳税义务的缴纳税款的期限。资源税的纳税期限为 1 日、3 日、5 日、10 日、15 日或者 1 个月,由主管税务机关根据实际情况具体核定;不能按固定期限计算纳税的,可以按次计算纳税。

纳税人以 1 个月为一期纳税的,自期满之日起 10 日内申报纳税,以 1 日、3 日、5 日、10 日或者 15 日为一期纳税的,自期满之日起 5 日内预缴税款,与次月 1 日起的 10 日内申报纳税,并结清上月税款。

8.1.7 资源税的纳税地点

①纳税人应当向应税产品的开采或者生产所在地主管税务机关缴纳。

②扣缴义务人代扣代缴资源税应当向收购地主管税务机关缴纳。

③纳税人在本省、自治区、直辖市范围内开采或者生产应税产品,纳税地点的调整由省、直辖市、自治区税务机关确立。

8.1.8 资源税的纳税申报

1. 资源税纳税申报表的填报方法

①本表由纳税人填制,一式三份,经税务机关盖章后,税务机关征管部门、财务部门各一份,纳税人保留一份。

②纳税人不能按规定期限报送本表时,应当在规定的报送期限内提交延期申报表,经税务机关批准后可以适当延长期限。

③本表有关内容按以下要求填写。

a)纳税人识别号:填写办理税务登记时由税务机关确定的税务登记号。

b)纳税人名称:填写企业全称或业户字号,无字号的填业主姓名,并要工商登记或主管部门批准的名称。

c)课税单位:填写课税数量的单位,如吨、千立方米等。

2. 资源税纳税申报表的具体格式

资源税的纳税人,应按规定的纳税期限进行纳税申报,并如实填写"资源税纳税申报表"。资源税纳税申报表如表8-2所示。

表8-2　资源税纳税申报表

纳税人识别号 ☐☐☐☐☐☐☐☐☐☐☐☐☐☐☐☐

纳税人名称:(公章)

税款所属期限:自　年　月　日至　年　月　日

填表日期:　年　月　日

金额单位:元(列至角分)

产品名称	课税单位	课税数量	单位税额	本期应纳税额	本期已纳税额	本期应补(退)税额	备注
1	2	3	4	5 = 3×4	6	7 = 5 - 6	
应纳税项目							
减免税项目							

纳税人或代理人声明:此纳税申报表是根据国家税收法律的规定填报的,我确信它是真实的、可靠的、完整的。	如纳税人填报,由纳税人填写以下各栏			
	经办人(签章)	会计主管(签章)	法定代表人(签章)	
	如委托代理人填报,由代理人填写以下各栏			
	代理人名称			代理人(公章)
	经办人(签章)			
	联系电话			
	以下由税务机关填写			
受理人		受理日期		受理税务机关(签章)

8.2　资源税的计算

8.2.1　资源税的计税依据

资源税实行从量定额方法征税,其计税依据是应税产品的课税数量。

1.资源税课税数量的基本确定方法

资源税课税数量有以下两种基本的确定方法。

①纳税人开采或生产应税产品销售的,以销售数量为课税数量。

②纳税人开采或生产应税产品自用的,以自用数量为课税数量。

纳税人不能准确提供应税产品销售数量或移送使用数量的,以应税产品的产量或主管税务机关确定的折算比例换算成的数量为课税数量。

2.特殊情况课税数量的确定方法

①原油中的稠油、高凝油与稀油划分不清或不易划分的,一律按原油的数量课税。

②煤炭,对于连续加工前无法正确计算原煤移送使用量的,可按加工产品的综合回收率,将加工产品实际销量和自用量折算成原煤数量作为课税数量。

③金属矿和非金属矿产品原矿,因无法准确掌握纳税人移送使用原矿数量的,可将其精矿按选矿比折算成原矿数量作为课税数量。

选矿比 = 精矿数量/耗用原矿数量

④纳税人以自产的液体盐加工固体盐,按固体盐税额征税,以加工的固体盐数量为课税数量。纳税人以外购的液体盐加工固体盐,其加工固体盐所耗用液体盐的已纳税额准予抵扣。

纳税人开采或者生产不同税目应税产品的,应当分别核算不同税目应税产品的课税数量;未分别核算或者不能准确提供不同税目应税产品的课税数量的,从高适用税额。

8.2.2 资源税的计算

资源税的应纳税额按照应税产品的课税数量和规定的单位税额计算。应纳税额的计算公式为

应纳税额 = 课税数量 × 单位税额

例8-1 某油田2009年8月份开采原油共15万吨,其中已销售8.5万吨,1.5万吨移作自用,其余尚待销售。按规定该原油单位税额为10元/吨,计算该油田2009年8月份应纳资源税额。

该油田2009年8月份应纳资源税额 = 课税数量 × 单位税额

$$= (8.5 + 1.5) \times 10 = 100(万元)$$

例8-2 某企业用外购液体盐加工固体盐,平均每3.2吨液体盐加工1吨固体盐,该企业2009年3月份共销售固体盐10 000吨,按照规定,液体盐和固体盐应纳税额分别为6元/吨和25元/吨,计算2009年3月应纳资源税额。

该企业2009年3月份应纳税额为

应纳税额 = 已售固体盐数量 × 单位税额 − 固体盐所耗液体盐数量 × 单位税额

$$= 10\ 000 \times 25 - 10\ 000 \times 3.2 \times 6 = 58\ 000(元)$$

例8-3 某铁矿2009年6月开采铁矿石20万吨,直接对外销售6万吨;用其中一部分选出铁矿精矿0.4万吨,选矿比为1:30,其适用税额为20元/吨。计算该铁矿该月应纳的资源税。

因资源税是对原矿征收,故铁矿精矿应换算为原矿数量。

自用原矿数量 $= 0.4 \times 30 = 12(万吨)$

课税数量 $= 6 + 12 = 18(万吨)$

该企业2009年6月应纳资源税 $= 18 \times 20 = 360(万元)$

8.3 资源税的会计核算

资源税会计核算应通过"应缴税费——应交资源税"账户来核算,在不同的情况下,会计处理应视具体情况分别处理。

8.3.1 企业直接销售应税资源矿产品的会计处理

企业销售应税矿产品应缴纳资源税时：

借：营业税金及附加

贷：应交税费——应交资源税

上缴资源税时：

借：应交税费——应交资源税

贷：银行存款

8.3.2 企业自产自用应缴资源税的核算

企业计算自产自用应纳资源税时：

借：生产成本（或制造费用、管理费用等）

贷：应交税费——应交资源税

上缴资源税时：

借：应交税费——应交资源税

贷：银行存款

例8-4 以例8-1为例，月末结算时，相应的会计处理如下。

①对外销售原油应纳税额为85(8.5×10)万元：

借：营业税金及附加   850 000

贷：应交税费——应交资源税   850 000

②自用原油应纳税款为15(1.5×10)万元：

借：生产成本   150 000

贷：应交税费——应交资源税   150 000

③实际缴纳税款时：

借：应交税费——应交资源税   1 000 000

贷：银行存款   1 000 000

8.3.3 扣缴义务人收购未税矿产品的会计处理

企业收购未税矿产品，按照实际支付收购款：

借：材料采购

贷：银行存款

按照代扣代缴的资源税额：

借：材料采购

贷：应交税费——应交资源税

例8-5 某企业收购某铁矿石100吨，每吨90元，增值税率为17%，代扣代缴的资源税按每吨25元计算。计算该企业本次应纳资源税并作相应的会计处理。

矿山收购价 = 100×90 = 9 000（元）

增值税进项税 = 9 000×17% = 1 530(元)

代扣代缴资源税 = 100×25 = 2 500(元)

借：材料采购   9 000

应交税费——应交增值税(进项税额)	1 530
贷:银行存款	10 530
借:材料采购	2 500
贷:应交税费——应交资源税	2 500

实际缴纳资源税时:

借:应交税费——应交资源税	2 500
贷:银行存款	2 500

8.3.4 企业外购液体盐加工成固体盐的会计处理

①企业在购入液体盐时,按所允许抵扣的资源税:

借:应交税费——应交资源税

材料采购(按外购价款扣除抵扣后的余额)

贷:银行存款(或应付账款)

②企业加工成固体盐销售时,按计算出的销售固体盐应缴的资源税:

借:营业税金及附加

贷:应交税费——应交资源税

③将销售固体盐应纳税额抵扣液体盐已纳税额后的差额上缴时:

借:应交税费——应交资源税

贷:银行存款

例8-6 某盐厂外购液体盐5 000吨,每吨价格100元,允许抵扣资源税为5元/吨,企业加工成固体盐2 500吨并全部进行销售,每吨价格250元,每吨应上缴资源税25元。计算该企业本次应纳资源税并作相应的会计处理。

可以抵扣的资源税 = 5 000 × 5 = 25 000(元)

购入液体盐时:

借:应交税费——应交资源税	25 000
材料采购	475 000
贷:银行存款	500 000

加工成固体盐进行销售时:

借:银行存款	625 000
贷:主营业务收入	534 188.03
应交税费——应交增值税(销项税额)	90 811.97

同时:

借:营业税金及附加	62 500
贷:应交税费——应交资源税	62 500

应缴纳资源税 = 62 500 - 25 000 = 37 500(元)

实际缴纳税金时:

借:应交税费——应交资源税	37 500
贷:银行存款	37 500

📖 思考练习

一、复习思考题

1. 资源税的概念是什么?

2. 资源税在特殊情况下如何确定课税数量?

二、单项选择题

1. 某石油开采企业 2007 年 2 月开采原油 20 万吨,其中用于加热、修井的原油 0.2 万吨。已知油田的资源税税率为 10 元/吨。该企业当月应缴纳的资源税税额为( )万元。

    A. 198   B. 297   C. 200   D. 300

2. 某煤矿开采销售原煤,无须缴纳的税金有( )。

    A. 资源税   B. 增值税   C. 消费税   D. 城建税

3. 根据《资源税暂行条例》的规定,下列有关资源税课税数量的表述中,错误的是( )。

    A. 扣缴义务人代扣代缴资源税的,以收购未税矿产品的数量为课税数量

    B. 纳税人开采或者生产应税产品自用的,以自用数量为课税数量

    C. 纳税人不能准确提供应税产品销售数量的,以应税产品的产量为课税数量

    D. 纳税人开采或者生产应税产品销售的,以开采或者生产的数量为课税数量

4. 依据资源税的有关规定,下列说法中正确的是( )。

    A. 自产自用应税资源不缴纳资源税

    B. 销售应税资源,应以实际销售数量为资源税的课税数量

    C. 收购未税矿产品的单位代扣代缴资源税的依据是销售数量

    D. 纳税人不能准确提供应税产品销售或移送使用的数量的不缴纳资源税

5. 某盐场 2006 年 8 月生产液体盐 25 万吨,销售自产液体盐 10 万吨,将自产液体盐 15 万吨和外购已税液体盐 16 万吨加工成 14 万吨固体盐,全部对外销售。该盐场当月应纳资源税( )万元。(液体盐和固体盐单位税额分别为 3 元/吨和 12 元/吨)

    A. 198   B. 243   C. 195   D. 150

📖 实训案例

1. 东北某油田 12 月份对外销售原油 4 000 万吨,工业锅炉烧用原油 60 万吨;对外销售天然气 300 立方米。该油田适用税率为原油 24 元/吨,天然气 12 元/千立方米。计算应纳的资源税。

2. 某独立矿山 7 月份销售铁矿石 30 000 吨,移送入选精矿 5 000 吨,选矿比为 20%,该矿山适用税率 15 元/吨。计算应纳的资源税,并作相应的会计处理。

第 9 章

其他税种的会计核算

📖 学习目标

1. 熟知城市维护建设税、教育费附加、土地增值税、房产税、城镇土地使用税、车船税、印花税、契税、耕地占用税的纳税人及征税对象;房产税的计算及会计处理,车船税的计算及会计处理,印花税的计算及会计处理。

2. 熟练掌握上述各个税种的应纳税额的计算及会计处理。

📖 导入案例

某企业建造普通住宅一栋,收取的收入为 6 000 万元。为建造住宅共支付地价款 1 000 万元,建造成本为 2 800 万元,开发费用按地价款和开发成本的 10% 计算。应缴纳 5% 营业税,7% 城市维护建设税,3% 教育费附加。

讨论题:该企业应该缴纳多少土地增值税? 其账务处理该怎么做?

提高题:如果该企业的财务人员建议将该住宅的售价确定为 5 800 万元,其余资料不变,你认为应该接受这项建议吗? 为什么?

9.1　城市维护建设税、教育费附加及土地增值税的核算

9.1.1　城市维护建设税

1. 城市维护建设税的概念

本税 1984 年颁布暂行条例,1985 年 1 月开征。税款收入由地方人民政府安排,专门用于城镇公用事业和公共设施的维护、建设,属于地方附加税性质。

2. 城市维护建设税纳税义务人

城市维护建设税(以下简称城建税)以缴纳增值税、消费税、营业税的单位和个人为纳税义务人。该税以纳税人实际缴纳的增值税、消费税、营业税税额为计税依据。

有以下两点需注意:

①外商投资企业和外国企业不缴纳城建税;

②进口货物增值税、消费税的纳税人不缴纳城建税,对出口产品退还增值税、消费税的,不退还已缴纳的城建税。

3. 城市维护建设税税率

城建税采用地区差别比例税率,共分三档:市区 7%;县城、镇 5%;不在市区、县城的建制

镇1%。

有以下两种特殊情况：

①由受托方代收代缴"三税"的纳税人,按受托方所在地适用税率计算代收代缴的城建税;

②流动经营等无固定纳税地点的纳税人,在经营地缴纳"三税"的,按经营地适用税率计征城建税。

4.城建税计税依据、计税公式

城建税的计税依据是纳税人实际缴纳的增值税、消费税、营业税税额之和,它没有独立的计税依据。

①城建税计税依据只是纳税人实际缴纳的"三税"税额,不包括非税款项,即纳税人违反增值税、消费税、营业税法而加收的滞纳金、罚款,不能作为城建税的计税依据。

②纳税人违反"三税"有关规定,被查补"三税"和被处以罚款时,也要对其偷漏的城建税进行补税和罚款。

③"三税"得到减征或免征优惠,城建税也要同时减免征(城建税原则上不单独减免)。

④经国家税务总局审批的当期免、抵的增值税税额自2005年1月1日起纳入城市维护建设税和教育费附加计征范围。

⑤计税公式：

应纳税额 = (实缴增值税 + 实缴消费税 + 实缴营业税) × 适用税率

5.城建税税收减免

城建税原则上不单独减免,但因城建税是附加税,当主税发生减免时,势必影响城建税相应发生税收减免。

①城建税按减免后实缴的"三税"税额计征。

②对于因减免税而需进行"三税"退库的,城建税也可同时退库。

6.城建税纳税地点、纳税期限、纳税申报

(1)纳税地点

原则:与缴纳"三大流转税"的地点相同。

例外情况如下。

①代征代扣增值税、消费税、营业税的单位和个人,其城建税的纳税地点在代征代扣地(并按受托方所在地适用税率)。

②跨省开采的油田,下属生产单位与核算单位不在一个省内的,其生产的原油在油井所在地缴纳增值税,其应纳税款由核算单位按照各油井的产量和规定税率,计算汇拨各油井缴纳。所以,各油井应纳的城建税,应由核算单位计算,随同增值税一并汇拨油井所在地,由油井在缴纳增值税的同时,一并缴纳城建税。

③对管道局输油部分的收入,由取得收入的各管道局于所在地缴纳营业税。所以,其应纳城建税,也应由取得收入的各管道局于所在地缴纳营业税时一并缴纳。

④对无固定纳税地点的单位和个人,应随同"三税"在经营地缴纳。

(2)纳税期限

其纳税期限分别与增值税、消费税、营业税的纳税期限一致。

①增值税、消费税的纳税期限均分别为1日、3日、5日、10日、15日或者1个月。

②营业税的纳税期限分别为 1 日、10 日、15 日或者 1 个月。

不能按照固定期限纳税的,可以按次纳税。

(3)申报缴纳

纳税人应按条例有关规定及时办理纳税申报,并如实填写"城市维护建设税纳税申报表",见表9-1。

表 9-1　城市维护建设税纳税申报表

填表日期:　　年　月　日

纳税人识别号:									金额单位:元(列至角分)		
纳税人名称			税款所属时间								
计税依据		计税金额	税率		应纳税额		已纳税额		应补(退)税额		
1		2	3		4 = 2 × 3		5		6 = 4 − 5		
增值税											
营业税											
消费税											
合计											
如纳税人填报,由纳税人填写以下各栏			如委托代理人填报,由代理人填写以下各栏						备注		
会计主管(签章)	纳税人(签章)		代理人名称			代理人(公章)					
			代理人地址								
			经办人姓名			电话					
以下由税务机关填写											
收到申报表日期			接收人								

9.1.2　教育费附加

1.教育费附加的概念

教育费附加不是税,而是以纳税人实际缴纳的增值税、营业税、消费税的税额为计征依据,向缴纳这三种税的单位和个人征收的一种附加费。

2.征税范围

凡是缴纳增值税、营业税和消费税的单位和个人,除按规定缴纳农村教育事业费附加之外,都应依照规定缴纳教育费附加。

海关对进口产品征收增值税、消费税时,不征收教育费附加;对由于减免增值税、消费税、营业税而发生退税的,同时退还已征收的教育费附加。但对出口产品退还增值税、消费税的,不退还已征收的教育费附加。

3.计征依据和比率

教育费附加按各单位和个人实际缴纳的增值税、营业税、消费税的税额为计征依据。其计征以当月入库税款为依据,包括当月缴纳的属于以前月份的税款。教育费附加征收率目前为3%。计算公式为

教育费附加 = (实纳增值税 + 实纳消费税 + 实纳营业税) × 3%

4. 教育费附加减免

①对于因减免税而需进行"三税"退库的,教育费附加也可同时退库。但对出口产品退还增值税、消费税的,不退还已征的教育费附加。

②进口货物增值税、消费税的纳税人不缴纳教育费附加。

9.1.3　城市维护建设税、教育费附加的会计处理

城市维护建设税及教育费附加会计处理是在"应交税费"总分类账户下设置"应交城市维护建设税"、"教育费附加"明细分类账户。若是企业经营业务所负担的城市维护建设税及教育费附加,记入"营业税金及附加"账户;若是企业经营业务以外所负担的城市维护建设税及教育费附加,记入"其他业务成本"、"营业外支出"账户,比如企业出售自己不再需要的无形资产而应缴纳的城市维护建设税及教育费附加,列入"营业外支出"账户较为合理。

计算出"应交城市维护建设税"及"教育费附加"时,对正常经营业务发生的城市维护建设税和教育费附加作如下会计分录:

借:营业税金及附加

　　贷:应交税费——应交城市维护建设税

　　　　　　　——应交教育费附加

缴纳税款时:

借:应交税费——应交城市维护建设税

　　　　　——应交教育费附加

　　贷:银行存款

9.1.4　土地增值税

1. 土地增值税的概念

土地增值税是对纳税人转让房地产所取得的增值额征收的一种税,是1994年税制改革中新开征的一个税种。

2. 土地增值税纳税人与征税范围

(1)纳税义务人

土地增值税的纳税义务人是转让国有土地使用权、地上建筑物及其附着物并取得收入的单位和个人。包括内、外资企业,行政事业单位,中外籍个人等。

(2)征税范围

转让国有土地使用权时,地上建筑物及其附着物连同国有土地使用权一并转让。实际工作中,土地增值税的征税范围常以三个标准来判定:一是转让的土地使用权是否为国家所有;二是土地使用权、地上建筑物及其附着物是否发生产权转让;三是转让房地产是否取得收入(包括货币收入、实物收入和其他收入)。同时注意以下几点。

①转让的土地使用权为国家所有者,才属于课税范围;若为集体所有者,应在有关部门办理、补办土地使用或出让手续使之变为国家所有之后,再纳入土地增值税的征税范围。

②国有土地使用权发生转让,属于征税范围;但国有土地使用权的出让,不属于征税范围。

国有土地使用权出让,是指国家以土地所有者的身份将土地使用权在一定年限内让与土地使用者,并由土地使用者向国家支付土地使用权出让金的行为。这种行为属于由政府垄断土地买卖的一级市场。土地使用权出让的出让方是国家,国家凭借土地的所有权向土地使用

者收取土地的租金。

国有土地使用权的转让,是指土地使用者通过出让等形式取得土地使用权后,将土地使用权再转让的行为,包括出售、交换。它属于土地买卖的二级市场。土地使用权转让,其地上的建筑物、其他附着物的所有权也随之转让。土地使用权的转让,属于土地增值税的征税范围。

凡土地使用权、房产产权未转让的(如房地产的出租),不征收土地增值税。

③转让后应取得收入,因此,继承、赠与的转让不属于征税范围。无论是单独转让国有土地使用权,还是房屋产权与国有土地使用权一并转让的,只要取得收入,均属于土地增值税的征税范围,应对其征收土地增值税。

土地增值税的征税范围不包括国有土地使用权出让所得的收入。

上述三个标准必须同时具备,即转让国有土地使用权,或房屋产权与国有土地使用权一并转让,只要取得收入,均属于土地增值税的征税范围。

特定项目的课税确定见表9-2。

表9-2 特定项目的课税确定

项次	项目	课税与否	备注
1	出售国有土地使用权(生地变熟地)	课税	
2	房地产开发(卖房)	课税	
3	存量房地产的买卖(旧屋出售)	课税	原土地使用权属于无偿划拨的,还应到土地管理部门补交土地出让金
4	房地产的继承	不课税	未取得任何收入
5	房地产的赠与	不课税	未取得任何收入
6	房地产的出租	不课税	没有发生房产产权、土地使用权的转让
7	房地产的抵押	在抵押期间不征收土地增值税。待抵押期满后,视该房地产是否转移占有而确定是否征收土地增值税	
8	房地产交换	课税	但对个人之间互换自有居住用房地产且满5年以上者,经当地税务机关核实,可以免征土地增值税
9	以房地产进行投资、联营(作价入股)	将房地产转让到所投资、联营的企业中时,暂免征收土地增值税。对投资、联营企业将上述房地产再转让的,应征收土地增值税	
10	合作建房	建成后按比例分房自用的,暂免征收土地增值税;建成后转让的,应征收土地增值税	
11	企业兼并转让房地产	暂免征收	

项次	项目	课税与否	备注
12	房地产的代建房行为	不课税	房地产的代建房是指房地产开发公司代客户进行房地产的开发,开发完成后向客户收取代建收入的行为。对于房地产开发公司而言,虽然取得了收入,但没有发生房地产权属的转移,其收入属于劳务收入性质,故不属于土地增值税的征税范围
13	房地产的重新评估	不课税	是指国有企业在清产核资时对房地产进行重新评估而使其升值的情况。在这种情况下,房地产虽然有增值,但其既没有发生房地产权属的转移,房产产权人、土地使用权人也未取得收入,故不属于土地增值税的征税范围
14	国家收回土地使用权,征用地上的建筑物及其附着物	虽为课税范围,但免征	这种情况发生了房地产权属的变更,原房产所有人、土地使用权人也取得了一定的收入(补偿金),但根据《中华人民共和国土地增值税暂行条例》的有关规定,可以免征土地增值税
15	应国家需要而自行转让的	虽为课税范围,但免征	因城市实施规划、国家建设的需要而搬迁,由纳税人自行转让原房地产的,《土地增值税暂行条例实施细则》规定免征土地增值税

3.土地增值税的计算步骤

增值额 = 房地产转让收入总额 − 扣除项目金额合计

1)房地产转让收入总额的确定

(1)货币收入

货币收入是指纳税人转让房地产而取得的现金、银行存款、支票、银行本票、汇票等各种信用票据和国库券、金融债券、企业债券、股票等有价证券。

(2)实物收入

实物收入是指纳税人转让房地产而取得的各种实物形态的收入,如不动产、建筑材料等。

(3)其他收入

其他收入是指纳税人转让房地产而取得的无形资产收入或具有财产价值的各种权利,如专利权、商标权、著作权、专有技术使用权、土地使用权、商誉权等,这类收入的价值需要进行专门评估。

2)扣除项目确定

扣除项目因房地产新建与否而不同,分为新建房地产的扣除项目金额和旧房及建筑物的扣除项目金额。

(1)新建房地产的扣除项目

扣除项目金额 = 取得土地使用权所支付金额 + 房地产开发成本 + 与转让房地产有关的税费 + 房地产开发费用 + 其他可扣除项目金额

①取得土地使用权所支付的金额。取得土地使用权时,如果是以协议、招标、拍卖等出让

方式取得的,地价款为纳税人所支付的土地出让金;如果是以行政划拨方式取得的,地价款为按照国家有关规定补交的土地出让金;如果是以转让方式取得的,地价款为向原土地使用权人实际支付的地价款,还包括取得土地使用权时按规定缴纳的费用,如手续费、过户费等。

②房地产开发成本。房地产开发成本指纳税人房地产开发项目实际发生的成本,包括土地征用及拆迁补偿费、前期工程费、建筑安装工程费、基础设施费、公共配套设施费、开发间接费用等。

③与转让房地产有关的税费。这是指在转让房地产时所缴纳的营业税、城市维护建设税、印花税(按产权转移书据0.5%贴花)、教育费附加。但房地产开发企业在转让时缴纳的印花税因列入管理费用,不得在此扣除。即:房地产开发企业只扣"两税一费",非房地产开发企业扣"三税一费"。

④房地产开发费用。房地产开发费用指与房地产开发项目有关的三项期间费用,即:销售费用、管理费用、财务费用。开发费用在转让收入中减除时,不是按实际发生额,而是按《土地增值税暂行条例实施细则》中规定的标准扣除。标准的选择按照利息支出的处理方法不同而不同。

如果纳税人能够按转让房地产项目计算分摊利息支出,并能提供金融机构贷款证明,则

房地产开发费用 = 利息 + (取得土地使用权所支付的金额 + 房地产开发成本) × 5% (以内)

注:利息仅限于贷款开始日至还贷到期日前一日期间的贷款利息,因故延期归还贷款产生的贷款利息,不可以计入扣除项目金额中。

如果不属于上述情况,则

房地产开发费用 = (取得土地使用权所支付的金额 + 房地产开发成本) × 10% (以内)

确认开发费用的比例应由省级政府决定。

⑤其他扣除项目金额。房地产开发企业在可扣除营业税、城建税、教育费附加基础上,还可扣除加计扣除费用。

加计扣除费用 = (取得土地使用权所支付的金额 + 房地产开发成本) × 20%

非房地产开发企业可扣除营业税、城建税、教育费附加和印花税,不可扣除加计扣除费用。

(2)旧房及建筑物的扣除项目金额

旧房及建筑物扣除项目金额 = 房屋及建筑物的评估价格(重置成本 × 成新度折扣率) + 取得土地使用权所支付的金额 + 税费

旧房及建筑物的评估价格是指在转让已使用的房屋及建筑物时,由政府批准设立的房地产评估机构评定的重置成本价乘以成新度折扣率后的价格。评估价格须经当地税务机关确认。

3)税率及应纳税额的计算

土地增值税采用四级超额累进税率,如表9-3所示。

表9-3　土地增值税税率

级数	增值率(增值额/扣除项目金额)	税率	速算扣除系数
1	50%以下(含50%)	30%	0
2	50% ~ 100%(含)	40%	5%
3	100% ~ 200%(含)	50%	15%
4	200%以上	60%	35%

$$\text{应纳税额} = \sum(\text{各级距土地增值额} \times \text{适用税率})$$

或 　　　应纳税额 = 增值额 × 适用税率 − 扣除项目金额 × 速算扣除系数

例9-1 某房地产开发公司转让一幢写字楼取得收入1 000万元。已知该公司为取得土地使用权所支付的金额为50万元,房地产开发成本为200万元,房地产开发费用为40万元,与转让房地产有关的税费为60万元。

要求:计算该公司应缴纳的土地增值税。

$$\text{土地增值额} = 1\,000 - [50 + 200 + 40 + 60 + (50 + 200) \times 20\%]$$
$$= 1\,000 - 400 = 600(\text{万元})$$

扣除项目金额 = 400(万元)

增值额与扣除项目之比 = 600 ÷ 400 × 100% = 150%

应纳土地增值税 = 600 × 50% − 400 × 15% = 240(万元)

或 　　　应纳土地增值税 $= 400 \times 50\% \times 30\% + (400 \times 100\% - 400 \times 50\%) \times 40\% +$
$$[600 - 400 \times 50\% - (400 \times 100\% - 400 \times 50\%)] \times 50\%$$
$$= 60 + 80 + 100$$
$$= 240(\text{万元})$$

在实际房地产交易活动中,有些纳税人由于不能准确提供房地产转让价格或扣除项目金额,致使增值额不准确,直接影响应纳税额的计算和缴纳。因此,纳税人有下列情形之一的,按照房地产评估价格计算征收。

①提供扣除项目金额不实的。

②隐瞒、虚报房地产成交价格的。

③转让房地产的成交价格低于房地产评估价格,又无正当理由的。

4. 税收优惠

(1)对建造普通标准住宅的税收优惠

纳税人建造普通标准住宅出售,增值额未超过扣除项目金额20%的,免征土地增值税;但增值额超过扣除项目金额20%的,应就其全部增值额按规定计税。

纳税人既建普通标准住宅又搞其他房地产开发的,应分别核算增值额。不分别核算增值额或不能准确核算增值额的,其建造的普通标准住宅不能适用这一免税规定。

所谓普通标准住宅,是指按所在地一般民用住宅标准建造的居住用住宅。高级公寓、别墅、度假村等不属于普通标准住宅。普通标准住宅与其他住宅的具体划分界限,由各省、自治区、直辖市人民政府规定。

(2)对国家征用、收回的房地产的税收优惠

因城市实施规划、国家建设的需要而被政府批准征用的房产或收回的土地使用权,免征土地增值税。

因城市实施规划、国家建设的需要而搬迁,由纳税人自行转让原房地产的,比照有关规定免征土地增值税。

(3)对个人转让房地产的税收优惠

个人因工作调动或改善居住条件而转让原自用住房,经税务机关核准:

居住满5年或5年以上的,免予征收土地增值税;

居住满3年但未满5年的,减半征收土地增值税;

居住未满 3 年的,按规定计征土地增值税。

5.纳税地点与纳税申报

土地增值税的纳税申报时间为签订转让房地产合同后 7 天内。

土地增值税的纳税地点为房地产所在地主管税务机关。

纳税人应按条例有关规定及时办理纳税申报,并如实填写"土地增值税纳税申报表"(见表9-4)。

表9-4 土地增值税纳税申报表

(从事房地产开发的纳税人适用)

填表日期:　　　　年　　　　月　　　　日

纳税人识别号:　　　　　　　　　　　　　　　　　金额单位:元(列至角分)

纳税人名称		税款所属时期	
项目		行次	金额
一、转让房地产收入总额(1 = 2 + 3)		1	
其中	货币收入	2	
	实物收入及其他收入	3	
二、扣除项目金额合计(4 = 5 + 6 + 13 + 16 + 20)		4	
1.取得土地使用权所支付的金额		5	
2.房地产开发成本(6 = 8 + 9 + 10 + 11 + 12)		6	
其中	土地征用及拆迁补偿费	7	
	前期工程费	8	
	建筑安装工程费	9	
	基础设施费	10	
	公共配套设施费	11	
	开发间接费用	12	
3.房地产开发费用(13 = 14 + 15)		13	
其中	利息支出	14	
	其他房地产开发费用	15	
4.与转让房地产有关的税金等(16 = 17 + 18 + 19)		16	
其中	营业税	17	
	城市维护建设税	18	
	教育费附加	19	
5.财政部规定的其他扣除费用		20	
三、增值额(21 = 1 − 4)		21	
四、增值额与扣除项目之比(22 = 21/4)		22	
五、适用税率(%)		23	
六、速算扣除系数(%)		24	
七、应缴土地增值税税额(25 = 21 × 23 − 4 × 24)		25	

八、已缴土地增值税税额	26	
九、应补(退)土地增值税税额(27 = 25 - 26)	27	
如纳税人填报,由纳税人填写以下各栏	如委托代理人填报,由代理人填写以下各栏	

会计主管 (签章)	纳税人 (签章)	代理人名称	代理人 (签章)
		代理人地址	
		经办人姓名	电话

| 以下由税务机关填写 | |
| 收到申报表日期 | 接收人 |

9.1.5 土地增值税会计处理

1. 房地产企业应纳土地增值税

借:营业税金及附加

　　贷:应交税费——应交土地增值税

实际缴纳土地增值税时:

借:应交税费——应交土地增值税

　　贷:银行存款

房地产企业的销售方式有现售和预售方式。在不同的销售方式下,确认销售收入的时间和费用不同,但会计处理是一样的。

2. 非房地产企业转让国有土地使用权

非房地产企业转让国有土地使用权连同地上建筑物与附属物时,企业转让国有土地使用权连同地上已完工使用的建筑物与附着物,应缴纳的土地增值税应通过"固定资产清理"科目核算。

借:固定资产清理

　　贷:应交税费——应交土地增值税

借:银行存款

　　贷:固定资产清理

企业转让国有土地使用权连同地上未竣工的建筑物与附着物,应缴纳的土地增值税应通过"在建工程"科目核算。

借:在建工程

　　贷:应交税费——应交土地增值税

实际缴纳土地增值税时:

借:应交税费——应交土地增值税

　　贷:银行存款

例9-2 某非主营房地产的企业买进土地及建筑物,价值420 000元,3年后该企业将土地及建筑物转让给B企业,取得转让收入550 000元,应交营业税27 500元,应交城市维护建设税1 925元,教育费附加825元。转让时已提折旧40 000元。

要求:作出相关的会计分录。

①计算应缴纳的土地增值税。

增值额 = 550 000 - 420 000 - 27 500 - 1 925 - 825 = 99 750(元)

增值额占扣除项目的比例 = 99 750 ÷ 450 250 = 22.15%

应纳税额 = 99 750 × 30% = 29 925(元)

②对上述业务作出会计处理。

a)购入固定资产时:

借:固定资产	420 000	
贷:银行存款		420 000

b)转让固定资产时:

借:固定资产清理	380 000	
累计折旧	40 000	
贷:固定资产		420 000

c)收到 B 企业支付的转让款时:

借:银行存款	550 000	
贷:固定资产清理		550 000

d)计提营业税等流转税时:

借:固定资产清理	30 250	
贷:应交税费——应交营业税		27 500
——城市维护建设税		1 925
——教育费附加		825

e)计提土地增值税等税金时:

借:固定资产清理	29 925	
贷:应交税费——应交土地增值税		29 925

f)上交流转税、土地增值税、教育费附加时:

借:应交税费——应交土地增值税	29 925	
——应交营业税	27 500	
——城市维护建设税	1 925	
——教育费附加	825	
贷:银行存款		60 175

9.2　房产税、城镇土地使用税、车船税、印花税的核算

9.2.1　房产税

1. 房产税的概念

房产税是指以房产为征税对象,按照房产的评估值征收的一种税。

2. 征税范围与纳税人

房产税是以房屋这种不动产为征税对象,依据房产价值(余值)或房产租金向房产产权所有人或经营人征收的一种税,属于财产税类。

（1）征税范围

房产税的征税范围是位于城市、县城、建制镇和工矿区的房屋，不包括农村房屋。因为农村房屋除农副业生产用房外，大部分是农民居住用房。

（2）纳税人

房产税的纳税义务人是征税范围内的房屋的产权所有人，包括国家所有和集体、个人所有房屋的产权所有人、承典人、代管人或使用人三类，具体规定如下：

①产权属于国家所有的，由经营管理单位缴纳；

②产权属于集体和个人的，由集体和个人缴纳；

③产权出典的，由承典人缴纳。

产权出典是指产权所有人将房屋、生产资料等的产权，在一定期限内典当给他人使用，而取得资金的一种融资业务。这种业务大多发生于出典人急需用款，但又想保留产权回赎权的情况。承典人向出典人交付一定的典价后，在质典期内即获得抵押物品的支配权，并可转典。产权的典价一般要低于卖价。出典人在规定的期限内须归还典价的本金和利息，才可赎回出典房产的产权。

由于房产在出典期间，产权所有人无权支配房产，因此，税法规定对房产具有支配权的承典人为纳税人。

产权所有人、承典人不在房产所在地的，或产权未确定及租典纠纷未解决的，由房产代管人或使用人缴纳。

3. 征税对象与计税依据

（1）征税对象

房产税的征税对象是房产，它是指固定建筑有屋面和围护结构，能遮风避雨，可供人们生产、学习、工作、生活的场所。与房屋不可分割的各种附属设施或不单独计价的配套设施，也属于房屋，应一并征收房产税；但独立于房屋之外的建筑物（如水塔、围墙等）不属于房屋，不征房产税。

（2）计税依据

房产税的计税依据与征税对象不一致，应该是房产余值或房产租金收入，简称从价计征或从租计征。

从价计征的，其真正的计税依据是房产原值一次减除 10% ~ 30% 的扣除比例后的余值。扣除比例由省、自治区、直辖市人民政府确定。

三个需要注意的特殊问题如下。

①以房产联营投资的，房产税计税依据应区别对待。

a）以房产联营投资，共担经营风险的，按房产余值为计税依据计征房产税。

b）以房产联营投资，不承担经营风险，只收取固定收入的，实际是以联营名义取得房产租金，因此应由出租方按租金收入计征房产税。

②融资租赁房屋的，以房产余值为计税依据计征房产税，租赁期内该税的纳税人，由当地税务机关根据实际情况确定。

③空调设备价值计入房产原值的，应并入房产税计税依据计征房产税。

从租计征的，计税依据为房产租金收入，即房产所有人出租房产使用权所得的各种报酬，包括货币收入和实物收入。

4.税率及应纳税额计算

房产税的计税依据有两种,因而其计税方法也有两种,税率各不相同。

①从价计征,税率为1.2%,计算公式为

全年应纳税额 = 应税房产原值×(1 - 扣除比例)×1.2%

房产原值是指纳税人按照会计制度规定在账簿"固定资产"科目中记载的房屋原值及纳税人对原有房屋进行改建、扩建而增加的价值。包括与房屋不可分割的各种附属设备或一般不单独计算价值的配套设施,如暖气、卫生、通风、照明等设施。

房产余值是房产原值按规定比例扣减后的余值。

②从租计征,税率为12%,计算公式为

全年应纳税额 = 租金收入×12%(个人为4%)

租金收入是指房屋产权所有人出租房产使用权所得的报酬,包括货币收入、劳务收入和实物收入。

对个人按市场价格出租的居民住房,暂按4%税率征收房产税。

5.税收优惠

(1)非营利性用房免税

国家机关、人民团体、军队自用房产免征房产税。上述免税单位出租出借房产及生产、营业用房,不属于免税范围。

由各级政府财政部门拨付事业经费的单位的自用房产免征房产税。上述单位出租出借房屋、生产营业用房,以及附属工厂、商店、招待所用房,均应照章纳税。

宗教寺庙、公园、名胜古迹的自用房产免征房产税;但其附设的营业单位(如影剧院、饮食部、茶庄、照相馆等)使用的房产及出租的房产,应照章纳税。

个人所有,非营业用的房产免征房产税。个人拥有的营业用房或出租房产,照章纳税。

(2)财政部批准免税的其他房产

①对已损坏不堪使用的房屋和危房,因企业停产、撤销而闲置不用的房产,大修理停用半年以上的房产等,免征房产税。

②对高校后勤实体用房免征房产税。

③对向居民供热并向居民收取采暖费的供热企业的生产用房,暂免征收房产税。

④对地下人防设施,暂不征收房产税。

⑤对非营利性医疗机构、疾病控制机构和妇幼保健机构等卫生机构自用的房产,免征房产税。对营利性医疗机构自用的房产,自开办年起免征房产税3年。

⑥对老年服务机构自用房产,免征房产税。

⑦对按政府规定价格出租的公有住房和廉租房(2001年1月1日起),免征房产税。

⑧对坐落在房产税征税范围以外地区,仍归县邮局核算的房产(财务中要能划分清楚),免征房产税。

(3)特殊情况

不属上述情况,但纳税人确有困难的,经省级人民政府批准可免税。

6.纳税义务发生时间、期限及地点

(1)纳税义务发生时间

纳税人将原有房产用于生产经营,从生产经营之月起,缴纳房产税。

纳税人自行将新建房屋用于生产经营,从建成之次月起,缴纳房产税。

纳税人委托施工企业建设的房屋,从办理验收手续之次月起,缴纳房产税。纳税人在办理验收手续前,即已使用或出租、出借的新建房屋,应从使用或出租、出借的当月起,缴纳房产税。

购买存量房的,自权属登记机关签发房屋权属证书之次月起缴纳房产税。

（2）纳税期限

房产税实行按年计算、分期(季度或半年)缴纳的征收办法。

（3）纳税地点

房产税应向房产所在地的地方税务机关缴纳。房产不在同一地方的纳税人,应按房产的坐落地点分别向房产所在地税务机关纳税。

（4）纳税申报

房产税的纳税人应按照条例的有关规定及时办理纳税申报,并如实填写房产税纳税申报表(见表9-5)。

表9-5　房产税纳税申报表

填表日期：　　年　　月　　日

纳税人识别号：　　　　　　　　　　　　　　　　　　　　　　　　金额单位:元(列到角分)

纳税人名称						税款所属时期							
房产坐落地点						建筑面积(m²)			房屋结构				
上期申报房产原值（评估值）	本期增减	本期实际房产原值	其中			扣除率(%)	以房产余值计征房产税			以租金收入计征房产税			全年应纳税额	缴纳次数	本期		应退（补）税额
			从价计税的房产原值	从租计税的房产原值	免税房产原值		房产余值	适用税率1.2%	应纳税额	租金收入	适用税率12%	应纳税额			应纳税额	已纳税额	
1	2	3 = 1+2	4 = 3 - 5-6	5 = 3 - 4-6	6	7	8 = 4 - 4×7	9	10 = 8×9	11	12	13 = 11×12	14 = 10+13	15	16 = 14/15	17	18 = 16-17
合计																	
如纳税人填报,由纳税人填写以下各栏			如委托代理人填报,由代理人填写以下名栏						备注				
会计主管（签章）		纳税人（公章）		代理人名称		代理人（公章）							
				代理人地址									
				经办人姓名		电话							
以下由税务机关填写													
收到申报表日期			接收人										

7. 房产税会计处理

企业按规定缴纳的房产税,应在"管理费用"账户中按实列支。

预提税金时:

借:管理费用(按余值征税部分)

营业税金及附加(按租金收入征税部分)

  贷:应交税费——应交房产税

缴纳税金时:

借:应交税费——应交房产税

  贷:银行存款

注:与投资性房地产相关的房产税记入"营业税金及附加"账户。

例 9-3 某企业 20××年 1 月 1 日拥有房产原值 1 000 万元,其中有一部分房产为企业办幼儿园使用,原值 100 万元。当地政府规定,按原值一次减除 20% 后的余值纳税。按年计算,分月缴纳。

要求:作出相关会计分录。

   年应纳税额 = (1 000 − 100) × (1 − 20%) × 1.2% = 8.64(万元)

   月应纳税额 = 8.64/12 = 0.72(万元)

每月预提税金时:

借:管理费用   7 200

  贷:应交税费——应交房产税   7 200

每月缴纳税金时:

借:应交税费——应交房产税   7 200

  贷:银行存款   7 200

9.2.2 城镇土地使用税

1. 城镇土地使用税的概念

城镇土地使用税是对城市、县城、建制镇、工矿区范围内使用土地的单位和个人,按实际占用土地面积征收的一种地方性的税种。

2. 征税范围与纳税人

城镇土地使用税的征税范围是城市、县城、建制镇和工矿区内属于国家所有和集体所有的土地,不包括农村集体所有的土地。

上述征税范围中城市的土地包括市区和郊区的土地。

城镇土地使用税的纳税义务人,是使用城市、县城、建制镇和工矿区土地的单位和个人,包括外商投资企业、外国企业、涉外单位和外籍人员。具体有以下几类。

①拥有土地使用权的单位和个人。

②拥有土地使用权的单位和个人不在土地所在地的,其土地的实际使用人和代管人为纳税人。

③土地使用权未确定或权属纠纷未解决的,其实际使用人为纳税人。

④土地使用权共有的,共有各方都是纳税人,由共有各方分别按实际占用比例计算纳税。

3. 计税依据与税率

①城镇土地使用税以纳税人实际占用的土地面积为计税依据,按年计征。

以测定面积为计税依据,适用于由省、自治区、直辖市人民政府确定的单位组织测定土地面积的纳税人。

以证书确认的土地面积为计税依据,适用于尚未组织测量土地面积,但持有政府部门核发

的土地使用证书的纳税人。

以申报的土地面积为计税依据,适用于尚未核发土地使用证书的纳税人。

②城镇土地使用税采用有幅度的地区差别定额税率,单位为元/平方米。城镇土地使用税税率如表9-6所示。应纳税额计算公式为

全年应纳税额＝实际占有应税土地面积×每平方米适用税额

表9-6　城镇土地使用税税率

级别	人口	单位税额(元/平方米)
大城市	50万人以上	1.5 ~ 30
中等城市	20万 ~ 50万人	1.2 ~ 24
小城市	20万人以下	0.9 ~ 18
县城、建制镇、工矿区	—	0.6 ~ 12

例9-4　某公司与政府机关共同使用一栋共有土地使用权的建筑物。该建筑物占用土地面积2 000平方米,建筑物面积10 000平方米(公司与机关的占用比例为4:1),该公司所在市城镇土地使用税单位税额每平方米5元。问:该公司应纳多少城镇土地使用税?

应纳城镇土地使用税＝2 000×(4/5)×5＝8 000(元)

4.税收优惠

由于城镇土地使用税是地方税,因此,除《城镇土地使用税暂行条例》中规定的六项统一免税项目外,省、自治区、直辖市地方税务局有权确定一些减免税项目。国家的减免税主要是公用事业用地,地方的减免税主要是个人用地。

①非营利性用地免税。

a)国家机关、人民团体、军队自用的土地免税。

b)由各级政府财政部门拨付事业经费的单位自用的土地免税。

c)宗教寺庙、公园、名胜古迹自用的土地免税。

d)市政公共用地免税。

e)对非营利性医疗机构、疾病控制机构和妇幼保健机构等卫生机构自用的土地,免征城镇土地使用税。对营利性医疗机构自用的土地自2000年起免征城镇土地使用税3年。

f)企业办的学校、医院、托儿所、幼儿园,其用地能与企业其他用地明确区分的,免征城镇土地使用税。

②直接用于农、林、牧、渔业的生产用地免税。

③经批准开山填海整治的土地和改造的废弃土地,从使用的月份起免缴城镇土地使用税5至10年。

④免税单位无偿使用纳税单位的土地(如公安、海关等单位使用铁路、民航等单位的土地),免征城镇土地使用税。

纳税单位无偿使用免税单位的土地,纳税单位应照章缴纳城镇土地使用税。纳税单位与免税单位共同使用、共有使用权土地上的多层建筑,对纳税单位可按其占用的建筑面积占建筑总面积的比例计征城镇土地使用税。

⑤对某些特殊用地照顾。

如对企业厂区外的公共绿化用地和向社会开放的公园用地,对企业铁路专线、公路用地,

机场飞行区用地,水利设施及管护用地(包括库区、大坝、泵站等,但生产、办公、生活用地等不在此列),暂免征收城镇土地使用税;对高校后勤实体用地免征城镇土地使用税。

5.纳税期限、纳税地点、纳税申报与缴纳

(1)纳税期限

新征用的土地,如属于耕地,自批准征用之日起满1年时开始缴纳城镇土地使用税;如属于非耕地,则自批准征用次月起缴纳城镇土地使用税。

城镇土地使用税实行按年计算、分期(一般有季度和半年)缴纳的征收方法,具体纳税期限由省、自治区、直辖市人民政府确定。城镇土地使用税应在土地所在地向其地方税务机关缴纳。

(2)纳税地点

纳税人使用土地不属于同一省、自治区、直辖市,其城镇土地使用税分别向土地使用所在地税务机关缴纳;属于同一省、自治区、直辖市,其城镇土地使用税按省级地方税务局确定地纳税。

(3)纳税申报

城镇土地使用税的纳税人应按照《中华人民共和国房产税暂行条例》的有关规定及时办理纳税申报,并如实填写城镇土地使用税纳税申报表(表9-7)。

表9-7 城镇土地使用税纳税申报表

填表日期: 年   月   日

纳税人识别号: 金额单位:元(列到角分)

纳税人名称		税款所属时间		

房地产坐落地点													

坐落地点	上期占地面积	本期增减际占地面积	本期实际占地面积	法定免税面积	应税面积	土地等级		适用税率		今年应缴税额	缴纳次数	本期		
						I	II	I	II			应纳税额	已纳税额	应补应退税额
1	2	3	4 = 2+3	5	6 = 4-5	7	8	9	10	11 = 7×9 + 8×10	12	13 = 11/12	14	15 = 11-14
合计														

如纳税人填报,由纳税人填写以下各栏		如委托代理人填报,由代理人填写以下名栏		备注
会计主管 (签章)	纳税人 (公章)	代理人名称	代理人(公章)	
		代理人地址		
		经办人姓名	电话	
以下由税务机关填写				
收到申报表日期		接收人		

6.城镇土地使用税会计处理

城镇土地使用税会计处理是在"应交税费——应交城镇土地使用税"账户核算,企业计算出应缴纳的城镇土地使用税时:

借:管理费用

    贷:应交税费——应交城镇土地使用税

上缴城镇土地使用税时:

借:应交税费——应交城镇土地使用税

    贷:银行存款

注:与投资性房地产相关的城镇土地使用税记入"营业税金及附加"账户。

9.2.3 车船税

1.车船税产生的概念

车船使用税(以下简称车船税)是1986年9月15日由国务院颁布并于同年10月1日实施。"车船使用税"和"车船使用牌照税"并存。车船使用牌照税属涉外税种,对涉外企业和涉外人员征收;车船使用税则只对内资企业和中国公民征收。

2.征税范围与纳税人、扣缴义务人

车船税的征税范围,是指依法应当在车管部门登记的车船。包括行驶于中国境内公共道路的机动车辆和非机动车辆,以及航行于我国境内河流、湖泊或领海的机动船舶和非机动船舶。

车船税纳税义务人是拥有并使用上述车船的单位和个人。拥有人和使用人不一致时,如有租赁关系,应由租赁双方协商确定,租赁双方未商定的,由使用人纳税。从事机动车交通事故责任强制保险业务的保险机构按规定为机动车车船税的扣缴义务人,应当依法代收代缴车船税。

3.税率与计税依据

(1)税率

车船税对车辆实行的是有幅度的分类定额税率;对船舶实行的是分类分级、全国统一的定额税率。车船税税目及税率见表9-8。

表9-8 车船税税目及税率

类别	项目	计税标准	每年税额(元)	备注
机动车	乘人汽车	每辆	60~660	
	载货汽车、专项作业车	按自重每吨	16~120	含电车
	三轮汽车、低速货车	按自重每吨	24~120	含半挂牵引车、挂车
	摩托车	每辆	36~180	
船舶		按净吨位	3~6/吨	拖船、非机动驳船减半征税

(2)计税依据

载客汽车、摩托车,以"辆"为计税依据;载货汽车、三轮汽车、低速汽车以"自重每吨"为计税依据;船舶以"净吨位"为计税依据。同时注意下述问题。

①对车辆自重吨位尾数在半吨以下者,按半吨计算;超过半吨不足1吨者,按1吨计算。

②船舶不论净吨位,其尾数在半吨以下免税,超过半吨者,按1吨计算;但不及1吨的小型

船只,按 1 吨计算。

③拖船按照发动机功率每 2 马力折合为 1 吨净吨位计算。

④客货两用汽车按照载货汽车的计税单位和税额标准计征车船税。

4.应纳税额的计算

载客汽车、摩托车应纳税额 = 应税车辆数 × 适用单位税额

载货汽车、三轮汽车、低速货车应纳税额 = 自重吨数 × 适用单位税额

船舶应纳税额 = 净吨位数 × 适用单位税额

应纳税额 = 年应纳税额 ÷ 12 × 应纳税月份数

5.税收优惠

①非机动车船免税(不包括非机动拖船、驳船)。

②拖拉机、捕捞养殖渔船免税。

③军队、武警、警察专用车船免税。

④已缴纳船舶吨税的船舶免税。

⑤外国驻华外交机构车船免税。

⑥省、自治区、直辖市人民政府对公交车船给予定期减免。

6.纳税义务发生时间、纳税期限、纳税地点、纳税申报

(1)纳税义务发生时间

纳税人新购置车船的,从车管部门核发相关证书的当月起或车船购置发票所载开具时间的当月起,发生车船税的纳税义务。

(2)纳税期限和地点

车船税按年征收,分期(季度或半年)缴纳。

车船税由地方税务机关负责征收。纳税地点由省、自治区、直辖市人民政府根据当地实际情况确定。跨省、自治区、直辖市使用的车船,纳税地点为车船的登记地。

(3)纳税申报

车船税的纳税人应按照条例的有关规定及时办理纳税申报,并如实填写车船税纳税申报表(见表9-9)。

7.车船税会计处理

企业按规定缴纳的车船税,应在"管理费用"账户中列支,并作会计分录如下。

预提月份税金时:

借:管理费用

　　贷:应交税费——应交车船税

缴纳税金时:

借:应交税费——应交车船税

　　贷:银行存款

例9-5　某公司拥有乘人车 5 辆,年税额 300 元/辆,货车自重吨位共计 120 吨,年每吨税额 40 元。按季预缴车船使用税。

要求:计算应纳车船税并作会计分录。

年应纳税额 = 5 × 300 + 120 × 40 = 6 300(元)

季应缴税额 = 6 300 ÷ 4 = 1 575(元)

表9-9　车船税纳税申报表

填表日期：　　　年　　月　　日

纳税人识别号：

金额单位：元(列到角分)

纳税人名称						纳税所属时间			
车船类别	计税标准	数量	单位税额	全年应纳税额	年缴纳次数	本期			
						应纳税额	已纳税额		应退(补)税
1	2	3	4	5＝3×4	6	7＝5/6	8		9＝7－8
合计									

如纳税人填报，由纳税人填写以下各栏		如委托代理人填报，由委托代理人填写以下名栏			
会计主管 (签章)	纳税人 (公章)	代理人名称		代理人 (公章)	备注
		代理人地址			
		经办人姓名		电话	

以下由税务机关填写			
收到申报表日期		接收人	

每季预提税金时：

借：管理费用　　　　　　　　　　　　　　　　　　　　　1 575

　　贷：应交税费——应交车船税　　　　　　　　　　　　　　　1 575

每季缴纳税金时：

借：应交税费——应交车船税　　　　　　　　　　　　　　　1 575

　　贷：银行存款　　　　　　　　　　　　　　　　　　　　　1 575

9.2.4　印花税

1.印花税的概念

印花税是对经济活动和经济交往中书立、使用、领受的凭证征收的一种税。它属于行为课税。因其采用在凭证上粘贴印花税票的方法征税，故名印花税。

2.征税范围、纳税义务人、税目、税率和计税依据

凡是在中华人民共和国境内书立、使用、领受和在中国境外书立，但在中国境内具有法律效力、受中国法律保护的下列凭证，均属于印花税纳税的范围。具体包括购销、加工承揽、建筑工程承包、财产租赁、货物运输、仓储保管、借款、财产保险、技术等合同或者具有合同性质的凭证；产权转移书据，包括财产所有权、版权、商标专用权、专利权、专有技术使用权等转移书据；营业账簿，包括单位和个人从事生产经营活动所设立的各种账册；权利、许可证照，包括房屋产权证、工商营业执照、商标注册证、专利证、土地使用证；经财政部确定征收的其他凭证。

印花税的纳税人，是在中国境内书立、使用、领受印花税税法所列举的凭证，并应依法履行纳税义务的单位和个人。包括一切内、外资企业，各类行政(机关、部队)和事业单位，中、外籍个人。

根据书立、使用、领受应纳税凭证的不同,纳税人可分别称为立合同人、立账簿人、立据人和领受人。对合同、书据等由两方或两方以上当事人共同书立的,当事人各方均为印花税的纳税人。

印花税的特点:覆盖面广、税率低、纳税人自行完税。

印花税的纳税人根据税目的不同,将印花税的应税凭证分为四大类15个税目。印花税的税率有两种形式,一是比例税率,一是定额税率。为便于理解和记忆,现作简化归纳税目及税率表,如表9-10所示。

表9-10 简化归纳税目及税率

应税凭证类别	税目	计税依据	税率	纳税人
合同或具有合同性质的凭证	1.借款合同(含融资租赁合同)	借款金额	0.05%	合同签订当事人(不包括合同担保人、证人、鉴定人)
	2.购销合同	购销金额(以物易物为购销合计数)	0.3%	
	3.建筑安装工程承包合同	合同金额(含承包、分包、转包)		
	4.技术合同	合同所载金额;暂无金额的,按5元/份		
	5.加工承揽合同	加工承揽收入(加工费收入＋辅助材料费)	0.5%	
	6.建筑安装勘察设计合同	收取的费用		
	7.货物运输合同	运输费用(不包括装卸费用)		
	8.财产租赁合同	租赁金额(不足1元,按1元贴花)	1%	
	9.仓储保管合同	仓储保管费用(按仓保费1‰贴花)		
	10.财产保险合同	保险费收入(按保费1‰贴花)		
书据	11.产权转移书据	所载金额	0.5%	立据人、出让人
	12.股权转让书据	成交金额	1%	
账簿	13.记载资金的账簿	"实收资本"与"资本公积"两项的合计金额	0.5%	立账簿人
	14.其他账簿	件数	5元/件	
证照	15.权利、许可证照	件数	5元/件	领受人

以上列入税目的征税,未列入税目的不征税。

需要补充说明的是,因证券交易税暂未开征,现行股权转让,自2001年11月16日起,由4‰改为按2‰征收。2005年1月24日起调为1‰。2008年9月19日改为卖出征收1‰,买入不征,包括A股和B股。

3.印花税应纳税额的计算

(1)按比例税率计算

此方法应先确定计税金额。各种凭证的计税依据在"印花税税目税率表"中都有明确规定。例如,购销合同的计税依据是购销金额,加工承揽合同的计税依据是加工或承揽收入。如果凭证只记载数量,没有记载金额,应按物价部门规定的价格计算确定计税金额;如果物价部

门没有确定价格的,应按凭证书立时的市场价格计算确定计税金额。按比例税率计算税额的计算公式为

应纳税额 = 凭证所载应税金额 × 适用税率

印花税最低税额为0.10元。按适用税率计算出的应纳税额不足0.10元的凭证,免贴印花税。应纳税额在0.10元以上的,按四舍五入规则,其尾数不满0.05元的不计,满0.05元的按0.10元计算。财产租赁合同最低纳税起点为1元,即税额超过0.10元,但不足1元的,按1元纳税。

（2）按定额税率计算

应纳税额 = 应税凭证件数 × 适用单位税额

例9-6 某公司受托加工制作广告牌,双方签订的加工承揽合同中分别注明加工费40 000元,委托方提供价值60 000元的主要材料,受托方提供价值2 000元的辅助材料。问:该公司此项合同应缴纳多少印花税?

应缴纳印花税 = (40 000 + 2 000) × 0.5‰ = 210(元)

4.需要注意的若干问题

①凡由两方或两方以上当事人共同书立应税凭证的,其当事人各方都是印花税的纳税人,应各就其所持凭证的计税金额履行纳税义务。

②同一凭证,载有两个或两个以上经济事项而适用不同税目、税率,如分别记载金额的,应分别计算应纳税额,相加后按合计税额贴花;如未分别记载金额的,按税率高的计税贴花。

③应税合同在签订时纳税义务已经发生,应计算应纳税额并贴花。所以,不论合同是否兑现或是否按期兑现,均应贴花。对已履行并贴花的合同,所载金额与合同履行后实际结算金额不一致的,只要双方未修改合同金额,一般不再办理完税手续。

④施工单位将自己承包的建设项目分包或转包给其他施工单位所签订的分包合同或转包合同,应按新的分包合同或转包合同所载金额计算应纳税额。

⑤对国内各种形式的货物联运,凡在起运地统一结算全程运费的,应以全程运费作为计税依据,由起运地运费结算双方缴纳印花税;凡分程结算运费的,应以分程的运费作为计税依据,分别由办理运费结算的各方缴纳印花税。

对国际货运,凡由我国运输企业运输的,不论在我国境内、境外起运或中转分程运输,我国运输企业所持的一份运费结算凭证,均按本程运费计算应纳税额。由外国运输企业运输进出口货物的,外国运输企业所持的一份运费结算凭证免纳印花税。国际货运运费结算凭证在国外办理的,应在凭证转回我国境内时按规定缴纳印花税。

5.税收优惠

1)印花税的主要税收优惠

①已纳印花税凭证的副本或抄本免税。

②财产所有人将财产捐赠给政府、社会福利单位、学校所立的书据免税。

③国家指定的收购部门与村民委员会、农民个人书立的农副产品收购合同免税。

④无息、贴息贷款合同免税。

⑤外国政府或国际金融组织向我国政府及国家金融机构提供优惠贷款所书立的合同免税。

⑥房地产管理部门与个人签订的用于生活居住的租赁合同免税。

⑦农牧业保险合同免税。

⑧特殊货运凭证(军事物资运输、抢险救灾物资运输、新建铁路的工程管线运输等凭证)免税。

⑨由财政拨付事业经费,实行差额预算管理的事业单位,不记载经营业务的账簿不贴花;如有经营收入,其记载经营业务的账簿,应按其他账簿定额贴花。

2)企业改制过程中有关印花税征免规定

(1)资金账簿的印花税

①实行公司制改造的企业在改制过程中成立的新企业(重新办理法人登记的),其新启用的资金账簿记载的资金或因企业建立资本纽带关系而增加的资金,凡原已贴花的部分可不再贴花,未贴花的部分和以后新增加的资金按规定贴花。

②以合并或分立方式成立的新企业,其新启用的资金账簿记载的资金,凡原已贴花的部分可不再贴花,未贴花的部分和以后新增加的资金按规定贴花。

③企业债权转股权新增加的资金按规定贴花。

④企业改制中经评估增加的资金按规定贴花。

⑤企业其他会计科目记载的资金转为实收资本或资本公积的资金按规定贴花。

(2)各类应税合同的印花税

企业改制前签订但尚未履行完的各类应税合同,改制后需要变更执行主体的,对仅改变执行主体、其余条款未作变动且改制前已贴花的,不再贴花。

(3)产权转移书据的印花税

企业因改制签订的产权转移书据免予贴花。

6.印花税的处罚规定

印花税是目前开征的工商税中唯一在本身条例中自带罚则的。

印花税纳税人有下列行为之一的,由税务机关根据情节轻重予以处罚。

①在应纳税凭证上未贴或者少贴印花税票的或者已粘贴在应税凭证上的印花税票未注销或者未划销的,由税务机关追缴其不缴或者少缴的税款、滞纳金,并处不缴或者少缴的税款百分之五十以上、五倍以下的罚款。

②已贴用的印花税票揭下重用造成未缴或少缴印花税的,由税务机关追缴其不缴或者少缴的税款、滞纳金,并处不缴或者少缴的税款百分之五十以上、五倍以下的罚款;构成犯罪的,依法追究刑事责任。

③伪造印花税票的,由税务机关责令改正,处以2 000元以上、1万元以下的罚款;情节严重的,处以1万元以上、5万元以下的罚款;构成犯罪的,依法追究刑事责任。

④按期汇总缴纳印花税的纳税人,超过税务机关核定的纳税期限,未缴或少缴印花税款的,由税务机关追缴其不缴或者少缴的税款、滞纳金,并处不缴或者少缴的税款百分之五十以上、五倍以下的罚款;情节严重的,同时撤销其汇缴许可证;构成犯罪的,依法追究刑事责任。

7.纳税方法、纳税申报

(1)纳税申报

①自行贴花。适用于应税凭证较少或贴花次数较少的纳税人。纳税人应自行计算应纳税额、自行购买印花税票、自行一次贴足印花税票并加以注销或划销。简称"三自"纳税办法。

②汇贴或汇缴办法。适用于应纳税额较大(一份凭证应纳税额超过500元)或贴花次数

頻繁的纳税人。应向当地税务机关申请填写缴款书或完税证并缴清税款。

③委托代征办法。通过税务机关委托,经由发放或办理应纳税凭证(权利、许可证照)的单位代为征收印花税税款。

(2)纳税申报表

印花税的纳税人应按照条例的有关规定及时办理纳税申报,并如实填写印花税纳税申报表(表9-11)。

表9-11 印花税纳税申报表

填表日期: 年 月 日

纳税人识别号: 金额单位:元(列到角分)

纳税人名称							纳税所属时间			
应税凭证名称	件数	计税金额	适用税率	应纳税额	已纳税额	应退(补)税额	购花贴花情况			
							上期结存	本期购进	本期贴花	本期结存
1	2	3	4	5 = 2×4 或 5 = 3×4	6	7 = 5-6	8	9	10	11 = 8+9-10

如纳税人填报,由纳税人填写以下各栏		如委托代理人填报,由代理人填写以下各栏		备注
会计主管 (签章)	纳税人 (公章)	代理人名称	代理人 (公章)	
		代理人地址		
		经办人姓名	电话	

以下由税务机关填写

收到申报表日期		接收人	

8. 印花税会计核算

企业缴纳的印花税,一般是自行计算、购买、贴花、注销,不会形成税款债务;因此,可以不通过"应交税费"账户核算,直接在"管理费用"中列支。如果一次购买印花税和一次缴纳税额较大时,需分期摊入成本,可通过"预付账款"账户。

例9-7 某建筑安装公司2008年1月承包某工厂建筑工程一项,工程造价为1 000万元,按照经济合同法,双方签订建筑承包工程合同。订立建筑安装工程承包合同,应按合同金额0.3‰贴花。

要求:计算应纳印花税并作会计分录。

应纳印花税 = 10 000 000 × 0.3‰ = 30 000(元)

缴纳印花税时:

借:管理费用 30 000

贷：银行存款 30 000

按规定,各种合同应于合同正式签订时贴花。建筑公司应在自己的合同正本上贴花30 000元,由于该份合同应纳税额超过500元,所以该公司应向税务机关申请填写缴款书或完税凭证,将其中一联粘贴在合同上或由税务机关在合同上加注完税标记。

例9-8 某公司于20××年6月份开业,领受房产证、工商营业执照、商标注册证、土地使用证各一件。公司营业账簿中,生产经营账册中实收资本500万元、资本公积100万元,其他账簿10本。

要求:计算应纳印花税并作会计分录。

领取权利、许可证照,应按件贴花5元。公司的生产经营账簿应按所载资本总额的0.5%贴花,其他账簿应按件贴花5元。

$$应纳税额 = (5\ 000\ 000 + 1\ 000\ 000) \times 0.5\% + 10 \times 5 + 4 \times 5$$
$$= 3\ 000 + 50 + 20$$
$$= 3\ 070(元)$$

缴纳印花税时,

借：管理费用 3 070
　　贷：银行存款 3 070

例9-9 某厂20××年初,就5份委托加工合同(合同总标15万元)按每份5元粘贴了印花税票。经税务机关稽查,委托加工合同不能按件贴印花税票,该企业在此期间还与其他企业签订购销合同20份,合同总标80万元。税务机关作出补缴印花税并对偷税行为作出应补缴印花税票款3倍的罚款。

要求:计算补缴印花税并作会计分录。

补缴购销合同应补印花税额 = 800 000 × 0.3% = 2 400(元)
委托加工合同应补印花税额 = 150 000 × 0.5% − 5 × 5 = 725(元)

补缴税款时：

借：管理费用 3 125
　　贷：银行存款 3 125

上缴罚款时：

借：营业外支出 9 375
　　贷：银行存款 9 375

9.3 契税、耕地占用税的核算

9.3.1 契税

1. 契税的概念

契税是因房屋买卖、典当、赠与或交换而发生产权转移时,依据当事人双方订立的契约,由产权承受人缴纳的一种税。具体分为买契税、典契税和赠与契税三种。

2. 征税对象与纳税人

(1)征税对象

契税是以所有权发生转移变动的不动产为征税对象,向产权承受人征收的一种财产税。

契税的征税对象是在境内转移土地、房屋权属这种行为。契税征税对象包括以下五种具体情况：

①国有土地使用权出让；

②土地使用权转让；

③房屋买卖；

④房屋赠予；

⑤房屋交换。

此外，以土地、房屋权属作价投资、入股、抵债或以获奖方式、预购方式或者预付集资建房款方式承受土地、房屋权属的应视同土地使用权转让、房屋买卖或房屋赠予。

（2）契税的纳税义务人

契税的纳税义务人是境内转移土地、房屋权属，其产权承受的单位和个人（包括外资企业和外籍个人）。

3. 契税的计税依据

契税的计税依据是不动产的价格。

依不动产的转移方式、定价方法不同有不同的计税依据，分别为成交价格、市场价格、价格差额、出让费用或土地收益等。

①国有土地使用权出让、土地使用权出售、房屋买卖，以成交价格为计税依据。

成交价格，是土地、房屋权属转移合同确定的价格，包括承受者应交付的货币、实物、无形资产或其他经济利益。

②土地使用权赠与、房屋赠与，由征收机关参照土地使用权出售、房屋买卖的市场价格核定。

③土地使用权交换、房屋交换，以所交换的土地使用权、房屋的价格差额为计税依据。

价格差额，是土地使用权交换、房屋权属交换时，所交换的土地使用权、房屋的价格差额。具体而言：交换价格相等时，免征契税；交换价格不等时，对差额进行征税。

④以划拨方式取得土地使用权，经批准转让房地产时，由房地产转让者补交契税，计税依据为补交的土地使用权出让费用或者土地收益。

5. 契税实行地区差别幅度税率

契税比例为3%～5%，具体由省级人民政府酌情决定。

个人首次购买90平方米以下的普通住房，契税税率暂统一下调到1%。

6. 契税税收优惠

契税税收优惠主要是照顾非营利单位和个人。

（1）《中华人民共和国契税暂行条例》中规定的主要减免税优惠

①国家机关、事业单位、社会团体、军事单位承受土地、房屋用于办公、教学、医疗、科研和军事设施的，免征契税。

②城镇职工按规定第一次购买公有住房（购买的公有住房不得超过国家规定的标准面积）免征契税。

③单位集资建房建成的普通住房或由单位购买的普通商品住房，经批准卖给本单位职工的，如职工为首次购买住房，免征契税。

④因不可抗力灭失住房而重新购买住房的，酌情减免。

⑤土地、房屋被县级以上人民政府征用、占用后，重新承受土地、房屋权属的，由省级人民

政府确定是否减免。

⑥承受荒山、荒沟、荒丘、荒滩土地使用权,并用于农、林、牧、渔业生产的,免征契税。

⑦对拆迁居民因拆迁重新购置住房的,对购房成交价格中相当于拆迁补偿款的部分免征契税,成交价格超过补偿款的,对超过部分征收契税。

(2)企业改组、改制中契税征免

公司制改造,下列情况免征契税。

①不改变投资主体和出资比例改建成的公司制企业,承受原企业土地、房屋权属。

②独立发起、募集设立的股份有限公司承受发起人土地、房屋权属。

③国有、集体企业改建成全体职工持股的有限责任公司或股份有限公司承受原企业土地、房屋权属。

不属于上述情况的应征契税。另注意如下几点。

①企业合并:新设方或者存续方承受被解散方土地、房屋权属,如合并前各方为相同投资主体的,不征契税。

②企业分立:派生方、新设方承受原企业土地、房屋权属的,不征契税。

③股权重组:单位、个人承受企业股权,企业的土地、房屋权属不发生转移,不征契税;注意:增资、扩股中,对以土地、房屋权属作价入股或作为出资投入企业的征收契税。

④企业破产:对债权人(包括破产企业职工)承受破产企业土地、房屋权属以抵偿债务的,免征契税;对非债权人承受破产企业土地、房屋权属的,征收契税。

⑤法定继承人继承不动产免征契税;非法定继承人继承不动产应征契税。

6. 纳税申报及缴纳

(1)纳税义务发生时间

纳税人在签订土地、房屋权属转移合同的当天,或者取得其他具有土地、房屋权属转移合同性质的凭证的当天,为纳税义务发生时间。

(2)纳税期限

纳税人应当自纳税义务发生之日起的 10 日内,向土地、房屋所在地的契税征收机关办理纳税申报,并在契税征收机关核定的期限内缴纳税款,索取完税凭证。

(3)变更登记

纳税人出具契税完税凭证,土地管理部门、房管部门才能办理变更登记手续。

7. 契税会计处理

契税虽然归类于费用性税种,但企业所交纳的契税不可记入"管理费用"账户,而是应记入"固定资产"、"无形资产"、"投资性房地产"等账户,即契税不能费用化,而要资本化。企业取得房屋、土地使用权后,计算应交契税时:

借:固定资产(或无形资产)

  贷:应交税费——应交契税

企业缴纳税金时:

借:应交税费——应交契税

  贷:银行存款

企业也可以不通过"应交税费——应交契税"账户。当实际缴纳契税时:

借:固定资产(或无形资产)

贷:银行存款

例9-10 某企业以 1 000 万元购得一块土地的使用权,当地规定契税税率为 3%。要求:计算应纳契税并作会计分录。

①计算应纳契税:

应纳税额 = 1 000 × 3% = 30(万元)

②作会计分录:

借:无形资产——土地使用权　　　　　　　　　　　　　　 300 000

　　贷:银行存款　　　　　　　　　　　　　　　　　　　　 300 000

例9-11 某公司接受另一公司赠与房屋一栋,赠与契约上未标明价格。经主管税务机关核定房屋现值为 250 万元(假定评估价值与此相同),设契税税率为 3%。

要求:计算该公司应纳契税并作会计分录。

①计算应纳契税:

应交契税 = 250 × 3% = 7.5(万元)

②作会计分录如下。

计提税金时:

借:固定资产　　　　　　　　　　　　　　　　　　　　　 2 575 000

　　贷:营业外收入　　　　　　　　　　　　　　　　　　　 2 500 000

　　　　应交税费——应交契税　　　　　　　　　　　　　　　 75 000

上交契税时:

借:应交税费——应交契税　　　　　　　　　　　　　　　　　 75 000

　　贷:银行存款　　　　　　　　　　　　　　　　　　　　　 75 000

9.3.2　耕地占用税

1. 耕地占用税产生简介

为了合理利用土地资源,加强土地管理,保护耕地,1987 年 4 月 1 日,国务院发布《中华人民共和国耕地占用税暂行条例》。2007 年 1 月 1 日,国务院修订发布了第 511 号令并于 2008 年 1 月 1 日生效施行,同时废止了 1987 年 4 月 1 日国务院发布的《中华人民共和国耕地占用税暂行条例》。

2. 征税范围与纳税人

占用林地、牧草地、农田水利用地、养殖水面以及渔业水域滩涂等用地建房或者从事非农业建设的,按规定征收耕地占用税。

占用耕地建房或者从事非农业建设的单位或者个人,为耕地占用税的纳税人。单位,包括国有企业、集体企业、私营企业、股份制企业、外商投资企业、外国企业以及其他企业和事业单位、社会团体、国家机关、部队以及其他单位;个人,包括个体工商户以及其他个人。

3. 计税依据

耕地占用税以纳税人实际占用的耕地面积为计税依据,按照规定的适用税额一次性征收。

耕地占用税的税额规定如下:

①人均耕地不超过 1 亩的地区(以县级行政区域为单位,下同),每平方米为 10 元至 50 元;

②人均耕地超过 1 亩但不超过 2 亩的地区,每平方米为 8 元至 40 元;

③人均耕地超过 2 亩但不超过 3 亩的地区,每平方米为 6 元至 30 元;

④人均耕地超过 3 亩的地区,每平方米为 5 元至 25 元。

国务院财政、税务主管部门根据人均耕地面积和经济发展情况确定各省、自治区、直辖市的平均税额。

经济特区、经济技术开发区和经济发达且人均耕地特别少的地区,适用税额可以适当提高,但是提高的部分最高不得超过当地适用税额的 50%。

占用基本农田的,适用税额应当在当地适用税额的基础上提高 50%。

4. 税收优惠

①军事设施占用耕地免税。

②学校、幼儿园、养老院、医院占用耕地免税。

③铁路线路、公路线路、飞机场跑道、停机坪、港口、航道占用耕地,减按每平方米 2 元的税额征收耕地占用税。

④农村居民占用耕地新建住宅,按照当地适用税额减半征收耕地占用税。

⑤农村烈士家属、残疾军人、鳏寡孤独以及革命老根据地、少数民族聚居区和边远贫困山区生活困难的农村居民,在规定用地标准以内新建住宅缴纳耕地占用税确有困难的,经所在地乡(镇)人民政府审核,报经县级人民政府批准后,可以免征或者减征耕地占用税。

⑥免征或者减征耕地占用税后,纳税人改变原占地用途,不再属于免征或者减征耕地占用税情形的,应当按照当地适用税额补缴耕地占用税。

⑦建设直接为农业生产服务的生产设施占用的农用地,不征收耕地占用税。

⑧根据实际需要,国务院财政、税务主管部门商国务院有关部门并报国务院批准后,可以对规定的情形免征或者减征耕地占用税。

5. 耕地占用税的征收与缴纳

耕地占用税由地方税务机关负责征收。

土地管理部门在通知单位或者个人办理占用耕地手续时,应当同时通知耕地所在地同级地方税务机关。获准占用耕地的单位或者个人应当在收到土地管理部门的通知之日起 30 日内缴纳耕地占用税。土地管理部门凭耕地占用税完税凭证或者免税凭证和其他有关文件发放建设用地批准书。

纳税人临时占用耕地,应当依照本条例的规定缴纳耕地占用税。纳税人在批准临时占用耕地的期限内恢复所占用耕地原状的,全额退还已经缴纳的耕地占用税。

6. 耕地占用税会计处理

企业因占用耕地而缴纳的耕地占用税,作下述会计分录:

借:无形资产——土地使用权

　　贷:银行存款

📖 思考练习

一、单项选择题

1. 城市维护建设税纳税人所在地在县城、建制镇的,其适用的城市维护建设税税率为(　　)。

A. 7%　　　　　　　B. 5%　　　　　　　C. 3%　　　　　　　D. 1%

2. 房地产转让行为中应征收土地增值税的有( )。

A. 企业兼并转让的房地产　　　　　　　　B. 出租的土地使用权

C. 用于贷款抵押期间的房地产　　　　　　D. 单位之间相互交换的房地产

3. 下列各项中应征收土地增值税的是( )。

A. 赠与社会公益事业的房地产　　　　　　B. 个人之间互换自有居住用房地产

C. 抵押期满权属转让给债权人的房地产　　D. 兼并企业从被兼并企业得到的房地产

4. 土地增值税的计税依据是( )。

A. 转让房地产取得的收入额　　　　　　　B. 房地产开发总投资额

C. 转让房地产取得的利润额　　　　　　　D. 转让房地产取得的增值额

5. 纳税人建造普通标准住宅出售,增值额未超过扣除项目金额( )的,免征土地增值税。

A. 10%　　　　　　B. 20%　　　　　　C. 30%　　　　　　D. 40%

6. 纳税人将房产出租的,依照房产租金收入计征房产税,税率为( )。

A. 1. 2%　　　　　　B. 12%　　　　　　C. 10%　　　　　　D. 30%

7. 某运输企业拥有载货汽车(自重吨位均为 40 吨)30 辆,其中有 2 辆在厂内行驶,不领取行驶执照,也不上公路行驶;拥有通勤用大客车 10 辆。该企业所在省规定,载货汽车年税额每吨 50 元;大客车年税额每辆 500 元。该企业全年应纳车船税税额是( )。

A. 61 000 元　　　　B. 58 000 元　　　　C. 60 000 元　　　　D. 65 000 元

8. 契税的纳税人是( )。

A. 出典人　　　　　B. 赠与人　　　　　C. 出卖人　　　　　D. 承受人

9. 城镇土地使用税是以城镇土地为征税对象,对拥有土地( )的单位和个人征收的一种税。

A. 所有权　　　　　B. 使用权　　　　　C. 占有权　　　　　D. 经营权

10. 城镇土地使用税的税率采用( )。

A. 有幅度差别的比例税率　　　　　　　　B. 有幅度差别的定额税率

C. 全国统一定额　　　　　　　　　　　　D. 税务机关确定的定额

11. 城镇土地使用税的税率采用( )。

A. 单一固定税额　　　　　　　　　　　　B. 有幅度的地区差别税额

C. 单一累进税率　　　　　　　　　　　　D. 有幅度的地区差别税率

12. 城镇土地使用税的纳税办法( )。

A. 按月计算,按期缴纳　　　　　　　　　B. 按季计算,按期缴纳

C. 按年计算,分期缴纳　　　　　　　　　D. 按年计算,按期缴纳

13. 某科研单位有办公用房一栋,房产原值 1 000 万元。2000 年将其中的五分之一对外出租,取得租金收入 20 万元。已知该地区计算房产余值时减除幅度为 30%,则该单位年应纳房产税为( )。

A. 2. 4 万元　　　　B. 6 万元　　　　　C. 8. 4 万元　　　　D. 10. 8 万元

14. 省政府机关有办公用房一幢,房产价值 5 000 万元。2003 年将其中的四分之一对外出租,取得租金收入 100 万元。已知该省统一规定计算房产余值时的减除比例为 20%,该政府机关当年应纳的房产税为( )。

A. 12 万元　　　　　B. 36 万元　　　　　C. 48 万元　　　　　D. 60 万元

15. 某小型运输企业拥有并使用以下车辆:(1)从事运输用的净吨位为 2 吨的拖拉机挂车 5 辆;(2)5 吨载货卡车 10 辆;(3)净吨位为 4 吨的汽车挂车 5 辆。当地政府规定,载货汽车的车辆税额为 60 元/吨,该公司当年应纳车船使用税为(　　　)。

A. 3 900 元　　　　B. 4 020 元　　　　C. 4 140 元　　　　D. 4 260 元

16. 某公司 2002 年拥有六座客货两用汽车 4 辆,每辆载重净吨位为 2.8 吨。该地车船使用税税额为:载重汽车每吨 50 元,乘人汽车在 31 座以上每辆 250 元,11 座以下每辆 200 元。该公司 2002 年客货两用车应缴车船使用税为(　　　)。

A. 960 元　　　　B. 1 000 元　　　　C. 1 360 元　　　　D. 1 400 元

17. 按印花税暂行条例的规定,一份凭证应纳税额超过(　　　)的,应向当地税务机关申请填写缴款书或者完税证,将其中一联粘贴在凭证上,或由税务机关在凭证上加注完税标记代替贴花。

A. 50 元　　　　B. 500 元　　　　C. 5 000 元　　　　D. 50 000 元

18. 甲企业与乙企业签订一份技术开发合同,记载金额共计 500 万元,其中研究所开发费用为 100 万元,该合同甲、乙各持一份,共应缴纳的印花税为(　　　)。

A. 300 元　　　　B. 1 200 元　　　　C. 1 500 元　　　　D. 1 800 元

19. 下列免征车船使用税的项目有(　　　)。

A. 个人拥有私车　　　　　　　　　B. 运输公司运货车

C. 环卫部门的垃圾车　　　　　　　D. 搬家公司搬家用车辆

20. 下列车辆可免征车船使用税的有(　　　)。

A. 高校接送职工的班车　　　　　　B. 用于农业生产的拖拉机

C. 畜力驾驶车　　　　　　　　　　D. 救护车、警车等特种车辆

二、多项选择题

1. 根据《城镇土地使用税暂行条例》规定,下列地区中,开征土地使用税的有(　　　)。

A. 城市　　　　B. 县城、建制镇　　　　C. 农村　　　　D. 工矿区

2. 下列单位属于城镇土地使用税的免税单位有(　　　)。

A. 国家机关、人民团体、军队　　　　B. 财政拨款的事业单位

C. 宗教寺庙、公园、名胜古迹　　　　D. 非营利性医疗机构

3. 城市维护建设税是国家对缴纳(　　　)的单位和个人,以其实际缴纳的税额为依据而征收的一种税。

A. 增值税　　　　　　　　　　　　B. 消费税

C. 个人所得税　　　　　　　　　　D. 营业税

4. 下列各项中,不属于土地增值税征税范围的有(　　　)。

A. 房地产评估增值　　　　　　　　B. 房地产的出租

C. 房地产的继承　　　　　　　　　D. 企业兼并转让房地产

5. 下列属于土地增值税免税项目的有(　　　)。

A. 个人转让自用满 3 年的自用住房　　　B. 个人转让自用满 5 年的自用住房

C. 开发转让项目增值额未超过扣除项目金额 20% 的

D. 出售普通标准住宅增值额占扣除项目金额 18% 的

6. 房地产开发商的下列土地交易应纳土地增值税的有(　　)。

A. 从政府手中受让土地　　　　　　　B. 销售商品房

C. 以抵押的房产偿还贷款　　　　　　D. 开发房产自用

7. 一般企业的下列房地产交易应征土地增值税的有(　　)。

A. 清产核资评估增值的房地产　　　　B. 对外投资的房地产

C. 赠给社会公益事业的房地产　　　　D. 从被兼并企业得到的房地产

8. 下列房产应征土地增值税的有(　　)。

A. 开发商开发销售高级公寓,增值率18%的房产

B. 开发商开发销售普通住宅,增值率18%的房产

C. 个人转让自住5年,增值率18%的房产　　D. 个人转让自住3年,增值率30%的房产

9. 房产税的计税依据有(　　)。

A. 房产原值　　　　　　　　　　　　B. 房产租金收入

C. 房产售价　　　　　　　　　　　　D. 房产余值

10. 下列关于房产税纳税义务发生时间的说法正确的有(　　)。

A. 新建房屋办理竣工手续并出借出租,从出租出借次月起缴纳房产税

B. 新建房屋办理竣工手续并出借出租,从出租出借当月起缴纳房产税

C. 原有房产用于生产经营,从生产经营之月起缴纳房产税

D. 自建房屋用于生产经营,从建成之次月起缴纳房产税

11. 根据房产税暂行条例规定,下列房产或建筑物属于房产税征税对象的有(　　)。

A. 工厂围墙　　　　　　　　　　　　B. 度假村的室外游泳池

C. 企业办公楼　　　　　　　　　　　D. 房地产公司出租的写字楼

12. 下列房产可以免交房产税的有(　　)。

A. 某省人民银行自用房产　　　　　　B. 政府机关家属的商店

C. 某出版社的读者服务部　　　　　　D. 居民住所

13. 下列各项中,属于车船税征税范围的包括(　　)。

A. 汽车、无轨电车　　　　　　　　　B. 自行车

C. 客轮、货船　　　　　　　　　　　D. 火车

14. 下列各类在用车船中,可以享受车船使用税减免税优惠政策的有(　　)。

A. 人民团体自用的汽车　　　　　　　B. 军队用于出租的富余车辆

C. 医院自用的救护车辆　　　　　　　D. 载重量不超1吨的渔船

15. 车船使用税的纳税地点为纳税人所在地,对单位而言,纳税人所在地是指(　　)。

A. 机构所在地　　　　　　　　　　　B. 领取车船牌照所在地

C. 经营所在地　　　　　　　　　　　D. 税务登记所在地

16. 下列应税凭证中应采用定额税率计算交纳印花税的有(　　)。

A. 产权转移书据　　　　　　　　　　B. 工商营业执照

C. 商标注册证　　　　　　　　　　　D. 技术合同

17. 下列项目中,按每件5元定额贴花的是(　　)。

A. 营业账簿　　　　　　　　　　　　B. 购销合同

C. 权利许可照　　　　　　　　　　　D. 应税凭证副本

18.某单位与外单位签订的下列合同中,免缴印花税的有( )。

A.与国家政策性银行签订的无息贷款合同　　B.与收购部门签订的农产品收购合同

C.与某高科技公司签订的技术合同　　　　　D.与某公司签订的房屋租赁合同

19.下列应当征收契税的行为有( )。

A.房屋赠与　　　　　　　　　　　　　　B.国有土地使用权出让

C.等价房屋交换　　　　　　　　　　　　D.土地使用权出售

20.下列关于契税的说法正确的有( )。

A.普遍适用于内外资企业单位,中外籍个人　B.属财产行为税

C.属特定目的税　　　　　　　　　　　　D.采用幅度比例税率

📖 实训案例

1.某市机械厂于2009年5月份将位于市内的1栋办公楼出售给某单位,取得收入2 000万元,并按国家税法规定缴纳了营业税、城建税、教育费附加和印花税。该厂为建造此楼支付地价款和有关费用60万元,并能提供有关地价款支付情况的凭据。该楼原始造价为1 400万元,已提折旧420万元。经房地产评估机构评定,该楼重置成本价为2 100万元,成新度折扣率为70%。

要求:计算该企业销售旧房应纳土地增值税,并作出会计处理。

2.某集团公司2008年购入房屋一栋,原值300万元,2009年1月将其联营投资,经营期10年,年租金35万元;该集团自有办公楼2栋,原值共计500万元,该地区规定允许按原值一次扣除30%计税。

要求:计算该企业当年应纳的房产税和营业税,并作出会计处理。

3.甲乙两单位共同使用共有使用权土地上的多层建筑,实际占地面积20 000平方米。土地上的建筑物总面积4 000平方米,其中:甲单位使用的建筑物面积1 500平方米,乙单位使用的建筑物面积2 500平方米。甲单位是免征城镇土地使用税的单位,乙单位是纳税单位。当地土地使用税税额为5元/平方米。

要求:计算该企业应纳的城镇土地使用税,并作出会计处理。

4.某运输公司有货车挂车10辆,净吨位5吨,另有卡车8辆,净吨位3.7吨,仅供内部行驶的平板货车一辆,接送职工面包车一辆(18人座),1月份还新添3辆卡车,当月投入使用,每辆净吨位为2吨。当地政府规定载货汽车单位税额为60元/吨,30座以内乘人汽车单位税额为250元。

要求:计算该单位全年应纳车船使用税,并作出会计处理。

5.某外贸企业于2008年8月18日开业,领受工商执照、房产证、商标注册证各一件;注册资本380万元,实收资本200万元,除记载资金的账簿外,还建有5本营业账簿。开业当年签订财产保险合同一份,投保金额120万元,缴纳保险费2.4万元;向银行借款的合同一份,借款金额50万元(利率8%);购销合同2份,其中一份为外销合同,所载金额180万元,另一份为内销合同,所载金额为100万元。2009年,该企业与某公司签订技术转让合同一份,金额为30万元;与货运公司签订运输合同一份,支付运费5万元,装卸费0.4万元。营业账簿册数没变,只是记载资金的"实收资本"数据额增加到280万元。

要求:计算2008年、2009年该企业应缴印花税额,并作出会计处理。